刘绍棠文集

地　火

刘绍棠／著

北京出版集团公司
北京十月文艺出版社

通州在府东（顺天府，今北京）四十五里。本《禹贡》冀州之域。春秋战国皆属燕。秦属渔阳郡。两汉本潞县及安乐县地。潞，高阳氏后，邭姓。魏晋以降，属幽州。后魏置潞郡。隋开皇初省入涿郡。唐武德二年于此置元州，领县三。贞观元年，省元州，后为潞县，以水患徙治安乐故城。历五代皆因之。至金天德三年，升为通州。元因之。领县二。明洪武元年闰七月并潞县入于州，仍以三县隶焉。属北平府。通州上拱京阙，下控天津。潞、浑二水夹会于东南，幽燕诸山雄峙于西北。舟车辐辏，冠盖交驰，实畿辅之襟喉，水陆之要会也。

——摘引自《钦定日下旧闻考》卷108

辽每季春弋猎于延芳淀。淀方数百里，春时鹅鹜所集，夏秋多菱芡。国主春猎，卫士皆衣墨绿，各持连锤、鹰食、刺鹅锥，列水次，相去五七步。上风击鼓惊鹅，稍离水面，国主亲放海东青鹘擒之，鹅坠，恐鹘力不胜，在列者以佩锥刺鹅，急取其脑饲鹘。得头鹅者例赏银绢。国主、皇族、群臣，各有分地。

——引自《辽史》

1

北运河腰上挂了个大水葫芦，名叫延芳淀。

延芳淀是个方圆几十里的水泊，水土肥沃，盛产鱼米，四面大大小小的村落，好似星罗棋布。东岸，白沙滩上，有个树木葱茏的村庄，叫烟村。

一九二三年，一群从外省逃亡的抗粮农民，背井离乡，夜行昼伏，脚不停步，长途跋涉，想寻觅一块安身立命的土地。他们走呀走，不知走了多少天，不知走了多少路，一个月黑夜，他们走到延芳淀东岸的白沙滩上，沙滩上丛生着红皮水柳，水柳上缠绕着野花藤萝，时时将他们绊倒，把他们的腿脚缠得牢牢的，就像年老的母亲，死死抱住儿女的双腿，不让他们远离膝下，铤而走险。他们怎么也踢不断野花藤萝的绊索，又走得疲乏困倦，便索性横七竖八地倒在沙滩上，呼噜噜大睡。

朝霞从东山燃烧起来，鹦雀的啼叫把他们惊醒。他们睁开眼睛，望着面前壮丽的大河和弥漫着沃土芳香的河滩，不禁心醉了。他们的领头人雷连甲，从野花藤萝里挣脱出来，叉开五指，抓起一大把泥土，放在鼻子下面，闻着闻着，猛然喊道：“多肥的土地啊！”又大步流星走下河去，猫着腰，鼻尖擦着水面，眼睛瞪得溜圆，哗地一探胳膊，抓住一条欢蹦乱跳的大鲤鱼。他仰起头，张开海口，放声大笑，扯开喉咙嚷道：“好个亲娘一般的大河啊！咱们不走了，就在这儿安家落户吧！”

他们在水泊边筑起一道堤防，搭起一座座窝棚，夹起水柳篱墙，又打造了几只渔船，编织了几张渔网，开出百十亩良田；几个月过去，竟然形成一个小小的欣欣向荣的村落。

他们没有散心，抱得很紧，过着有饭同吃的锅伙生活。田野、菜园、树林、淀上，处处是优美的小曲，粗犷的渔歌，欢乐的笑声。他们每日鸡鸣即起，晨雾中飞枪走刀，打拳踢脚；夕阳西下，暮色苍茫，又一群群，一伙伙，聚集在沽边沙滩上，对阵砍杀，直到雷连甲梆打三更，才回家睡觉。

有位卖弄风雅的游学先生，偶然从这里路过，一时动兴，想起了“一去二三里，烟村四五家，亭台六七座，八九十枝花”这首儿童入学开蒙的小诗，就在面临大河的村口泥墙上，大笔一挥，题了烟村二字。于是，这个小小的村落，从此就算正式命了名。

谁想，第二年仲夏五月，他们正在井台柳荫下磨镰，准备割麦，忽然一支船队呼啸而来。船上，一个个彪形大汉，个个手持武器，枪上膛，刀出鞘。这伙人蜂拥上岸，将他们的小小村落团团围住。

为首的，是一个鹰鼻鹞眼的大个子，四十几岁，身高六尺开外，大架冬瓜脑袋，一口马牙，满脸横肉，一团霸气。大家一看，正是距离烟村水路二三里的石瓜镇民团团董吴莲池。他半躺半坐在一顶小竹椅轿上，左右还有两个僮儿打着旗罗伞扇，身边垂手伴立着一个骨瘦如柴的差官。

吴莲池眯着两只鹞眼，横扫柳荫下一张张充满敌意的面孔，耸了耸鼻子，撇了撇嘴巴，冷笑了三声，然后向那个大烟鬼差官喝道："念告示！"

大烟鬼差官慌忙哈了哈腰，咳嗽一声，清了清烟熏沙哑的嗓子，摇头摆尾地念起来：

县公署为布告事：查延芳水泊，汪洋万顷，鱼米富饶，而荒废已久。石瓜镇团董吴公莲池，为造福桑梓，申请垦殖。此等利国益民之善举，本县能不欣然照准？兹特告示：自即日起，该水泊所有开发事项，统归吴公权宜。此布！

念完，大烟鬼差官将这一卷文书，毕恭毕敬地双手呈递给吴莲池。

吴莲池哼了哼，大模大样接过文书，挑起大拇指点着鼻梁儿，说道："从今日此时此刻起，我吴某人就是尔等的主东。尔等佃户，悉归我吴某人呼唤支使。我吴某人叫尔等往东，尔等不得往西；叫尔等扛锄，尔等不得扶犁；叫尔等打狗，尔等不得骂鸡。如有半点违忤，我吴某人定将严惩不贷！"说着，砰，砰，砰！毛瑟枪朝天开了三响，发出一阵夜猫子的恶笑。笑声刹住，吴莲池脸一变，瞪起眼，嘶叫道："割麦去！十天之内，我派人前来，倒四六收租，胆敢拖延迟误者，罚！"一声呼哨，这伙人又一窝蜂似的上了船，飞驶而去。

"大叔！"铁匠石老硬踉踉跄跄奔到雷连甲面前，"难道咱们……

就眼睁睁瞧着……这伙狗娘养的……夺去咱们的宝地？”

“跟吴莲池拼命去！”大家跺着脚大喊大叫。

雷连甲像一尊高大的石像，仰望着白云苍天，一动不动地矗立着。他的脸色铁青，目光沉暗，胸膛一起一伏，牙齿咬得咯嘣嘣响。忽然，他扬起一支胳膊，大家不约而同握紧了镰刀，只等他一声令下，就杀奔石瓜镇吴家大院去。但是，雷连甲的大手又沉重地、缓慢地垂落下来，紫糖色的面孔一阵痉挛，掠过一抹奇怪的笑影，一字一句地说道：“这块良田沃土，吴莲池休想霸占。走，割咱们的麦子去！”

大伙见他们的领头人胸有成竹，就像一块石头落了地，高高兴兴下地去了。

这天夜晚，雷连甲敲过三更梆子，等家家户户鼾然入睡，他身背一口青钢刀，流星一般直奔石瓜镇吴家大院。他蹿上高墙，飘然而下，像一团绵绵柳絮，落地无声。他把寒森森的大刀搁在吴莲池的脖颈上，立逼着吴莲池写下一封退还烟村土地的文书，签名画押。

雷连甲将文书揣进怀里，钢刀入鞘，大步走了出去。但是，他还没有来得及翻墙，背后，吴莲池的毛瑟枪响了，一串连珠弹丸，打断了他的右腿。

天亮，雷连甲被装进木笼囚车，押往通州县城。烟村老小，听到这个消息，一片哭声。他们赶到石瓜镇，沿着石瓜镇通向通州县城的驿路，追逐木笼囚车三十里，相送到城门口。

雷连甲被关进死牢，压大杠，滚钉板，睡火炕，十指穿钉，他只是高声笑骂，眉头也不皱一皱。

行刑前的夜晚，一个好心肠的老看守，偷偷问雷连甲有什么话语留给家人，后事如何料理？雷连甲沉吟片刻，笑道："我早已把生死扔到九霄云外，也就没有儿女之情。只是有劳老哥，捎句话给吴莲池：他若不是胆小鼠辈，等砍下我的脑袋，他带回石瓜镇，高高挂在龙王庙的旗杆上，我死后也要睁着眼，看他横行到几时，落个什么下场！"老看守含泪一一应允，呜呜咽咽地说道："小老儿在这座衙门口混饭吃，屈指四十年了，像雷大爷这么气贯长虹的人杰，还是头一遭遇见，这也是小老儿三生有幸。小老儿在您生前难表寸心，只有待您归天之后，打点几炷高香，几杯薄酒，几片纸钱，几声号啕，祭奠您的英魂流芳百世，聊表一点孝敬之意。"

第二天清晨，下了一场瓢泼大雨。雨过天晴，碧空如洗，通州城内，万人空巷。雷连甲那一棵青松似的身躯，凛然屹立在刑车上，一不骂街，二不乱唱，三不讨嘴，只是一遇到人群中投来悲伤的目光，便雷鸣也似呐喊一声："一子落地，万子归仓！"出东关，过大河，来到鬼门坝刑场。雷连甲在一簇浸了血似的野花丛中站定，身披雨后金色的阳光，高大，威严，神武。一个狗头狗脑的刽子手喝道："跪下！"雷连甲金刚怒目，高声叫道："姓雷的身无罪，心无愧，要死得顶天立地！"另一个獐头鼠目的刽子手，偷偷摸摸从背后抡起鬼头刀。雷连甲听到脑后刀风声，又霹雳一般大吼道："一子落地，万子归仓！"飞出去的头颅，带着这惊天动地的怒吼声，在几丈开外落下来，二目圆睁，射出两道火焰般的光芒，尸体像一座巨大的岩石，轰隆倾倒在地，热血迸溅如雨。两个刽子手惊吓得一连倒退十几步，仰面跌死过去。

雷连甲的头颅，被挂在石瓜镇龙王庙庙前那直刺苍穹的旗杆上，两眼不闭，目光如电。白天，乌鸦在龙王庙上空打旋，却不敢飞近旗杆；

夜晚，猫头鹰咕嗷咕嗷叫，也不敢落到旗杆上来。不管吴莲池的民团怎么严密看守，每天午夜，旗杆下总有一炷香火。

七天之后，傍晚时分，从西北天角的晚霞余晖中，飞来一只灰褐色的苍鹰，张开阔大的翅膀，绕旗杆盘旋三匝，突然斜刺而下，叼走雷连甲的头颅，慢悠悠飞出石瓜镇，飞过大河，飞向日落的西山。

雷连甲身后遗留一儿一女。儿子雷虎寅，二十六岁，已经成了家，媳妇也怀了孕，就要分娩。女儿凤大姑，二十八岁，嫁给一个给南北船行运货大船掌舵的船夫丘二篙头，去年秋季桂花开放时节，生下一个女儿，外祖父给取了个清新别致的名字：飘香。

虎寅和姐姐凤大姑，划一只小渔船，从通州运回爹爹的尸体，安葬在烟村村外，临河一座高岗的老龙腰河柳下。烟村男女老小，都给他们的领头人披麻戴孝，一个个哭成泪人。

棺材缓缓落下坑去，虎寅抓起一把新鲜的泥土，撒在棺盖上，沙啦啦一阵响，声音撕人心。他突然长啸一声，扑通跪倒坑边，扎煞着两只大手，呼喊道："爹呀！当初您为什么不打发儿子去，让儿子替您死？乡亲百口可怎么离得了您老人家呀！"这个老实淳朴的小伙子，哭得肝肠寸断，痛不欲生。

凤大姑慌了手脚，跟她丈夫丘二篙头嚷道："你还不赶快把他架走！我跟石老硬兄弟填土。"丘二篙头也是一身好力气，拦腰将哭跳打坠的虎寅一夹，趔趔趄趄奔回雷家小院。

一进柴门，就听见西屋里虎寅媳妇哎哟哎哟叫得人心乱。丘二篙头将虎寅搡进外间屋，虎寅坐在锅台上，仍旧抱头大哭。这时，天也像被这人间不平震怒了，乌云滚滚，黑沉沉压住龙蟠河两岸，狂风暴雨铺天盖地而来。一个个霹雳，像天崩地裂，一道道亮闪，照得天地惨白。呼隆隆，嘎啦啦！一个焦雷在雷家小院上空炸响，“哇，哇，哇！”一个茁壮黑大的男孩，在风雨雷电交加中落生了。

产婆眼含喜泪，从屋里走出来，拍着虎寅的脊背，劝道：“兄弟呀，忍住痛，吞下泪，身子要紧。留得青山在，不怕没柴烧。只要咱们人丁兴旺，早晚有报仇雪恨之日。快进屋去，看看你那虎头虎脑的儿子；当了爹，给儿子起个名儿吧！”

这个产婆，是铁匠石老硬的女人，性情泼辣，快人快语，大手大脚，天地不怕。上个月她生了个女儿，自个儿接的生，自个儿起的名，叫雨梅。

狂风暴雨不停，雷鸣闪电不息，大河汹涌咆哮。那刚刚呱呱坠地的男孩，啼哭一声比一声高，像要压过那可怕的风雨雷声。虎寅推开房门，仰天叫道：“响个天大的霹雳吧，响个天大的霹雳吧！劈开这暗无天日的世道，劈开这暗无天日的世道！这个孩子，是个响雷，就叫雷响！”

2

满月，百日，一生……小雷响渐渐会坐，会爬，会站，咿呀学语，摇摇摆摆地走路了。

他生得豹头环眼，浓眉方口，粗手大脚，直溜溜一条长腰，真像一头勇猛的小豹。爹疼他，像心尖子，像肺叶子；娘却讨厌他淘气，一天免不了给他几巴掌。他却倔强得出奇，挨打不哭，不跑，更不告饶，眼皮眨也不眨，笑嘻嘻满不在乎。虎寅一边观看，拍手大笑道："好小子！铜头铁臂，刀枪不入。"

五六岁，家里就关不住他了。每天清早，背着个大柳条筐，牵着他家那两只盘角山羊，满河滩转。晌午回家吃饭，草筐岗尖岗尖，山羊肚儿滚圆。歇晌，他不睡觉，溜出小院，不是到河边摸鱼掏螃蟹，就是到水柳丛中打鸟儿。

野马不戴笼头，他娘怕出差错，一天到晚提心吊胆。等他摸回鱼，掏回螃蟹，打回鸟儿来，给他的奖赏是劈头一阵雨打芭蕉的笤帚疙瘩。雷虎寅看不过去，跟雷响娘吵了起来："你想给他缠上粽子脚，扎起耳朵眼儿，搽红胭脂抹香粉，当闺女养活呀？他是男子汉，大丈夫！"雷响娘拍打着炕席，赌气地说："好，好！你护犊子，我就不管，反正儿子也不是我一个人的。"

"一言为定！"虎寅乐了，"养不教，父之过。从今往后，你靠边站，看我调理这个野小子。"

这天，歇响的时候，小雷响又溜了。雷响娘不让虎寅睡觉，把他推出门去，说："你给我把那个野小子抓回来！"虎寅来到河边，只见雷响下了河，光溜溜撅着屁股，眼睛瞪得溜圆，两只胳膊伸进螃蟹窝里，乱摸乱掏，光葫芦头淌着蚕豆粒大汗珠子。忽然，他一咧嘴，烫了手似的一甩胳膊，一只大毛脚螃蟹正打在虎寅半边脸上。虎寅捂着划破的脸腮，笑骂道："真他娘的给老子丢人，连只螃蟹都抓不住。"雷响不怕他爹，雀跃着叫道："爹，帮帮手，一满窝哩！"

"掏螃蟹有多大出息？"虎寅走上前来，"有能耐大河里浮浮，扎个一个时辰不出水的猛子。"

“谁不想下河浮浮呀！”雷响愁眉苦脸地说，“可就是老沉底儿，漂不上来；扎猛子吧，又光漂上来，不沉底儿。”

虎寅哈哈大笑道：“来，老子教你！”

他脱下衣裳，蹬下河去，一蹲身，让雷响骑在他脖颈上，朝河心走去。渐渐地，他轻轻晃动身子，踩起水，三丈大篙扎不到底的河心，水却只到他的胸窝。雷响快活地嚷叫道：“爹长着鸭子脚！”虎寅笑道：“胡说！这是功夫。当年你爷爷踩水，水不过肚脐眼儿，扎猛子三丈深一蹲到底，水里换气，两个时辰不出水，那才神奇。”雷响大叫道：“我也学爷爷！”他从爹的脖颈上翻下来，扑通！落了水。

雷响娘见丈夫一去不回头，只怕儿子给拍花子的拐走了，也找到河边来。她一下河坡，正看见雷响扑通落水，吓得她一出溜坐在了沙滩上，只见雷响两手乱扒，两脚乱蹬，挣扎着想露出头来，却只是咕噜咕噜大口灌坛子，身子直往下沉，河面上冒起一串串水泡。

“狠心贼！”雷响娘拍打两手，骂着丈夫，“你见死不救呀！”

“瞧你那副样子！”虎寅若无其事，嘻嘻哈哈，“小孩儿刚学步，没有不摔跟头的；练浮水，也没有不先灌几口的，这是一个理。”

果然，雷响挣扎又挣扎，到底从水里钻出了头，搂住爹的脖子，喊道：“我能漂起来啦！自个儿漂上来的。”虎寅问道：“害怕没有？”雷响喘着大气，说：“没有！我就不信学不会爷爷的功夫。”虎寅高兴，说：“好儿子！就是要天不怕，地不怕，胆大包天。”

雷响娘急赤白脸喊叫，爷儿俩只得上岸，雷响娘哪里肯依？张开巴掌就打雷响，虎寅一横身子，巴掌落在他的脊梁上。雷响嚷道：“一人有罪一人当，怎么能让您替我挨打？还是打我吧，越打越瓷实。”说着，从他爹身后闪出来。虎寅连忙又用身子挡住了他，嬉笑道："儿呀，别过意不去；教子成龙，爹情愿挨打。"

雷响娘哭不得，笑不得。

晚上，明亮的圆月，从东南天角的林梢爬上来，小院里洒满皎洁的月光。雷响偎在爹爹怀里，听爹爹回忆爷爷爬树登高的故事，听得伸出舌头，眼珠都定了。虎寅磕灭了烟锅，说："光听不练，成不了好汉，咱们爬树去。"雷响马上跳起来，说："走！"雷响娘正在屋里烧艾蒿熏蚊子，一听他们又去闹险，大嚷："不准！……"艾蒿烟呛得她咳嗽着，从屋里追出来，虎寅早挟着雷响无影无踪了。

爷儿俩钻进青纱帐，来到一个大坟圈子里，有五棵刺破夜空的大白杨树，风吹树叶哗啦啦像下暴雨。虎寅挽挽裤腿，甩了鞋，照手心上啐口唾沫，抱住光滑滑没有枝丫的树干，腰一弓，猴儿似的，哧溜溜！一眨眼爬上了树梢，伸手能摘下星星。

雷响站在树下，打着响舌儿，蹿跳着跟爹招手，嚷叫："爹，抱我上去乘凉呀！"

"想乘凉吗？"虎寅坐在树杈上，搭着二郎腿，"你有手有脚，自个儿爬上来。"

于是，雷响学着爹爹的姿势，挽挽裤腿儿，甩了鞋，照手心上啐口唾沫，抱住树干，弓着腰，往上爬。可是，爬了没有两步，便出溜下来，他不甘心，运了运气，又爬起来。接二连三，他擦伤了肚皮，磨破了手脚，仍旧不肯罢休；若不是他娘找了来，手里还拿着一把懒驴愁皮鞭子，他才不肯回家。

头遍鸡叫，雷响醒了，身边的炕席空着，爹不见了。他推推沉睡的娘，说："爹没啦！"娘在睡梦里说："丢不了，狸子叼不走他。"雷响可再也不想睡，偷偷穿上破裤子，光着脚丫儿，悄悄溜下炕，蹑手蹑脚开了门，探头一望，只见篱笆外，月光下，爹手使一把青钢刀，劈、砍、扎、刺、闪、躲、蹿、跳，刀光月影中，像一只插翅猛虎。他一蹦跳出门槛，大叫："爹，我也练武！"

爹给他削了一口碧桃刀。

从这天起，他黎明学刀，晌午浮水，夜晚爬高。而每天临睡之前，他都要爹爹讲述爷爷的生平往事。爷爷的名字，爷爷的事迹，铸造着这个孩子的性格，激扬着这个孩子的心志。他常常一个人到爷爷的坟地去，在浓荫覆盖的老龙腰河柳下，在野花烂漫的坟墓边，默默地静坐，沉思。有时抬眼眺望茫茫大河上闪耀的水色，青青河滩上浮动的风光，不知怎的，小小的心灵便一剜一剜地疼痛。他搂住爷爷的坟头，脸贴着潮热的泥土，仿佛听见爷爷从地下发出的复仇的呼唤声。

几年过去，雷响不过十三四岁，可是武艺、水性和爬高，都有了惊人的功夫。

每天他到老龙腰河柳下歇晌。天气十分炎热，河风吹着团团热气，水鸟都深藏到芦苇丛中，只有野麻地里，飞舞着几只红翅膀的蜻蜓。雷响热得难耐，爬上老龙腰河柳树梢，踩着一枝柔软的枝丫，脚尖一蹬，弹跳而起，斜刺里冲向半空，画了一个弧圈，唰！鱼鹰一般扎下水去，河面没有溅起一星一点的水花，只留下几丝淡如烟缕的波纹。

雷响直沉河底，手脚落地，爬到大河拐弯处的十里旋涡。这里激流凶险，水寒刺骨，鱼儿不敢来游戏，飞燕不敢来剪水。大船驶行到十里旋涡附近，掌舵的和船夫们个个捏着一把冷汗，稍一大意，失了手，断了纤，大船裹入旋涡，就像一片枯叶，一朵落花，旋转沉没下去。但是，十里旋涡却奈何不得雷响。他被激流拧成陀螺，一会儿盘旋上升，一会儿回旋下降，却优哉游哉，怡然自得。

他爬树也喜欢出邪点子。人家爬树是直上直下，他却本末倒置，头朝下，脚朝上，蝎子倒爬墙。爬到树尖，两脚勾住枝杈，玩起打秋千，或是左蹬右跳，上上下下，像穿飞的啄木鸟，连虎寅都吓得脸变了颜色。

雷家世代种瓜，西瓜有黑崩筋儿、鬼脸青、鞑子蜜、花和尚，甜瓜有蛤蟆酥、金葫芦、十里香，面瓜有醉罗汉、绿大碗、傻大个儿，莺花沽，方圆几十里，无人不知，无人不晓。年年夏季，瓜熟时节，在瓜园里搭一座小小的瓜楼，虎寅带着青钢刀，夜晚住在瓜楼上看瓜。今年，雷响死乞白赖抢这个差事，虎寅答应了他。

这天夜晚，雷响口唱小曲，到瓜园上任。他先到大河里浮了几圈，消了消暑气，然后回到瓜园，摘了一条可口的金葫芦甜瓜，躺在瓜楼的席头上，仰望着满天繁星，高高兴兴地吃着。

夜风凉爽宜人，瓜园里散发着浓郁的芳香，蝈蝈爬到瓜秧上，清脆地叫叫，停停，停停，叫叫。一颗白亮的流星，拖着长长的光芒，划过宁静的夜空，好像飘落在延芳淀里，沽上有惊鸟噪起。雷响渐渐眼皮发涩，打起盹儿，半截甜瓜滚落在瓜楼下。

突然，沙啦啦一阵喧响，他霍地惊醒，一翻身跳下瓜楼，只见在朦胧月色中，一个巨大的黑影，游动在瓜园里。雷响大喝一声："谁？"那个巨大的黑影也不答话，背起一个大筐就走。雷响满头冒火，大吼道："你吃了豹子胆，敢偷雷家的瓜！"大步流星追了上去。

那个巨大的黑影放下大筐，陡地一转身，现出一张凶恶的夜叉脸。

雷响一声惊叫，倒退了两步，那夜叉脸紧逼上来。雷响气得七窍生烟，怒叫一声：“着打！”泰山压顶扑了上去。

夜叉脸轻轻一闪，发出低低的笑声，笑这个初生牛犊不怕虎，躁而无谋。谁知，拳打是虚，脚踢是实，拳落脚踢，直踢他的肋下。那夜叉脸这才知道自己眼拙，没有识破招数，暗叫：“厉害！”慌忙趁势倒地，一个狮子滚绣球，躲过这个飞脚。雷响脚又踢空，似乎火上浇油，越发毛躁了，一个饿虎扑食，竟想跨到那夜叉脸身上去。夜叉脸又不禁暗暗发笑，笑他亮出全身，天大的破绽，于是趁他腾空跃起，使了个扬脚掏裆，想把他半空掀翻。不想雷响又是真真假假，虚虚实实，半空里一个鹞子翻身，矫健地闪了开去。那夜叉脸急忙鲤鱼打挺跳起来，但是脚没站稳，身未立定，雷响早枯树盘根，使了个扫堂腿。那夜叉脸再也躲闪不及，咕咚！仰面朝天躺下了。

雷响并不赶尽杀绝，站在一边手叉着腰，说：“你说清道白，我不为难你。烟村雷家虽看不起走黑道的行径，可也怜惜他们事出无奈，绝不伤天害理，你要是真的家里揭不开锅，这筐瓜就白送给你。”

那夜叉脸仰躺在地上，哈哈大笑道：“好儿子，我是你爹！”

雷响吓了一跳，问道：“爹，您是撒癔症吧？怎么黑更半夜出来游荡，偷自家的瓜？”虎寅爬起身，笑道：“我想试试你的胆量。”雷响赶快给爹爹掸土，负罪地问道：“摔着您哪儿没有？”虎寅心疼地拍拍他的光葫芦头，无限深情地说：“就是把爹摔得腰断腿折，爹也满心欢喜。大河后浪催前浪，一辈新人胜旧人，爹放心了！”他把祖传的青钢宝刀，手托着交给了儿子。

雷响接过这口刀，也就接过了复仇的重任，肩负起了生活的负担。

3

雷响十五岁，正是一九三九年，北运河大涝，百里平原颗粒无收。雷家的二亩瓜园，被山洪席卷一空，三亩洼地，一片汪洋；可是，日伪的田粮三天必须交齐，吴家大院的租米一粒不能减少，雷虎寅急得病倒炕上。告贷无门，走投无路，雷响一跺脚，跑到吴家大院，写一张三年卖身契，顶这一年的田粮和地租。大丈夫报仇，十年不晚。雷响把新仇旧恨，刻在心头。

吴莲池最喜欢收小扛活的，价钱便宜，不少干活。有的只管吃饭，不挣分文；有的是将身抵债，一辈子当牛作马，真是一本万利。而且，自幼被他磨光了棱角，长大了也不敢反抗他，所以他管这叫小科班。

雷响搬进这个小科班的泥棚屋里，已经有两个孩子坐科，一个叫霍牤牛，一个叫马门闩。

霍牤牛是个墓生子。他娘怀他七个月，一块门板抬回他爹的尸体，血肉模糊，盖着一块破席头。他爹名叫霍二憨子，缺心眼儿，给吴家大院当了二十年马倌。他起五更爬半夜，三伏三九都睡在马棚里，马踢、马踏、马咬，满头满脸，一身上下，伤痕累累。最终，一匹野马踢破了他的太阳穴，当时就丧了命。霍二憨子只给老婆留下一亩三分薄砂地，两间夏漏雨、冬透风的小土窑。

牤牛娘虽是一双小脚，却豁得出去，泥里滚草里爬，苦苦挣扎，要把儿子拉扯大。每天下地前，喂饱儿子奶，给牤牛拦腰系一根麻绳，拴在窗棂上，免得他乱滚乱爬，栽下炕去。临走再关严窗户，紧锁房门，免得猫儿狗儿进屋，咬伤儿子。可是，牤牛娘在地里薅着薅着草，高粱叶子唰啦啦一响，她立时就心惊肉跳，仿佛听见儿子的哀啼声，慌慌张张跑回家，儿子泡在一汪屎尿里，呼呼睡得很香甜。也有几回，儿子在炕上哭得滚来滚去，麻绳绕在脖子上，来晚一步，牤牛就断了气。血一把，泪一把，牤牛娘的腰累弯了，眼熬花了，牤牛长成个半大小伙子。大脑瓜儿，扫帚眉，黑锅脸，铁打的身架，也是一条直肠子不拐弯。吴莲池一见又是个小二憨子，便拿出一纸文书，硬说霍二憨子留下的一亩三分地，是他的恩赐。霍二憨子立下字据，言明子孙万代，报效东家。于是，霍牤牛从老娘身边被牵走，进了吴家大院的小科班。过了半年，一辈子含辛茹苦的老娘，劳累过度，一天从地里背回一大捆柴火，走在半路，忽然两腿一软，坐在了地上，再也没有力气爬起来，就这么无声无息地死了。吴莲池假充善人，赏了一口薄皮棺材，可是牤牛家那一亩三分地，却不明不白地改姓了吴。

马门闩更是口咬黄连落生的苦孩子。他家不知何年何月，哪一辈上，欠下吴家一笔驴打滚儿的高利贷，算不清也还不清，只得子子孙孙，世世代代，扛这面枷。

雷响跟霍牤牛和马门闩同年同月生，生日比他俩小，霍牤牛和马门闩又来得早，他俩就有点欺生。雷响虽有一身好武艺，可是牢记雷家的家规，不许恃强欺人，所以一忍再忍，和平相处。

有一回，雷响跟掌管小科班的四管家顶嘴，四管家张手要打，雷响铁钳似的握住他的灯草胳膊，豹子眼瞪得彪圆，说：“你敢捅我一指头，我就捶散了你！我们雷家从不欺侮人，可也不受人欺侮。”四管家连喊反了，可是也只得缩回了手，灰溜溜走了。

奇怪，从这天起，四管家忽然对霍犴牛和马门闩另眼相看，掌勺打饭，给他俩盛稠的，拿大的。过了几日，便挑唆他俩打雷响。

一天晚上，雷响牵马进棚，不小心蹭了霍犴牛一下，霍犴牛铜铃铛眼一瞪，叫道："找碴儿打架吗？"说着，给了雷响一拳。

雷响笑了笑。

马门闩一边叫起来："撞了人还笑！"也给雷响一拳。

雷响皱了皱眉。

"怎么，还不服！"霍犴牛又踢了一脚。

雷响仍不还手，呼了口气，说："事不过三，再动手，我就不忍让了。"他拴好了马，关上马棚的栅栏门，躲着他俩走。

四管家端着一杆二尺半的湘妃竹烟袋，远远站着，骂道："真他娘的孬种！人家刚龇了龇牙，就夹起了尾巴！"

霍犴牛的脾气，点火就着，又挥起拳头，扑向雷响，叫道："我把你捣成闷雷不响！"话未落音，雷响脚下轻轻一拨，他闹了个仰面朝天。马门闩又抢上来，雷响开门见山，一掌推去，马门闩砸在了霍犴牛身上。两人爬起身，前后夹攻，雷响不慌不忙，上拳下脚，拨弄得他俩跟头流星，鼻青眼肿，不敢再交手了。

四管家点手把霍犴牛和马门闩叫过去，咬着耳朵，嘁嘁喳喳，霍犴牛和马门闩连连点头。

第二天晌午，三个人在河里洗澡，霍犴牛猛地从背后掐住雷响的脖子，马门闩就往他嘴里撩水。雷响头一晃，膀一摇，抓住霍犴牛的胳臂，揪住马门闩的耳朵，往下一蹲，直沉河底。霍犴牛和马门闩喝成了大肚蝈蝈儿，雷响才把他俩夹上岸。

霍牤牛和马门闩浑身酸软无力，躺在沙滩上，瓷着眼珠儿，望着雷响干张嘴儿，一口一口倒气，就像两条涸泽之鱼。雷响气得满脸阴云，鼻翅一张一合，狠狠一指牤牛，说："你给吴莲池卖命吧！早晚也是破席一卷，跟你爹一个下场！"又狠狠一指马门闩，说："你也一辈子卸不下吴家这面枷！"说罢，独自赶着他的马群，到远处的草地上去了。

霍牤牛和马门闩吐空了满肚子的河水，你看看我，我看看你，咧嘴哭了。哭了一会儿，挣扎着爬了起来，头重脚轻地赶着他们的牲口，跟雷响会合。

从此，他们亲如一奶同胞。

他们每日早起，头顶星星，赶着似水流云的牛、马、骡、驴，到河滩上来，下晚脚踏着月光，又赶着这上百头牲口，一路尘烟回吴家大院。一来一往，都路过石老硬的铁匠铺。

铁匠铺在烟村村口，村口有一条长堤旱路，也可直通石瓜镇，比水路多走一二里。

铁匠铺一间门面，一座凉棚，房前屋后满种高大金黄的向日葵。天蒙蒙亮，铁匠铺就响起了叮叮当当的铁锤声，石老硬光着膀子，只扎一条围裙，身披火光，汗流浃背，手里的铁锤冰雹雨点似的落在铁砧上；他的女儿雨梅打下手，拉着风箱，呼嗒呼嗒，扇起火苗有二尺高。

雨梅是个茁实壮丽的女孩子，人高马大，胸脯丰满，有两膀子惊人的力气，性情开朗得就像湛蓝的天空，从早到晚笑声不断。她自小比男孩子还野性。烟村村口高岸上，有一棵九曲盘环的老龙腰河柳，凌空伸延到飞流急湍的水面上。她一有闲空，就跑到这里玩耍，悬空坐在颤悠悠的河柳枝丫上，跟过往行船、渔舟上的船夫和旅客大说大笑。有时情不自禁，笑得前仰后合，四脚八叉翻了下去，溅起冲天的浪花，再浮上岸来，爬回树上，那更有趣。

雨梅顽皮淘气，快嘴快舌，爱耍笑人。雷响、霍牤牛和马门闩早晚从铁匠铺外路过，她一边呼嗒呼嗒拉风箱，一边挤眉弄眼耍笑这三个牧童，一会儿粗声粗气喊道："牛大姑爷、马二官人，一擂也不响！"一会儿又尖着嗓子叫道："擂也不响的牛大姑爷、马二官人！"霍牤牛朝她挥舞拳头，马门闩跟她打牙逗嘴儿，只有雷响眼角也不瞟她。

一年小，两年大，雨梅忽然不打趣雷响了，只跟牛大姑爷霍牤牛和马二官人马门闩玩笑。一个6月的中午，雷响把马群赶到河边柳荫下卧着，他钻进水柳丛中，仰躺在阴凉的白沙地上，搭着腿，吹苇笛儿。忽然，柳丛一阵沙沙响，他只当是一只鹌鹑飞进来，骨碌爬起身，正要去捕捉，却见雨梅叼着一支三棱草，手脚落地，笑嘻嘻爬进来。

雷响板起面孔，瓮声瓮气地问道："你来干什么？"

"听你吹曲儿呀！"雨梅一扑，也趴在白沙地上，狡黠地眨着眼。雷响扭过脸去，心里像有一窝蚂蚁爬，手指打着哆嗦，曲调乱了套。

"这是什么曲儿呀？"雨梅眯着眼睛问。

"百鸟投林！"雷响没好气地答道。

"呸！"雨梅扑哧一乐，"叽叽喳喳，麻雀搬家。"

雷响闷雷似的吼起来："有你在这儿嬉皮笑脸，我还得吹出夜猫子叫，夜猫子笑！"

雨梅腾地跳起来，骂了声："丧门神！"撩天泼地扬起沙子，水柳丛中尘烟四起，呛得雷响直打滚儿，她却带着一串笑声，逃之夭夭了。

就在这天下晚，雷响、霍忙牛和马门闩踏着茫茫月色，赶着他们的牛、马、骡、驴大队，从河滩回来，雨梅正在大道拐弯的柳棵子地里砍柳条，编鸡笼用。柳条儿又柔韧又绵长，她砍得全神贯注，一本正经。忽然，她好像被牛鸣、马嘶、驴叫惊扰了，停住了手里的镰刀，回过头，腼腼腆腆地向他们三人道："回去啦？"

"不回去，你又不管我跟忙牛的饭！"马门闩假装哭丧着脸。

雨梅吃吃笑，心里甜甜的。

三个人走近了，她又好像偶然发现，咦了一声，说，"你们的裤子都破了，再不缝补，可就穿碎了。来，我给你们粗针大线缝几针。"三个人欣然同意，直溜溜站住脚。

也不知怎么那么现成，她砍柳条还带着针线包。她蹲下身来，先给马门闩缝，几个大口子缝得平平整整，马门闩很满意，感动地说："雨梅，你的模样比织女俊，你的手比织女巧，你的心肠比织女好。我这个没爹没娘的孤儿，亏你惦着，往后我再也不跟你贫嘴呱哒舌了。"

雨梅啐道："快走吧！刚说不贫嘴，可又跟我胡扯；我是织女，谁是牛郎？"

马门闩吐吐舌头，连忙赶着牲口先走了。

接着，雨梅又给霍忙牛缝。这个憨头憨脑的大孩子更不要好，雨梅刚缝了几针，他就傻笑着说："行啦，露不出'零碎'就得，我得赶紧回去填肚子。"说着，扯断了线就走。

最后，轮到雷响了。雨梅咬着嘴唇，不抬眼皮儿，借着皎洁的月光，一针针，缝又缝，针脚又小又密，有的地方连不住线，她又神出鬼没地掏出几块本色补丁。雷响的心给打动了，低低地柔声说："雨梅，别这么细致，累酸了眼睛，得雀盲。”这几句话，说得雨梅心一热，又一酸，咬断了针线，背过脸去，说：“往后你有针线活儿，就给我拿来，我好歹的给你做，别再辛苦雷大婶了。”雷响更动了心，胸膛里一阵鼓荡，说：“你的心思，我都明白。不过，要管，你连牤牛跟门闩的活儿也要管，别显得咱俩近，他俩远。”雨梅“嗯”了一声，又回到柳棵子地里。她摸摸脸庞，滚烫滚烫的，摸摸胸口，扑腾扑腾跳。

雷响走远了，她又觉得意犹未尽，从柳棵子地里追上去，叫：“雷响！……”

雷响脚不停步，回头挥了挥手，说：“你也快回家吃饭，咱们到大姑家听香姐说新故事。”

不刮风下雨，他们每晚都划着小船，到罾罟台凤大姑家聚会。

罾罟台跟东邻的烟村，相隔五里水面，坐落在延芳淀中央的一道泥鳅背沙冈上。冈坡上丛生着芦苇、野麻、三棱草和红皮水柳，冈坡下水边拴着叶叶渔舟，冈脊上分布着一座座巴掌大的小院落。一色的蝈蝈笼泥棚屋，屋檐上晾着大大小小的渔网，门前都是一小块一小块的园子地，种的是花生、红豆、瓜菜和牛腿高粱，有的家也有几棵果树。

这个小小的村落，原是过去南北船行的船坞，十八户人家，也都是过去南北船行的船夫。自从八路军的一支武工队，在北运河上游活动，日伪军就重兵封锁了延芳淀以上的河道。切断了交通，南北船行揽不到生意，就关了张，船夫们只好在罾罟台落户定居，种地打鱼为生。

丘二篙头、凤大姑和他们的女儿飘香，三口人只有一只渔船，二亩沙田。春天一茬豌豆，夏天一茬晚瓜，瓜后又是一茬荞麦，而且每天都下淀捕鱼，忙得上气不接下气，一年到头也只能吃个半饱。不得已，凤大姑又借了一笔印子钱，在水泊边开了个小小的饭铺，字号柳香居。小饭铺开张几个月，一直也没想立个字号，只在门前的河柳上，插了一面“太白遗风”的酒幌子；年轻的说书人，外号小叶学士的叶菏，在这儿打尖，见景生情，想起李太白“风吹柳花满店香”的诗句，于是给起了这个雅致诗意的字号，凤大姑和飘香母女非常高兴，招待叶菏更亲热了。

柳香居只有两间低矮的土房，房前一片白沙地，三面夹着柳条篱笆，搭一棚豆架。豆架下，砌着几座泥台，十几个泥墩，就算桌位。小饭铺的顾客，都是过往的船夫、脚夫、挑夫、工匠，在这儿歇歇脚，打打尖，要一壶枣叶茶，一碗白酒，一盘凉拌黄瓜或素炒扁豆，几个金黄的两面焦。多花几文钱，还能吃上青蒜狗肉，新鲜活鱼，团脐螃蟹，肥嫩野鸭，以及种种水生草长的野味，然后尝尝凤大姑最拿手的荷叶饼。

凤大姑是个精明强干的女人，当年雷连甲最疼爱这个女儿，不但没有给她裹脚，而且传授她一身好武艺，三五个粗夯大汉，不是她的敌手。她又有一张雨打芭蕉的嘴，口角锋利，敢说敢道。她更心灵手巧，炕上针线女红，灶上煎、炒、烹、炸，地里耕、耩、锄、耪，水上划船摇橹，撒网捕鱼，无不精通。

她的女儿飘香，像她又不像她。聪明，俏丽，甚至有点刁钻，都像她；可是身姿娇小，心机深沉，性情凝重，不苟言笑，又不像她。飘香人小力气单薄，学不了长枪大刀和强拳硬脚，凤大姑就下功夫教她出奇制胜，一巧破千斤。她有一张花梨木猴弦弹弓，一条鞣皮弹囊，满装着滚圆滚圆、一般大小的红石子弹丸，百发百中，弹无虚发。

她比母亲更心灵，更手巧。她的特长是纺纱和织布，每年冬闲时节，她就闭门纺织。她织出的夏布，就像黎明缥缈的炊烟，晴空轻淡的云影；贩卖土产的老客，抢购她的产品，运到通州县城，以五倍的价钱出售，而运到京津两市，更卖到十倍的价钱。

飘香还有一条清亮圆润的歌喉，会唱许多民间小曲。月夜，她的歌声回荡在月色朦胧的水泊上，袅袅不绝，余味无穷，感人肺腑，沁人心脾。

而她最与众不同之处，是她识了许多字，不但能记流水账，而且能看鼓词唱本一类的小书。

一个穷门小户的女孩子，又住在野泊荒村，怎么会识文断字呢？

是年轻的说书人，外号小叶学士的叶菏，几年来一字一句教会了她。

4

叶菏也出生在石瓜镇，生身之父叫何守田，他家只有半亩池塘，三分果园，两间棚屋。池塘里植莲、种藕、养鱼，果园里有十几棵香白杏、水蜜桃、海棠、山楂、鸭梨、苹果，还有一架玛瑙红葡萄。何守田夫妻二人，过的是安分守己、与世无争、粗茶淡饭、自给自足的生活。

做梦也没想到，闭门家中坐，飞灾横祸来。吴莲池修造一座大宅院，相中了这片果园和池塘，要圈占了去，当他的后花园。吴莲池打发一个狗腿子，知会何守田，拨给他龙蟠河边二亩蛤蟆坑洼地，三日之内搬家。

为了栽培养育这三分果园和半亩池塘的花、木、鸟、虫、鱼，何守田呕尽了心血；每一条枝丫，每一片荷叶，都像是他身上的骨肉，他怎么能容忍吴莲池夺走他这祖辈传留、自己半生辛苦挣下的家业？这个一向树叶掉下来也怕砸破头的人，被逼上绝路，忍无可忍了。

他日夜守护在池塘边和果园外，不吃不睡，寸步不离。

这天，一个狗腿子带领几个泼皮无赖，手持棍棒，摇晃着膀子，打着口哨，横冲直撞而来。

一棵棵香白杏在成熟，一株株水蜜桃已经红晕，海棠、山楂、鸭梨、苹果、葡萄都结出了累累坠坠的果实；池塘里，荷叶盘盘，荷花清香，一尾尾活蹦乱跳的肥大鲤鱼，穿梭嬉戏在绿水中。

何守田的心，一阵绞痛，抱住身边的一棵苹果树。那狗腿子喝道："滚开！"两个泼皮无赖从苹果树上扯开他，拖出十几丈外，搡在地上。何守田两手抠地，痛苦呻吟，突然痛彻肺腑地一声惨叫，像一只愤怒的利箭，直奔那指手画脚的狗腿子扑去，双手扼住了他的喉咙。那个狗腿子猝不及防，想喊救命没叫出声，只是抽搐着身子，拼命地垂死挣扎。泼皮无赖一时吓破了胆，尖叫着，鸟兽四散。

何守田骑在那个狗腿子身上，两只手下死力扼得更紧，更紧。

泼皮无赖惊魂稍定，呼哨着拥了上来，可是那个狗腿子早已七窍出血，两只狗眼迸出眼眶，狗脸憋得紫黑，断气玩儿完了。他们撕掳着何守田，何守田也已经全身冰凉，气绝身亡，只是十根手指深深嵌进狗腿子的脖颈里，像两把老虎钳，掰也掰不开。

这伙丧尽天良的两脚畜生，兽性大发，狂叫着："何守田家还有活口，灭他的门！"疯狗一般扑奔绿树丛中的何家棚屋。

何守田的女人柳氏，还没有出满月，远远听见这群恶狗的号叫声，慌忙抱起刚刚落生二十几天的儿子，跳出后窗，奔田野上逃去。

柳氏一口气跑到了大河边，站住脚，举目一望，大河茫茫，没有一只渡船，四下也不见一个人影，而那伙追赶她的泼皮无赖们已经逼近了。她急中生智，将儿子赤条条扔进一簇香蒿丛里，抱着小花被沿河边飞跑，把泼皮无赖们引走。泼皮无赖们果然中计，迂回抄近，想抢在前头，把柳氏堵住。柳氏知道已经插翅难逃，抬头叫了一声："天呀，天！你让我的儿子活下来，给我们留下一条根吧！"抢上两步，纵身投下滔滔的大河。

泼皮无赖们赶到河岸，只见一床小花被漂浮在河心，便以为他们母子已经尸身沉没，放心大胆地回去了。

傍晚，满天霞锦，倦鸟归林，游乡说书艺人和走方郎中叶明亮，身穿破旧长衫，背一梢马子，唱唱咧咧地路过这里。忽然，从一簇香蒿丛里，传出一阵微弱细小的婴儿哀啼声，吓了他一大跳。

他定了定神，蹑手蹑脚地走了过去，只见一个赤条条的小男孩，只穿个小小的绣花兜肚，蜷缩在草棵里，咬着小拳头，哭得奄奄一息。叶明亮弯下腰，小心翼翼地把婴儿捧了起来，鼻子一酸，忍不住淌下两行热泪，泪水滴落在婴儿的小嘴里，小男孩还当是母亲的乳汁，贪婪地吮吸下去。叶明亮万分激动，连连亲吻婴儿的小脸蛋，呜咽着喃喃地说："孩儿啊，孩儿啊！我原想生前无儿又无女，死后孤坟、野狗、一棵树，谁想意外之缘遇见你，我不该绝后，你不该早夭。你那狠心的爹娘撇了你，我偏要拼死拼活养大你！"说罢，他脱下身上那件千钉百补的破长衫，仔细地将婴儿包裹妥帖，轻轻哼着催眠曲，一步一步抱回家去。

叶明亮居住在通州东关的贫民窟鸡鸣巷，家里只有一个病弱的妻子。他每日清晨离开通州，背上梢马子，里边装着醒木，扇子，葫芒瓢，拄着一根打狗枣木棒，蹚河过桥，走村串店，在河边渡口，集市庙会，演说《水浒》。他并不忠实于原著，凡是他不满意的情节，他都加以删补润色；对于他所喜爱的人物，例如林冲、武松、李逵、鲁智深，更另外编织了许多惊险动人的故事。而且，他还是个好心肠的月下老人，总觉得宋江把一丈青扈三娘许配给矮脚虎王英，是把一支鲜花插在了狗屎上，非常不当，令人不快；于是，他便做主，让一丈青姑娘给豹子头林冲续了弦，很得人心。他还精通外科医术，专治跌打损伤，妙手回春，起死回生。他的听众和病家，十之八九是长工、佃户、船夫、苦力、贩夫、走卒，常常不取分文，只讨口饽饽吃，囫囵哄饱肚皮就得，渴了便到井台溪边，喝一瓢清水。他过的是叫化子生活，却自得其乐，穷苦人都热爱他，敬重他，尊称他叶师父，管他的妻子叫叶师母。

他把婴儿抱回家，一进门就欢笑着跟叶师母喊道："吉星高照！我在龙蟠河边拣来个儿子。"叶师母更是喜出望外，喜泪直流，说："天可怜见，咱俩老来可有依靠了。"为了纪念在河边草丛里的奇缘巧遇，叶明亮想起山东省菏泽县的菏字，给这个孩子命名，最贴切，于是便起名叫叶菏，生日就从拣到之日算起。

叶明亮那一颗炽热善良的心，整个儿扑在了小叶菏身上。他不再走村游乡，就在东关码头打个地摊说书，一散了场就赶紧回家抱儿子。小叶菏三岁，他干脆把儿子抱到说书场上；这个孩子也真乖，不哭，不闹，坐在爹爹身边的一个小马扎上，静静地谛听爹爹描绘古代的草莽英雄人物，黑亮黑亮的圆眼睛，闪耀着喜、怒、哀、乐的目光。他一字一句都听进了耳朵，铭刻在心里。

叶明亮不通文墨，只是在长期的说书生涯中，逐渐识得一些粗浅的文字。小叶菏四五岁，叶明亮哄他玩，给他写了几个字方儿，教他念和写。不想小叶菏智力过人，教一个，会一个，教十个，会十个，笔画不管多么复杂，都能写得完整无缺。到六岁，叶菏已经识了两三千字，还磨着他爹教下去。叶明亮搔搔头皮，笑着说："儿呀，就此打住吧！爹肚子里这几滴墨汁，全叫你掏干了。"

小叶菏学而不厌，不想到此为止。

通州县城的东关码头有座河神庙，河神庙里有个私塾，执教的先生姓文，名朝闻，学问渊博，人品清高。叶菏常到河神庙玩耍，扒着塾房的后窗台，听塾房朗朗的读书声，出神入迷。他一边听，一边跟着默念，不知不觉竟熟记了若干篇诗云子曰。

有一天，他双手扒着后窗台，偷看学生们背书。只见一个肥头大耳的学生，至少也有十七八岁了，直挺挺僵立着，胖脸憋成了猪肝色，结结巴巴，吭吭哧哧地背诵着：

"坎……坎坎……伐……伐伐……檀兮！……"

他反来复去，只会背这一句，油光光的脸上，汗如滚豆。

叶菏看着他那副蠢样儿，又狼狈不堪，觉得十分可笑，忙用一只小手紧紧捂住嘴，才强忍着没笑出声来。

"伸出手来！"文朝闻先生断喝一声，满面怒气，举起又厚又重的杉木戒方，狠狠打在肥头大耳学生的手心上。

肥头大耳疼得直咧嘴，眼里含着两泡泪。小叶菏不再觉得他可笑，只觉得他可怜，于是小声提示他：

“置之河之干兮……”

“置之河之干兮！”

肥头大耳得了救，逞能似的大嚷出声。

文朝闻先生的脸色缓和了，把戒方放回讲台。

“置……置置……”肥头大耳又原地踏步，推起车轱辘。

叶菏怕他又要挨打，赶忙又提示一句：

“河水清且涟猗……”

“河水清且涟猗！”肥头大耳有头无脑，只会鹦鹉学舌。

叶菏暗暗着急，心想一股脑儿告诉了他，免得他一句一顿，被先生听出破绽，皮肉加倍吃苦，便一直提示下去，肥头大耳好一气呵成。

“不稼不穑，

胡取禾三百廛兮？

不狩不猎，

胡瞻尔庭有县貆兮？

彼君子兮，

不素餐兮！……”

叶菏背得高兴，忘乎所以，竟学着文朝闻先生的腔调，放声吟哦起来。

“谁在后面当枪手！”文先生勃然大怒。

叶菏大吃一惊，双手一缩，跌下窗台，脑瓜跌了个桃子大的青包，哇哇大哭。

文朝闻先生急忙走出去一看，是个头上留着木梳背儿的小男孩，大为惊奇。他把叶菏抱进塾房，放在腿上，一面揉着头上的肿伤，一面哄道："好孩子不爱哭，爱哭不是好孩子。"

叶菏很怕这位铁面无情的文先生，不敢哭了，抽抽嗒嗒地说："我不敢了，您放我回家吧！"

文先生却不放他，和颜悦色地问道："你还会背哪一篇？"

叶菏觉得这位文先生看似无情却有情，便乍起胆子，回答说："《硕鼠》。"

"很好，背给我听。"文先生闭上眼睛，微笑着。

硕鼠硕鼠，
无食我黍。
三岁贯女，
莫我肯顾。
逝将去女，
适彼乐土。
乐土乐土，
爰得我所。

叶菏不但背诵流利，而且语气愤懑，说明他对于这首诗的诗意，充分理解。

"绝顶聪明，举一隅而知十隅！"文朝闻先生爱不释手，赞叹不已，"你到我这儿来念书，好不好？"

叶菏低下头去，小声说："眼下，家里没钱。"

"我免收你的束脩，"文先生说，"纸笔墨砚，我也给你买，你来吗？”

“来。”

但是，叶菏只跟文先生念了三年书，县政府下令取缔私塾，文先生失了业，叶菏也就失了学。穷家孩子早知柴米贵，失学之后就跟爹爹学说书，不久便沿着爹爹的道路，行走在百里龙蟠河两岸。

这也是从无字句处读书。

5

几年时光，叶菏呼吸着北运河原野的泥土芳香，呼吸着茑花沽的清新水气，从少年长成青年，也成熟了他那别具一格的说书艺术。他的说书风格，跟叶明亮迥然不同。叶明亮幽默风趣，痛快淋漓，擅长武松故事，绘声绘色，声情并茂；叶菏深沉庄重，细腻委婉，专攻林冲六回，令人闻之悲愤交加，泫然涕下。

儿子长大成器，后继有人，叶明亮便退出说书生涯，专门行医。

叶菏不但说书，而且游学。他每到设有学堂的村镇，都要拜会那里的执教先生，谈诗论文，辩难问答。有一回，在文庙大殿，他驳倒了前清秀才出身的通州士圣人程门雪，坐了三个月的牢，却博得了小叶学士这个爱称。

他热爱农家生活和乡村景色，常常流连忘返，十天半月才回通州家里一趟。他喜欢寄宿破庙、瓜棚、茅店，结交五行八作的朋友。他有很多忠实的听众，那是真正的书迷，待他像自家亲人。尤其是那些天真烂漫的少年和儿童，跟他更是亲密，打一只鸟儿，掏一窝螃蟹，捞一网鱼虾，摘一把桑葚儿，都要请他尝尝鲜。

在他的那些书迷听众里，就有雷响、雨梅、霍犴牛和马门闩，而最知音的还是飘香。

叶菏到延芳淀说书，就在柳香居包饭，遇到刮风下雨，常在罾罟台借宿。后来，丘二篙头、凤大姑和飘香，又叫来雷响、雨梅、犴牛和门闩，干脆给他搭了一间窝棚屋，他也就成了罾罟台的侨居户。凤大姑爱听他的书，疼他像子侄；飘香听书最用心，最仔细，最感动，杏子眼里常常噙满泪花。叶菏深感知音，收场之后，还要另外给飘香说一些散段，教她识字看书。日久天长，两人不但知音，而且知心。

凤大姑是何等人，这一切能不看在眼里？一天夜晚，临睡之前，她悄悄跟丈夫说："飘香那丫头，跟叶菏越来越形影不离，没有分寸了。"

"咱们船家天然野性，不讲究那些酸文假醋的女儿经、弟子规。"丘二篙头不以为然。

"那就爽利把飘香给了叶菏。"

"如今兵荒马乱，过两年再定吧！"

睡在外屋的飘香，清清楚楚都听见了。她又惊，又喜，又羞，少女的心怦怦乱跳。这一夜她失了眠，第二天清晨起来，脸色发黄，目光也显得枯涩。

叶菏来到柳香居，见飘香一副病容，问她："是着凉了吧？我给你看看脉。"

飘香脸一红，低着头，逃进屋去。接连几天，飘香都躲闪着不跟叶菏碰面，闹得叶菏像掉进了闷葫芦里。

又过了两三日，一天歇晌，叶荷坐在堤坡的杜梨树荫下，还没有睡。

“喂！”

忽然，背后有人轻轻叫他。

叶荷回过头，是飘香。飘香手提一只柳条篮，还夹着个小包袱。

柳条篮里有一个斗大的西瓜，叶荷忙说：“我不渴，留着给大姑跟大姑父吃吧！”

“雷响送来两筐，我这是借花献佛。”飘香笑吟吟一投手，“你先接住这个！”她像织女投梭，扬过来小包袱。

叶荷接在手中，打开一看，是一双布鞋，一身裤褂，迷惘地看了飘香一眼，问道：“这……”

“也不知可脚不可脚，合身不合身？”飘香走上堤坡，放下柳篮，背转身子，“鞋样儿，是比着你的脚印铰的；衣裳的裁剪，可就没凭据了。”

叶荷的心，一阵剧烈地激动。这几天，飘香躲闪他，他也不跟飘香接近，只看见她在中午阳光下晒袼褙，夜晚在月光里纺纱织布，又看见她在豆棚下纳鞋底儿，缝衣裳；可是万没想到，飘香日夜辛劳，为的是他。

“我不能穿！”叶荷热泪盈眶，“大姑父还光着膀子，赤着脚。”

“你不必替我爹操心。”飘香笑道，“一夏天在水上过日子，一条短裤，一件蓑衣，就够了。”

叶荷又看见飘香身上那打满补丁的蓝花土布小褂，摇着头说：“你的衣裳这么破旧，我怎么能忍心穿新的，穿好的呢？”

“少管我的闲事！”飘香面色愠怒，“你再啰唆，我就恼了。”

叶菏慌忙说：“你别恼，我穿。”

“那就到柳棵子地里换上去！”飘香命令。

叶菏更衣完毕，从柳棵子地里走出来，不住口地说：“鞋可脚，衣合身；手真巧，活真好。”

但是，飘香已经飘然而去，只在杜梨树浓荫下，留下那个斗大的鞑子蜜西瓜。

河上，云天，原野，一片宁静，只有苇尖荷叶上，掠过阵阵溜溜的清风，远远的淀畔，有一只秧鸡在啼叫……

叶菏也已经脱离了说书生涯。日寇投降以后，他考取了新成立的通州师范，二十三岁又上了学。

开学前夕，他到延芳淀话别，当天没走，在罾罟台流连一日。吃过晚饭，皓月当空，繁星满天，延芳淀上月色迷茫，凉风习习，叶菏跟凤大姑、丘二篙头和飘香，坐在柳香居小院里谈天。

“念书，好！”丘二篙头喝了二两老酒，满面喜色，“自古以来，咱穷人不通文墨，吃了多少苦头！财主富户，官府衙门，一封八行文书，压得咱穷人直不起腰，喘不过气，呼天不应，唤地不灵。如今，你踹开学堂大门，就是长了咱穷人的威风锐气；要好好念，学问不怕大，才高八斗不行，要才高一石六。”

“千万要争气，要强！”凤大姑叮咛说，“学堂门槛九丈九，只有少爷公子进得去。而今你考中了，踢了他们的门槛子，他们能不红眼？你一定得用功上进，在学问上压他们一头，叫他们知道知道，咱穷人也不是没有文才。”

“你们的话，我都记住！”叶蒿点着头，“我爹，我娘，也是这么嘱咐我。”

但是，躲在豆棚一角阴影里的飘香，却一直不开口。

“歇息吧！”丘二篙头站起身，“明天我还得起早，南北船行又开了张，拨来一只头号大船，叫我掌舵，蹚蹚水道。几年不摆弄这个家伙，手生了。”他进屋提出一盏风灯，奔水泊边停泊大船的船坞去了。

豆棚下，只剩下叶蒿、凤大姑和飘香三个人。叶蒿的目光不时向飘香投去，飘香却只是侧着脸，一声不吭，空气很沉闷。

石瓜镇哨楼，响起三更梆声，夜深了。

“叶蒿，你也睡去吧！”凤大姑说，“明天，让飘香划船送你。”

“是。”叶蒿又望了飘香一眼，见她仍然一动不动，只得离开柳香居，朝自己的窝棚小屋走去。

他开门进屋，坐在窗口，窗前是一片迷茫的月光。沽上，阵阵夜风，吹来芦花荷茎的清香，沁人心脾的水气，叶蒿的心一阵阵痉挛。他跟延芳淀的水土和人民，千丝万缕之情，就像母子连心。罾罟台的渔舟，柳香居的豆棚，以及他这间蓬荜陋室，都令人眷恋不已。他更想到飘香待他的情意。几年来，这个少女那颗圣洁的心，给他以无量的温馨，细致的体贴。然而，今天飘香却沉默寡言，郁郁寡欢，显得十分疏远，他感到惆怅。

正在这时，夜空划过一道流星的白光，一个飘忽摇曳的人影，朝他的窝棚小屋一溜小跑而来。

“飘香！”叶蒿跳起来，开了门。

“黑更半夜的，我不进去了！”飘香远远地站住，站在迷茫的月色里，“我是来告诉你，明天你坐我爹的大船走吧，我不送你了。”说罢，陡地一个转身，匆匆而去。

叶菏的心弦，一阵战栗。他恍然大悟，慌忙追赶出去，连连呼唤着：“飘香，站住！飘香，站住！”

飘香停住脚步，扭过脸来，跺着脚，低声叫道：“你这是干什么呀！叫人家看见，要说什么呢？”

叶菏看见，她的脸上闪着泪光。

“飘香！”叶菏痛苦地叫道，“你的心，我明白。你睁大眼睛看着吧！我要是念书念黑了心肝，念软了骨头，那就对不起为我含辛茹苦的爹娘，对不起待我亲如骨肉的延芳淀父老兄弟姐妹，对不起你的一片深情。天地虽大，也不能容我这个丧尽天良的罪人！”

“只要你心里有我们，就好。”飘香垂下眼睛，声音发颤。

两个人都沉默了，默默地站在月光下，心里很乱，呼吸急促。一阵风来，飘香发觉两人面对面的身影交织在一起，慌忙跳进一棵合欢树的荫影里。

“飘香！”叶菏闯上一步，莽莽撞撞地握住了飘香的手。

“哎呀，你！”飘香的手冰凉。

“这几年，你为我操劳……”

“我不想听，我不想听！”

“我有一句话，不敢说出口……”叶菏胆怯地顿住了。

“你还是说了吧！”

“我不知道，等将来……咱们能不能……你愿意不愿意……”叶菏满头大汗，不知所云。

“还问什么呢？”飘香叹了口气，“除了你，我心上还能有谁呢？”

她仰起泪光晶莹的脸，叶菏笨手笨脚地亲吻了她。

不知过了多久，淀上一声雁叫，惊醒了飘香，她从叶菏的拥抱中挣脱开来，慌慌乱乱地跑走了。

跑了很远，她忽然又站住脚，转过身，向叶菏这里投来情意深长的一瞥，迟疑地停顿片刻，才慢慢地离去。叶菏只是呆呆地站立着，飘香那轻盈的身影在迷茫的月光中消失了，他仍旧呆呆地站立着。他的心，很沉重。

第二天清晨，吃过早饭，叶菏坐在飘香打桨的小船上，离开柳香居。飘香节奏均匀地轻轻打桨，小划子平平稳稳地驶向淀上，船头卷起细碎的浪花，船尾响着汩汩的水声。他们一想起昨晚发生的一切，心就乱跳，脸就发烧，谁也不敢看谁。

小船驶出莺花沽口，进入龙蟠河的宽阔河道，他们躲避帆樯林立的大船，沿着河边浅水划行，船走得很慢，他们说话的声音很低。延芳淀到通州，水路只有三十里，他们走了半天一晌。

太阳落山，霞光满淀，凤大姑站在柳香居外，翘首眺望。女儿一去不归，她心里七上八下，坐立不安，六神无主。

忽然，隐隐约约，沽上传来袅袅的歌声，荡漾在渐渐浓重的暮霭中。

豌豆开花花蕊红，

豌豆结荚一层层；
阳春种下小豌豆，
开满了鲜花到处红。
知心的人儿虽已走，
知心的话儿留心中。
……

“死丫头！”凤大姑一块石头落了地，低低骂了一句。“乐得唱出了心思来。”

飘香划着一叶轻舟，带着一片霞光，像丛林中射出的响箭，飞一般归来。

6

第二年暮春时节，一个晴朗的日子。明净的阳光，温煦的春风，北运河边，平川古道，走马流星。一路风烟中，奔驰着一支人强马壮的小分队。

高空，一只张扬着阔大翅膀的苍鹰，在大地上投下疾飞的掠影，跟踵马后，寸步不离。

一马当先，奔驰在小分队最前面的是一匹铁叶青骏马。骑坐在骏马铁叶青上的人，二十七八岁，清秀的高个子，黧黑的肤色，凛若寒星的眼睛。他身穿灰布军装，斜挎一只军用皮包，打着裹腿，脚下爬山洒鞋，腰间两支连发二十响的驳壳枪，神态威严坚定，风度英武潇洒，眉宇间焕发着深沉的正气。

他，就是八路军冀东军区作战处副处长蒲葵，前往国民党占领下的通州，担任国共停战协定监督执行小组的我方代表。肩负重任，急如星火，马不停蹄。沿北运河古道，已经飞奔两三个小时。

飞奔到北运河进延芳淀的入口，只见碧浪千顷，水天一色，令人心驰神往。蒲葵勒住铁叶青，手搭凉棚，眺望延芳淀的景色风光，轻轻舒了口气，说："同志们，我看见了那个淀上小村罾罟台，咱们到那里歇歇马，打打尖，等候城工部的同志来介绍情况。"

"是！"大家齐声回答。

于是，这五名飞驰的骑士，又沿着延芳淀畔的纤道，直奔罾罟台对岸的渡口，雇一只渡船，摆渡到罾罟台去。延芳淀南北长八九里，东西宽六七里，渡口到罾罟台不过三里左右。上了船，不一会儿，就望见了柳香居的字号。

其实，柳香居自今年正月初六日，就已经关门大吉。原因是飘香出落得越发人品出众，就像延芳淀上一枝秀丽的碧莲，十分引人注目。世道险恶，为了避嫌防患，凤大姑将小饭铺关了张，让门前冷落下来。如今，娘儿俩除了耕种二亩沙田，打几网鱼，就整天编席织篓，纺线织布，天一黑就关窗闭户，不点灯火，早早睡觉。

这时，凤大姑正坐在门槛上，给丘二篙头编一件蓑衣，飘香在豆棚荫凉下，织一匹柳条格土布。凤大姑抬头之间，发觉一只渡船朝柳香居驶来，船上有五名大兵，五匹大马。她慌忙扔下手里的蒲苇，喊叫飘香停了梭，将女儿推进屋里，从灶膛里掏出一把锅烟，抹在飘香那俏丽的脸上。然后，她迎门而立，面无惧色，冷冷地盯着已经下船上岸的人马。

“大娘，您好！”蒲葵牵着马，在柳香居柴门外站住，满面笑容，跟凤大姑打招呼。

凤大姑脸色冷冰冰，说：“不敢当，长官。”

“大娘，我们是八路军，请您管我叫同志。”蒲葵彬彬有礼，一团和气，“我们到通州城里办事，路上又饥又渴，想在您这儿歇马打尖，不知方便不方便？”

一听他们是八路军，凤大姑那敌意的目光柔和下来。对于八路军和共产党，凤大姑虽然没有见过面，内心却是十分向往而亲切的。远在八年前，日寇侵占通州以后，丘二篙头的一个好朋友，通州码头装卸工沙官印，从县牢里逃了出来，在她家躲藏了七天。沙官印在县牢里，跟一个共产党住过同一间牢房，结成了患难之交。沙官印在罾罟台躲藏的那些日子里，每天都跟凤大姑和丘二篙头谈起这位可敬的难友，是一个品格高尚的人，眼光远大的人，坚贞不屈的人，视死如归的人。七天后，沙官印走了，他要跋涉千山万水，走遍天涯海角，去投奔共产党。沙官印走后两年，八路军挺进支队在燕山山脉建立了抗日根据地。虽然日伪军的层层封锁线，隔断了北运河，闭塞了延芳淀，但是千层篱笆也得透风，八路军和共产党的影响，仍然深入到延芳淀受苦受难的人民心目中。

凤大姑那冷冰冰的面孔解了冻，换上了满面春风，抬开柴门，热情地说：“我们这个小饭铺，关张几个月了。我用柴锅土灶，给你们做一顿粗茶淡饭，慢待了。”

“谢谢您，大娘！给您添麻烦了。”

蒲葵那温和的言语，文静的举止，有礼貌的态度，很快就博得了凤大姑的好感和亲近，连躲进屋里的飘香，也大胆走出来，悄悄提起一张小网，到淀边打些鱼虾待客。

那四名战士，也一个个满面笑容，轻声柔气。他们一个放哨，一个喂马，一个挑水，一个劈柴，然后又打扫院落，修补柴门篱墙。蒲葵也并不在一边闲坐，他拾起凤大姑扔在地上的蓑衣和蒲苇，坐在一个泥墩上，一边跟凤大姑谈着天，一边手指利落地编织着。

多年的革命战斗生涯，蒲葵养成了喜欢调查研究的好习惯。每到一处，哪怕只是停留片刻，遇到只是一人半丁，也要亲切交谈，询问当地的阶级状况，风土人情，历史地理和社会特色。他说话和气，态度诚恳，待人平等，不耻下问，善于同群众打成一片。他的目光、脸色、声调、微笑，都具有强烈的吸引力，唤起激情，感动人心。此刻，他跟凤大姑，从他的故乡江南农村谈起，渐渐将话题引到延芳淀来，凤大姑是个嘴快的人，何况这些人又跟她亲如一家，于是她一面烙着两面焦，一面话不住口将延芳淀的各方面情况，大大小小，远远近近，说了个仔细周密。说到吴莲池一家，凤大姑咬牙切齿，背起吴家祖宗十八代的家谱，一直骂到吴莲池的贼子吴宗笠。蒲葵听得非常认真，停下了手里的编织，不断提问。这个吴宗笠，不但是国民党京东保安司令部的政训处处长，而且是停战协定监督执行小组的国民党代表，正是蒲葵交锋的对手。

饭熟了，飘香将一浅篮金黄的两面焦，一大盘炖鱼，一大盘虾米炒小白菜，还有一盆葱花汤，端放在一张四方泥台上。凤大姑解下围裙，面带歉意地说："缺荤少素，五味不全，委屈同志们了。"

蒲葵忙说："大娘，让您劳累了。这样的饭菜，比起我们的伙食标准，高多了。"

除了一人放哨，四个人围坐泥台，坐下来吃饭。正吃着，丘二篙头突然回来了。飘香看见，她爹的目光跟蒲葵的目光碰在一起，蒲葵放下筷子，站起身说："大伯，请坐。"丘二篙头笑呵呵地说："坐下吃吧！我从通州回来修船，回家看看，不知几位贵客早到，我来晚了，失罪。"蒲葵问道："一会儿，我们想请您的船送我们过岸，您方便吗？"丘二篙头会意地微笑了一下，说："我的船不知您中意不中意，吃过饭，您跟我到船上看看。"蒲葵匆匆吃完，命令四个战士加强警戒，就跟着丘二篙头去看船。

一出柴门，蒲葵低声问："船上是谁？"

"老沙。"

"呵！"蒲葵那凛若寒星的眼睛，像迸发出火光似的一亮，"大伯，您是老沙的人吗！"

"我跟沙官印，是同心换命的老弟兄。"丘二篙头一指停泊在淀边的大船，"我的伙友们都上岸回家了，船上只有老沙一人，快去吧！"

沙官印是地下的中共通州城内特支书记。

十年前，他在兰渚口码头当苦力，为人豪爽侠义，敢为朋友两肋插刀。有一回，他为一个受欺凌的伙友抱打不平，抡起杠棒，打断了把头的双腿，被押进监牢，判处了十年徒刑。在监牢里，他跟一个名叫宿莽的共产党人同住一间囚室，宿莽很会说故事，讲道理，他说的故事耐人寻味，他讲的道理深入浅出，就像春雨洒在旱田上，点点滴滴渗透沙官印的心。宿莽很少谈他自己，只是被沙官印追问不过，才谈起他有一个新婚的妻子，婚后三个月，两人就分别了，妻子已经怀了孕。他来到通州，被捕坐牢已经两年，家里并不知道；妻子生下的是男是女，他更不得而知。他们同住了一年，结成了生死之交。日寇进攻通州，国民党溃逃前夜，竟不顾国共协定，将宿莽吊死在县牢后院的一棵老槐树上。当看守打开牢门，押走宿莽的时候，沙官印死死抱住宿莽不放，喊叫道："他是个人才，留下他，我换他这条命！"看守骂道："你一个臭苦力，不值半文钱，杀你三千，抵不上他一个。"七八个看守将他撕扯开，他跳脚大骂，又把他的嘴堵住。他望着宿莽的背影，用头撞着铁窗，哭得像个小孩子。宿莽怕连累了他，一直没有开口，这时忍不住回过头，意味深长地说了一句："石在，火种是不会绝的。"沙官印不哭了，呆呆地思索着这句话。几天之后，国民党军不战自溃，仓皇南逃，沙官印跟难友们砸开牢门，放了一把火，逃到延芳淀，在好友丘二篙头家躲藏了七天，后来就离开罾罟台，投奔共产党去了。他跋涉千里，一九三八年春夏之交，在一座深山古庙，遇见了一支北上的八路军，只有一百多人，番号是八路军挺进支队，沙官印就加入了这个支队，当时蒲葵是这个支队的作战参谋。后来，这个支队在燕山山脉建立了抗日根据地，开展抗日游击战争，成立了中共冀东区委、冀东军区和冀东行政公署。沙官印先后在军区民运部，行署公安处和区党委城工部工作。日寇投降以后，他又秘密返回通州，建立特支。他仍然回到通州码头当苦力，人们问他这几年在哪儿混饭吃，他说东西南北，四方云游。

丘二篙头跟沙官印是二三十年的老朋友，忠诚可靠，守口如瓶，沙官印头一个就串联了他。丘二篙头这条大船上的其他四个船夫，又都是丘二篙头的多年伙友，于是这条大船就成了一座水上交通站。

昨天，地下交通员通知沙官印，军区作战处副处长蒲葵前来通州工作，要请地下特支的负责同志介绍通州城内情况，同时受区党委的委托，传达区党委对通州特支的工作部署。正巧，丘二篙头的大船要回罾罟台修理，沙官印秘密隐蔽在丘二篙头这条大船的后舱里，前来罾罟台，连船上那四位老伙友都不知道。

这时，这条落下桅帆的三舱大船，停泊在一溜老龙腰河柳附近，铁锚抛在岸上，缆绳拴在树上。别的船夫都上岸回家了，丘二篙头是这条大船的舵手，是一船之长，他要守卫这条大船。但是，他更百倍小心守卫的，是那个寄宿在后舱里的客人。现在，蒲葵走上了船，他在不远处的一片树荫下坐下来，装上一锅烟，静静地吸着，他像是悠闲地吹着河风乘凉，但是他的耳目却在警觉着四外。

大船后舱里，伫立着一个四十多岁花白光头的人，光着膀子，只绕着一条纤夫的围腰，像一尊铜像。他从舱窗内，已经看见蒲葵跟着丘二篙头走来，一个人上了船，连忙迎到舱口。

"蒲葵！"

"老沙！"

他俩紧紧地握手。

"我就猜中必定派你到通州来！"沙官印热烈地说，"传达上级指示吧！"

蒲葵从身上的挎包里拿出一封密写的信函，轻轻放在沙官印的手心里，笑着说："临行前，上级跟我谈起他们对于通州工作的设想。他们说，通州地处北京东大门，是个军事要地，所以国民党才驻守一个旅的兵力，设立保安司令部。因而，我们必须在通州近郊，开展武装斗争，扰得他们攻有后患，守有内忧。”

“完全正确！”沙官印看完来信，划着一根火柴烧掉了。“这些日子，我也考虑在通州城外的马蜂窝和延芳淀两处，建立堡垒。”

蒲葵赞许地点着头，说：“延芳淀正是通州地方武装最好的立足之地，你应该在延芳淀的本地人中，立即开始发展工作。”

沙官印微微一笑，说：“我已经相中了一个人，正在培养他。你到通州后，我可以安排你跟他见个面，你再对他进行一些引导。”

蒲葵感兴趣地问道：“能够告诉我他是谁吗？”

沙官印拉着蒲葵走到舱窗口，一指在不远处的柳荫下为他们放哨的丘二篙头，说：“就是这位老舵手的佳婿，通州师范学生叶菏。”

蒲葵又说：“我的意见，不适合在城内工作的人，应该迅速转入农村。”

沙官印皱着眉头说：“我进通州之前，城工部在通州有两个控制使用的人，留在城里利少弊多，我正想打报告把他们调出。”

“我是不是也跟这两个人见见面？”蒲葵问道。

沙官印摆了摆手，说：“不忙！我跟他们也只是保持间接联系，谁也不认识谁。”

他们密谈了一个多小时。然后，蒲葵到柳香居集合他的战士，乘坐这条大船，请丘二篙头掌舵，送到对岸渡口，继续沿着北运河古道，向通州进发。

蒲葵停马柳香居，吃了一顿饭，不到两小时，进行了调查研究，也进行了宣传民众。他使得凤大姑和飘香母女俩，看到了生活的希望，在凤大姑和飘香母女俩的心田上，洒下了革命的春光。

当天晚上，雷响、雨梅、霍忙牛和马门闩到柳香居来，飘香喜眉笑眼，低低的，唱歌儿似的说：“天晴了，晴天了！咱们出头的日子要到了。”她把蒲葵洒在她心田的春光，又播撒到这四个年轻人的心头。

“好啊！”雷响高兴得满面红光，一拳在地上捣了个深坑，“等那位姓蒲的八路军长官同志再路过这里，咱们就留他多住几天，教咱们革命。”

“头一炮，先革吴家大院！”霍忙牛照手心上连啐了两口唾沫，恨不得马上动手，“打开八大仓房，分那山堆似的粮食，延芳淀家家吃饱饭。”

“再分那二百顷肥田好地！”马门闩拍着大腿，更是心急，“我家祖祖辈辈，没有一块插针之地，多盼望自家能有几亩地啊！”

雨梅牙齿咬得咯咯响，恨恨地说：“还得把吴莲池老贼大卸八块。”

“喂狗！”霍忙牛跟马门闩大叫。

“狗都不吃！”飘香啐着。

“哈哈哈哈！”他们纵情大笑。

雷响面向飘香，说：“香姐，咱们要在延芳淀革命，还少一个人。”

飘香脸一红，问道：“是不是叶菏？”

“对！”雷响目光炯炯，“咱们这几个人，光会武的，没有文才；有了叶菏，文武双全，革起命来就有勇有谋了。”

雨梅忙说：“香姐，你给他捎个话儿，叫他快来。”

马门闩鬼心眼儿，摇了摇头说：“人家进了学堂，眼前是做高官骑骏马的锦绣前程，还肯冒着杀头之罪，跟咱们闹革命？”

霍犴牛傻呵呵地说：“咱们把他诓来，扣下他，不放他走，他不革命也得革命。”

“叶菏不比你的心眼儿多！”马门闩说，“你一眨眼皮儿，他就钻到你心里去，才不上你的当。”

霍犴牛粗中有细，说：“我诓不了他，你也诓不了他，香姐诓他，他就得吞钩了。”

“那也未必！”马门闩冷笑道，“他心里要是有香姐，为什么自打他进了学堂，一晃八九个月，除了正月初一拜年来一趟，就一直不照面？”

飘香恼了，说：“革命不革命，得自个儿心甘情愿，强扭的瓜不甜。我不必诓他，你们也不必扣他，他走他的阳关道，咱们走咱们的独木桥；有他也初一，没他也十五。”

“门闩胡说八道，冤枉叶菏！”雷响沉着脸，“正月初一叶菏来拜年，我们俩睡在热炕上，说了一夜掏心的话。叶菏在城里，给穷孩子们办了个不花钱的学堂，有点工夫，都花在了穷孩子们身上。我敢拿人头担保，叶菏跟咱们没变心，生死都同心。”

雨梅马上跟着说：“我也敢拿人头担保，叶菏跟香姐没变心，生死不变心。”

飘香脸色冷若冰霜，说：“他跟我变心不变心，我不强求；他要是胆敢跟延芳淀的乡亲们变了心，我就亲手革了他的命！”

“香姐言重了！”雷响一跃而起，“咱们五个人里，谁要是坏了肠子，到吴家大院告发，卖友求荣，该当何罪？”

霍忙牛说：“五牛分尸！”

马门闩说：“碎尸万段！”

雨梅说：“剁成肉泥！”

飘香说：“还要一把火把他烧成飞灰，免得他腌臜了一块干净土地。”

他们都发了誓，每人还有一人作保。霍忙牛保的是马门闩，马门闩保的是雨梅，雨梅保的是飘香，飘香保的是雷响，雷响保的是霍忙牛。谁胆敢变心卖友，保人动手革他的命；保人革不了他的命，就要拿命替他抵罪。

柳香居的大红公鸡发出第一声啼唱，罾罟台鸡鸣四起，延芳淀村村鸡鸣，他们才分别离去。

飘香悄悄进屋，睡在外间屋的小炕上。

7

通州城南，入河口北，有个贫民窟，地名马蜂窝。

沙官印住在一座低矮阴暗，四壁生满绿苔的窑里。这天晚上，沙官印在窑外的冷灶上点起晒干的青柴，正在做晚饭。远处一条丛生着三棱草和狗尾巴花的泥沼小路上，飞舞着一串串流萤，跑动着一个小小的人影，那是到河滩上打青柴的石在回来了。

石在是个外来的孤儿，去年深秋时节，他躲藏在一艘货轮上，从外省跑到通州，跳上码头，就直奔县牢，硬要闯进铁门，会见他爹。站岗的警察赶他走开，他一头撞去，把那个警察撞了个四脚八叉，仰面朝天，一溜烟钻了进去。从看守室里又跑出三个警察，想把他拦住，他像一只小豹子，抓破了一个家伙的脸皮，咬伤了一个家伙的手背，踢肿了一个家伙的前胸，可是到底人小力弱，还是被这三条恶狗按住了。看守长打了他二十藤条，砸上一副大镣，关进一间小黑屋。直饿了他三天三夜，才把他拖进审讯室，由一个三朝元老的预审官审问他。三朝元老抚摸着一大堆档案，问道："你爹叫什么名字，犯的什么案？"他答道："我爹叫宿莽，政治犯。"老家伙像烫了手指似的从档案上缩回手，一拍桌子，脸变了色，尖叫道："宿莽是共产党要犯，九年前就处决了。来人，把这个小东西赶出去！"两个警察一个抓胳膊，一个抻腿，把他抬到县牢大门口，扔到了大街上。他爬起来，又闯铁门，哭喊着："你们还给我爹的尸骨！"他眼里迸发出血泪，哭昏了过去。沙官印在码头上听人传说，有个外省小孩子千里寻父，急忙赶来，抱走了他，将他收留下来，又给他交了押金，当了报童，注册的名字叫石在。

小石在跟沙官印住隔壁，是沙官印用码头上摔散了的装货大木箱，给他钉成的一个小板屋，可是每月也得交地皮税。石在的个子很小，又很瘦弱，就像一株从石缝里长出的小草。但是，只要看一看他那充满仇恨和警觉的眼睛，就会知道，这个孩子是一支匕首，一把利剑，一道电火。他每天上午卖报，下午打柴，晚上到通州师范开办的平民子弟夜校上学。他在马蜂窝落户的第一天起，沙官印就以他那强烈的正气，高尚的品德，浸润这个小小孤儿的心灵，陶冶这个孩子的性情。他们已经同烧一灶柴，同吃一锅饭，像父子一样连心。

石在背着一捆青柴到来，沙官印心疼地问道："累了吧？饭就得。"

石在把柴捆放在冷灶旁边，擦了擦汗，问道："日子定了吗？"

沙官印给他舀了一木盆水洗脸，说："明天下午，你约会叶老师，端午节夜晚，到河上划船。"

小石在点点头，洗了脸，又洗了脚，吃过饭，钻进小板屋，一会儿就扯起了悦耳的鼾声。这个只有十周岁的烈士之子，奔波劳累一天，进入梦乡了。

通州师范坐落在北城城下，原是前清的文庙。不过，这座孔圣人的殿堂，由于年久失修，早已面目全非；幸而满院古木参天，引来鸟雀聚居，一天到晚叽叽喳喳，才使得在这荒凉颓败的景象中，带有一点生气。

目前，这个学校只有一年级，两个班，男女学生七十二人。教务主任文朝闻，就是那位当年在河神庙私塾教过叶菏的老先生。这位老先生当年离开通州之后，一直在省城的小学、中学和师范学校教国文。他对于说文解字的训诂学造诣很深，为人又刚正不阿，教学上更诲人不倦，因此在省城教育界颇有声望。抗战胜利后，他目睹国民党不但不痛改前非，反而变本加厉，比战前更残暴，更腐败，更独裁，更法西斯化，这位饱尝八年亡国苦罪的老夫子，再也不能心如古井了。他关心国家命运，同情左倾学生，大声疾呼改革政治，改革教育，改善民生。省教育厅厅长是他四十年前的开蒙弟子，虽然十二分腻烦他，但是碍着师生的名分，不大好处置他。忽然，一天灵机一动，计上心来，恭请文朝闻到他家吃饭，一口气连送了好几顶高帽儿，然后花言巧语，极尽虚情假意之能事，请求文先生到通州开办师范学校，办普及国民教育培训师资。文朝闻先生是个心地笃实的人，哪里看得出这位门生将他充军发配的用心，便高高兴兴地满口答应，兴冲冲打起行李到通州上任。可是，国民党通州县政府何曾想过发展教育这回事，接到省里公文，也就无可奈何，把这座破庙拨给了他，又忍痛掏出少得可怜的一点经费，县长兼了个校长的空名，就算开张大吉。这位老先生前半辈子一向在私塾的冷屋子里当小孩王，后半辈子到了省城，也仍然清苦自守，所以不大懂得讲究排场，更不懂得中饱自肥；因而给他一座破庙，也不挑剔，经费微薄，也不嫌少。招生告示贴了出去，到底因为师范享受公费，所以寒门子女纷纷投考。他选取严格，只挑中了七十二名，也是暗含着与孔门七十二贤人比美的意思。学生入学，他就带领大家铲除杂草，修葺房屋，还开了一块菜园，并且命名为樊圃。那意思就再明白不过，孔夫子的门徒是出名的四体不勤，五谷不分，唯有一个樊迟想学种菜种田，孔夫子还骂他没出息；而他文朝闻老夫子的学生，却偏要学一点锄禾日当午，汗滴禾下土，懂一点一日三餐，粒粒皆辛苦的道理，这不能不说老先生很有点新思想。

文朝闻还想成立一个附属小学，一来可以供学生们实习教学，二来也为了扩大儿童教育；但是，国民党县政府借口财政困难，不予照准。不得已退而求其次，改为开办一个平民子弟夜校，用不了多少经费，国民党当局还是一毛不拔。老先生力争无效，一怒之下，组织了一个劝募队，自己首先捐献三个月的薪水，然后走向社会募捐筹款。

劝募队的队长是女生盛千翠。

盛千翠是通州富商之首盛孔方的二女儿。盛孔方是个左右逢源，四方下注，六路观风，八面玲珑的奸商。他有一男二女，各有特性。儿子盛青蚨，念过财商专门学校，又很精通政治手腕。盛孔方已经六十多岁，年老体衰，就退居幕后，让盛青蚨站在前台，出面经营他的兴通商行和茂达银号。他的大女儿盛千金，生性轻佻，从小就没品行，老是卷入桃色旋涡；不过却是他爹的一棵摇钱树，最近改嫁京东保安司令部政训处长吴宗笠，不但给她家取得了政治保险，而且使她家大发接收财。二女儿盛千翠，跟她姐姐不大相同，自幼就是一棵病秧秧儿，几乎是吃人参长大的，念书倒也不笨，也知道用功，可就是力不从心，每个学年都念不到头，就要因病休学，所以直到十八岁才念完高小。她精神苦闷，性情乖张，家里人谁也看不上眼，一天到晚自叹自怜，不是对月伤心，就是见花流泪，生起气来就寻死觅活，全家谁都不敢惹她。

她故意跟她爹别扭，偏不到象牙之塔的教会中学念书，而去投考穷破寒酸的通州师范。穿着打扮，也追求平民化，阴丹士林布旗袍，家常布鞋，剪短发，不施脂粉。上学和外出，不骑自行车，不坐包月三轮车，更不乘坐她家最近高价购得的美国小汽车，总是徒步而行，风雨无阻，在这个只有五万人口的小城市里，这位千金小姐的古怪行动，十分引人注目，人人赞叹不已。于是，她就更加得意，甚至穿起特意打上补丁的衣裳。但是，在她那平民化的外表里，高贵的小姐脾气却依然如故。有一回，她走在街上，看见一个警察正刁难一个老洋车夫，就走了过去，喝道："住手！不许你欺侮善良的劳工民众。"那个警察是个新当差的雏儿，有眼不识泰山，骂道："哪儿来的黄毛丫头，少管闲事！惹恼了我，拿鞭子抽你。"她气得脸都白了，举手照那警察的脸上，狠狠抽了一个嘴巴，啐道："瞎了眼的畜生！我叫你知道这个黄毛丫头不是好惹的。"这时，一个大胖子巡官气喘吁吁地跑来，堆着一脸谄笑，又是打躬，又是作揖，连连央告："二小姐，请息怒，请息怒！留着我教训这个龟儿子，别脏了您的贵手。”她掏出手帕，擦了擦手心，说了声：“把这个狗眼看人低的畜生关一个月禁闭，扣两个月薪饷。“说罢，旁若无人地昂着头，飘然而去。

对于她的稀奇古怪，她娘忧心忡忡地跟她爹叨唠：“你这个当爹的，也得管管二丫头呀！咱们这个富贵人家，可别出了个共产党。”盛孔方嘿嘿一笑，摇头晃脑地说：“由她性儿闹去！怕什么？我盛某人一男二女，占全了左、中、右，任凭中国政局千变万化，我都是赢家。”她哥哥不但不劝阻她多加检点，反而刺激她左些，再左些。兄妹俩坐在一起，盛青蚨便嬉笑着逗她：“小妹，我觉得你这位著名左翼人士，总嫌过于温文尔雅，缺乏巾帼英雄应有的气魄。”她涨红了苍白的脸儿，尖着嗓子嚷道：“滚开！我跟你这个满身铜臭、唯利是图的奸商，没有半句共同语言。”她的越轨言行，也有小特务密报到保安司令部政训处，甚至她的姐姐盛千金也深感不安。可是她的姐夫，政训处长吴宗笠却漠然视之，说：“笑话！她离共产党的门槛，还差十万八千里；至于共产主义学说，她更是一窍不通，也永远无法入门。她不过是神经质，走邪火，小孩子吹彩色肥皂泡儿。”

盛千翠当劝募队长，当然先从自家开刀。盛孔方视钱如命，盛青蚨外面大方，妹子一张口，就认捐了个大数目。这一来，其他各家商户，也就不得不忍痛割肉。

平民子弟夜校有了经费，开了一个初小班，一个高小班，学生也是七十二名。通州师范的学生，除了盛千翠是校务主任，不教课，其余的人都轮流上讲台，叶菏是校务副主任，又是高小班的国文教员。其实，对于校务工作，盛千翠也不过是高高在上，指手画脚；埋头实干，任劳任怨的是叶菏。

小石在念的是高小，他聪明、刻苦、勤奋，叶菏最喜爱他，而小石在对于叶老师的学问和人品，也最敬佩，并且产生了深深的亲密感情。

今天，小石在背着破帆布书包走进通州师范，时间还早，学校里空无一人，只有叶菏光着脚，挽着裤腿，上身穿一件蛛网似的背心，正往菜园里挑水浇黄瓜。

“叶老师！”小石在笑嘻嘻叫了一声，“我来给您打水。”说着，就走向院墙东北角的土井台。

“好呀，我正少个帮手。”叶菏知道，小石在每回早来，都有缘故，便赶忙把水倒进菜畦里，挑着空筲回到井台，心跳着低声问：“又给我带来……好书吗？”

小石在摇了摇头，提上一柳罐斗井水，倒进叶菏的木筲，小声说：“沙大伯叫您在端午节夜晚，跟我到河上划船。”

“记住了！”叶菏微笑着一点头。

师生二人，一个打水，一个挑水，七八架黄瓜都浇完了。正当叶菏洗脚穿鞋的时候，校门口一个娇嗔的声音传来：“叶菏，‘言而无信，不知其可’。我跟你约好一起浇园，你为什么不等我？”

跟着，一个弱不禁风，面无血色，人比黄花瘦的女学生，袅袅娜娜走向井台来。她，就是盛千翠。

叶菏笑吟吟地说：“这两天，你身体不大好，所以……”

“我很不稀罕你的体贴！”盛千翠噘起薄薄的小嘴儿，“你再跟我失信，我就恨死了你。”

对于这么娇滴滴而又酸溜溜的小姐，小石在一向格格不入，尤其对于她跟叶菏表现得十分亲昵，更是看不入眼；所以，一照见她的影儿，就避之唯恐不及，跑到教室里去了。他不知道，他从沙官印那里引到叶菏身上的线，有时也要连在盛千翠身上。

端午节夜晚，小石在约会叶菏，到北运河上划船。叶菏买了一串江米小枣粽子，又买了一盏莲花荷叶的河灯，和小石在手挽着手，走出通州南门，穿过马蜂窝，快步直奔北运河边。

一只蚌壳小船，拴在一个僻静的河湾处，阵阵河风，吹得小船摇摇荡荡，就像水面上的一叶漂萍。他们跳上船去，挂上河灯，解开缆绳，轻打双桨，划向河心。

一钩橙黄色的月牙儿，慢慢升上了河边的水柳梢头，大河上闪烁着星光月影，飘荡着凉风水气，令人心旷神怡。突然，两岸燃起堆堆篝火，响起节奏紧密、动人心弦的鼓声和嘹亮悠扬、半入江天半入云的唢呐声。篝火旁，笑声起落，一影杂乱。一只只灯船，高挂着一盏盏荷灯，纷纷解缆离岸，在笑语喧哗中四散划去，像是满天繁星，倾落在河面上。

"多么美妙的夜晚！"叶菏心醉地说。他剥开苇叶，将一只甜蜜的粽子沉下水去，向伟大的爱国诗人屈原，献上一片悼念的心意。

"咱们别这么闷坐着。"小石在轻轻笑道，"您划船，我吹笛。"

他从破帆布书包里拿出一支竖笛，定了定音，轻柔地、缓缓地吹了起来。笛声悠扬清亮，飘入星月闪烁的夜空，像一缕云烟，若断若续，余音不绝。陡地，笛声发生了变化，节奏跳荡跃动，基调快速有力。他那若有所思的目光，投向河对岸那黑黝黝的丛林，投向田野上的青纱帐。

笛声突然戛然而止，小石在跳了起来，蚌壳小船受惊似地一颤。

“怎么啦？”叶菏问道。

“我的笛声真把那个人请来啦！”小石在一指，叶菏望去，只见一只闪动着红灯笼的小船，正朝他们飞划而来。

“谁？”

“一个从延芳淀来的人，想见见您。”

“小石在！”红灯笼小船上，一个充满温情的声音，喜悦地呼唤着。

“叔叔！”小石在站在船头，晃动着手里的竖笛，“我跟叶老师等您半天了。”

红灯笼小船飞扬双桨，流星一般到来，跟他们的蚌壳小船靠拢在一起。灯光里，站起一个清秀高个儿，两眼凛若寒星的人，头戴一顶麦秸草帽，上身穿一件对襟小白褂儿，下身穿一条紫花布裤，半像农民，半像船夫；却又有一种与众不同的威武神采，不像农民，不像船夫。

“这个人，好眼熟！”叶菏心里一动。

“叶老师，你好！”这个人笑着向叶菏伸过手来。

“可不敢当。”叶菏很窘，脸红了，“请叫我的名字吧！”

两只小船，头并头，划向对岸的河边，在一片树荫浓影中停了桨，远离河心上喧闹欢笑的人和船。

“我从延芳淀来。”这个人坐在自己的红灯笼小船上，一只手扳着蚌壳小船的船舷，“我在柳香居吃过饭，凤大姑和飘香小妹都很惦念你，你怎么很久不去看望她们呢？”

“学校缠住了我的身。”叶菏神色惆怅，“我真后悔上这个学，念这个书。”

“为什么后悔呢？”这个人很感兴趣地追问。

“学校暮气沉沉，课本陈词滥调；毕业出来，也就成了一具行尸走肉。”叶菏说，“今晚我有幸认识了您，今后我要常到您的住地看望您。”

“后会有期吧！”蒲葵满怀深情地说，“国民党撕毁停战协定，大举向解放区发动进攻，全面内战开始了。我们日内就要撤离通州，投入两个中国之命运的决战。欢迎你，你能带动更多的进步青年，投身到革命的洪流中去。”

这时，北运河岸上的国民党巡逻队，突然一声令下，飞跑着延伸开来。就像一串串游魂鬼影，密布河岸。河心上，一艘水上巡逻艇，在节日的游船中横冲直撞。艇上站立着一个特务小头目，拔出手枪，威吓着号叫：“限令五分钟之内，游船全部归岸，违令者严惩！”

“为我而破坏了端午节之夜的良辰美景。”蒲葵惋惜地对叶菏说，“我换上便装，悄悄前来会见你。现在，他们已经发现我的踪影，驱散游船搜寻我。”

小石在急忙握紧蚌壳小船的双桨，说：“叔叔，我们不陪你了。”

“快走！”蒲葵说，“叶菏，小石在，再见。”

叶菏依依不舍地说：“希望不久就在同一条战线上再见！”他摘下莲花荷叶灯，放下河去，小船急速归岸。

千百只游船归岸，千百只河灯漂满河面，北运河上五光十色，灯火通明。

蒲葵又换上了军装，在五光十色的北运河上，红灯小船怡然自得，轻盈划行。

8

年年青纱帐起，挂锄时节，延芳淀的村村庄庄，要在石瓜镇连摆三天擂台。这一盛会，已有几百年历史了。

但是，自从吴莲池霸占台董地位以后，站擂的都是他的护院打手，打擂的宗旨也不再是以武会友。吴莲池的用意，不过是通过擂台比武，挑选鹰犬，镇唬乡里。所以，擂台也就渐渐失去旧日风光，每年只有一些地痞青皮和财主秧子，登台卖弄几套花拳俏脚，人前显贵，讨几声稀稀落落的喝彩声，便自以为得意。

今年是吴莲池六十大寿，本来就要大办寿日。他的儿子吴宗笠又从通州赶来指点他，今年也是蒋介石的六十大寿，要普天同庆；还是抢个彩头，喧哗鼓噪，为委员长祝寿，吉利双收。吴莲池一听自己跟蒋介石同年而生，高兴得就好像他家的祖坟又冒高了三丈，更觉得自己命大福大造化大。于是勒令延芳淀村村庄庄的家家户户，按人头份儿摊款，要把今年的擂台办得比往年壮观十倍，才显得他对蒋委员长忠而且孝，也显示他吴家家运昌隆，富贵而又荣华。

今年在台上站擂的，是吴莲池新近重金礼聘的护院班头狼爪张八；还有狼爪张八的两个大徒弟，一个叫张驴儿，一个叫李狗剩。

在石瓜镇骡马大市上，用高大的松篙搭起了一座披红挂绿、悬灯结彩的席棚，正面一块金字牌匾，上写着“武林泰斗”，两旁还有一副斗大字体的对联，上联是“纵横五湖无敌手”，下联是“威震四海第一家”。更有三班鼓乐，吹吹打打，两支唢呐，响彻云霄，四面大鼓，震耳欲聋。台角一杆三丈高的旗杆，飞舞着一面犬牙杏黄旗，垂挂着一串串长鞭炮竹，噼噼啪啪爆响，飘散着团团硝烟，满街飞花。

擂台下，人山人海，拥挤不动；房脊墙头，沿街树梢，也都累累挂挂站满了人。饭摊、茶棚、瓜果摊……卖吃食的绵延二里长，小贩的叫卖声，本地口音混杂着南腔北调，乱嘈嘈一片喧闹。比起往年，真也是盛况空前。

狼爪张八三十七八岁，正是年富力强。从一出师，就专给贩运烟土的巨枭保镖，走南闯北，千里单骑，没倒过字号。后来，他给大汉奸殷汝耕护院，擒过刺客，破过谋杀，很得殷汝耕的恩宠。如今，殷汝耕锒铛入狱，财产没收，他也就成了丧家之犬。旧时王谢堂前狗，沦落寻常百姓家，他不得已降格而就，屈尊来到吴家大院。这时，他大模大样坐在台口的一张紫檀雕花太师椅上，头上歪戴一顶卷边凉帽，鼻梁上架着一副水晶茶镜，身穿肥大纺绸裤褂，裤脚扎着宝蓝色丝绦蝴蝶扣儿，脚蹬一双青缎抓地虎快靴，手摇一把硬骨精雕的泥金扇，端着一只细瓷古花的小茶壶，龇开满嘴黄澄澄的金牙，小口小口地啜饮着香茶，真是神气十足，盛气凌人。太师椅两侧，左边张驴儿，右边李狗剩，也是一副两眼望天，目中无人的神气。

几个帮闲，小丑跳梁，陪衬了三五场，也就没人上台了。

“我们哥俩请一请！”张驴儿和李狗剩不耐烦起来，双双走到台前，抱了抱拳，“三老四少，路人君子，擂台冷了场，要怪我们师徒礼貌不周，欠缺十分的人缘儿。可是也难免有那嘴上无德的人，反倒说列位都是胆小如鼠之辈，孬种怯阵，不敢上台。所以，有点血性，真正是十月怀胎落生的朋友，还是上台来吧！”

但是，仍然无人赏光。

狼爪张八十分扫兴，霍地从太师椅上站起，手舞着泥金扇，泼口大骂：“都说是延芳淀藏龙卧虎，谁知百闻不如一见；据我张某人今日看来，竟是连一条敢拦路的狗也没有！”

他如此狺狺狂吠，惹恼了在柳荫下卖荷叶饼的飘香。她一蹦多高，手指擂台，高声叫道：“你这条不知死的蹲门貂，且慢张狂！姑奶奶这就搬兵去，揍你个人仰马翻。”说着，她把盛荷叶饼的竹篮托付给一个相熟的小贩，就奔石老硬的铁匠铺飞跑而去。

石老硬铁匠铺的生意，这两天更比平常兴旺，他跟女儿雨梅从早到晚不直腰儿，还是忙不过来。

吴莲池为了他的生日红火，擂台上热闹，给他的长工们放了一天工。霍牤牛和马门闩不想看打擂，跑来给他们父女当帮手，打打杂儿。这时，爷儿四个刚出一炉货，坐在向日葵浓荫下歇息，吃着雷响家送来的香瓜。

“石大舅！”飘香老远就带着哭音喊叫，“狼爪张八在擂台上，把咱们延芳淀骂翻个儿啦！”

石老硬挺身而起，粗声大气问道：“他骂了什么？”

“骂咱们延芳淀连一条敢拦路的狗也没有！”飘香气得脸色焦黄。

雨梅一听，暴跳起来，叫道：“我给他淘淘茅厕，免得他满嘴喷粪！”一马当先，直奔擂台。

石老硬大骂着：“狗日的，爹多娘少，没有家教，我来把他管教成人！”扔下铁匠铺的炉火就走。

“我捣碎了他，我砸扁了他！”霍牤牛也怒吼追去。

飘香一把扯住也要跑的马门闩，问道：“怎么不见雷响？”

“他这两天打摆子，家里躺着呢。”

“你去把他找来。”

“杀鸡还用宰牛刀？一狼，一驴，一狗，不够我们爷儿四个收拾的。”马门闩挣脱开飘香，急起直追。

雨梅已经冲到擂台下，手一叉腰，问道：“谁是狼爪张八，滚过来！”

“不知尊卑贵贱的黄毛丫头，八爷的大号是你叫得的？”张驴儿和李狗剩喝道。

“我不光叫他，还要拆了他喂鹰！”雨梅一扒台沿，蹿上台去。

“哈哈！”李狗剩下流地打了个响亮的榧子，“骒马上阵。”

“我活剥你的狗皮！”雨梅老大一个耳刮子扇过去。

李狗剩欺她是个女孩，不映在眼里。他闪过雨梅这一扇，使了个探囊取物，想摘下雨梅的蓝花包头。却不想雨梅手疾眼快，又猛又准，一把抓住了他的胳膊，只用了六七分腕力，李狗剩就疼得杀狗一般号叫起来。雨梅轻巧地一翻腕子，只听咯吧一声，李狗剩的胳臂就给摘了。

张驴儿一见师弟吃了亏，一声驴鸣，直扑雨梅。石老硬赶忙跳上台去，拨开女儿，接住张驴儿。

石老硬生得短小粗壮，四四方方，两臂有千斤膂力，可是动作却十分灵活。张驴儿是个虾米腰大个子，两条鹭鸶长腿，行动很是迟慢。石老硬声东击西，跳前跳后，真假虚实，扑朔迷离。张驴儿慌手笨脚，好似捕风捉影，直累得晕头转向，气喘如牛。石老硬只是笑嘻嘻，张驴儿急得嗷嗷叫。

狼爪张八坐不住了。他看出再拖延下去，张驴儿免不了要吃苦头，急忙放下扇子、茶壶，摘下凉帽、茶镜，脱掉纺绸上褂，露出一身龙飞凤舞的刺花，喝了声："驴儿，下去！"直取石老硬。

马门闩见这局面，也叫道："石大叔，您也歇歇，看我打这条狼叭狗儿！"他一纵身，拧着旋子上了台。狼爪张八一声冷笑："雏儿，上台容易下台难！"话出口，拳出手，迅雷不及掩耳。马门闩蹦跳闪开，张八不容他站定，又一个饿虎扑羊，把马门闩逼到台角，进退两难，施展不开。霍忙牛一见马门闩十分危急，大喝着跳上台去，也不管招式路数，一头朝张八撞去。张八一个跨步，霍忙牛一头撞空，张八趁势一个扫堂腿，霍忙牛翻身下台。马门闩见张八手脚厉害，不敢勉强支撑，也慌忙跳下台去。

"两个无能鼠辈！"狼爪张八狂笑，"看在你们亲娘的情分上，我高抬贵手了。"

他又坐回太师椅上，搭起二郎腿，两个小厮连忙打手巾把儿，擦过了脸，又给他端上小壶香茶，点上白铜水烟袋，轮班打扇扇凉；狼爪张八更显得扬扬得意。

忽然，台下好像狂风大作，观众乱哄哄喧嚷起来。狼爪张八微微欠起身子，只见观众闪开一条人巷，一个身穿破旧老棉袄的小伙子，由那个在柳荫下卖荷叶饼的姑娘陪同着，慢腾腾走来。张八轻蔑地一笑，抬起头，翻着眼睛，抱着白铜水烟袋，若无其事地吸着。

雷响在吴家大院扛了三年小活，十八岁走出小科班的牢笼，现在已经二十二岁。小伙子成长得魁梧高大，上唇一抹黑茸茸的胡髭，眉宇间一团凛凛然的英气，粗犷而不鲁莽，慓悍而不骄横。只是连日发冷发热，满面病容，脸色青黄，减少了几分威风锐气。

他走到距离擂台一两丈远的地方站定，平心静气地问道："姓张的，你是不是多歇一会儿，缓缓元气，咱们再交手？"

狼爪张八傲慢地冷笑道："张某人方才拨弄那两个乳臭小儿，还没伸开懒腰。朋友，不必假装大方，上台来吧！"

雷响说了声："领教！"身轻如春燕剪水，飞上台来。

狼爪张八见来者不善，哇哇怪叫，不等雷响脚落实地，便先声夺人，迎面一拳，想抢个上风。雷响滴溜溜一转身，落在了张八左侧。张八一拳打空，雷响飞脚踢他肋下，张八仓促退闪，乱了步法。雷响不容他神定，招招紧迫，步步进逼，逼迫得张八只有招架之功，没有还手之力。不过，张八也着实厉害，防守之中，偶尔也突然猛击，出手准，下手狠，处处取雷响要害。石老硬、霍犷牛、马门闩和飘香，都不禁替雷响捏一把汗；雨梅那么大胆子，脸色也发白了，嘴唇咬出了牙印儿，攥紧的拳头，汗珠儿顺手指缝滴滴答答直往下淌，浸湿了脚下的泥土。

狼爪张八只不过是回光返照，渐渐头热耳鸣，眼花缭乱，手足失措，呼噜气喘了。雷响见他气力不支，虚晃一招，腾空一个泰山压顶，故意卖个全身的破绽。张八心里一乐，大好时机，不可错过，藏头裹脑，让雷响扑了个空，急起一脚，直挑雷响的小腹。台下观众都以为雷响失算，发出一片哎呀之声，不忍看的，竟闭上了眼睛，雨梅的身子冷了半截，完全僵直了。

就在这时，猛听春雷般一声呐喊："走！"大家忙睁开眼，只见雷响扼住张八的脚腕子，风车一般抡圆。将张八抛上半空，咕咚咚！一堵坍墙似的倒栽葱摔下来。

“好！”台下，房上，墙头，树梢，人山人海的观众，爆发出山崩地裂的喝彩声。

雷响的脸一红，不好意思地一笑，匆匆从台上跳下来。雨梅、石老硬、霍牤牛、马门闩和飘香，众星捧月，簇拥着他回家。

他们说说笑笑，走出石瓜镇口，穿过一片水柳子地，忽然看见两条公牛，尾巴直竖，牛眼挂满血丝，丁丁当当撞头，撞得折断了犄角。小牧童远远坐在水柳丛中，呜呜直哭。

“我来劝架！”雷响挽了挽袖口，大喊着奔上前去，一手扳住一只牛头，喝道：“看我的面子！”左推右搡，两头公牛一罗锅腰，趔趔趄趄倒退了几步，骨碌着大眼珠子，望望雷响，喷了喷鼻子，夹起尾巴，蔫溜溜各奔东西，耷拉着脑袋，乖乖地吃草去了。

“好神力！”河上，大小船只，船夫乘客，异口同声喝彩。

一只连舱大客船，船老大光顾得观看雷响斗牛，手失了舵，大船像脱缰的野马，脱离了河心的水道，横冲直撞地朝十里旋涡扎去。

十里旋涡上，浮沉着昨天撞碎的一只官船的几块船板、折断的船桅和扯破的风帆。

“哎呀，不好！”船上的乘客，岸上的行人，都慌忙地惊叫起来。

只见雷响甩掉身上的老棉袄，像一道紫色的闪电，飞身下河，扒上客船，夺过一支三丈大篙，猛刺河底，大吼一声，两只铁臂抗住激流，大船在旋涡中定住了。

船老大连忙扳舵，众船夫大篙齐下，这才拨转船头，重回正路。

“雷响，雷响！”岸上，一个叫小丢的大孩子，紧急呼叫，“鬼吹灯夏三带着两个保丁，把你家虎寅大伯押走啦！”

“前边带路！”雷响又腾飞下船，踩水而行，露出大半截身子，如履平地，像一条出水蛟龙，上了岸。

9

雷虎寅每天挑一副大筐，前筐是黑崩筋儿、鞑子蜜、花和尚大西瓜，后筐是蛤蟆酥、金葫芦、十里香甜瓜和醉罗汉、绿大碗、傻大个儿面瓜，到延芳淀村村庄庄叫卖。

他的瓜，不但好吃，而且多给；遇到饥渴难熬的行人，身无分文的老小，他还上赶着请他们白吃。在蒿花沽方圆几十里，雷虎寅以性情忠厚、心地善良著称，受人尊敬。

不过，白吃他的瓜，也要分谁。他最厌恶的是吴莲池那伙子团丁，联保的那帮子保甲长。这些家伙，最没人样儿，一见他的瓜担，便像一群绿豆蝇，嗡的一声围上来，七手八脚，抢个精光；吃得胀破肚皮，抹抹嘴儿就走，分文不给。雷虎寅早就一忍再忍，烦躁得很了。

这天傍晌，雷虎寅又出去卖瓜，刚上石瓜镇堤坡，就见联保主任鬼吹灯夏三，身穿灰色长衫，一手撑着旱伞，一手摇着折扇，屁股后面跟着两个保丁，从镇里一步三摇走出来。雷虎寅已经躲闪不及，绕道而行又无路可走，满头冒火星。

鬼吹灯夏三是个扒绝户坟、踹寡妇门、吃人饭不拉人屎的家伙。他自幼游手好闲，不务正业，坑、蒙、拐、骗、偷，吃、喝、嫖、赌、抽，十恶俱全。二十几岁就染上了一身脏症，瞎掉一只眼，烂掉半个鼻子。此人在延芳淀的名气，真是顶风臭十里。谁想，这类货色，却成了国民党网罗招纳的稀世之才；延芳淀设立保甲，鬼吹灯夏三就当上了石瓜镇的联保主任。从此，十恶之外，又加上了敲诈勒索、栽赃诬陷这两项卑鄙伎俩。

鬼吹灯夏三瞧见雷虎寅挑着岗尖岗尖的大筐西瓜，远远就直吸溜鼻子。他狗颠了几步，挤着一只小绿豆眼，龇开一口黑牙，笑道："雷虎寅，算你未卜先知！吴处长从县城传下手谕，点名想吃烟村雷家的西瓜、甜瓜、面瓜，没想到你真会捧花献佛，流星赶月送来了。也算吉人自有天相，该着我不必跑酸了双腿儿，磨破了鞋底儿。事不宜迟，快！挑到吴老团董府上去。"

雷虎寅一听吴宗笠想吃他的瓜，心里就更窝火，把瓜担撂在地上，说："夏三，你回去跟吴家那大小子说一声，我这挑子瓜有主儿了。"

"给脸不要脸！"鬼吹灯夏三的脸色，好像狗屎下了一层霜，"吴处长屈尊吃你的瓜，是你三生有幸，无比的光彩。"

雷席寅冷笑道："无奈我的瓜不想赏他吃。"

"牵着不走，打着倒退，"鬼吹灯夏三跟那两个保丁一点手，"押送！"

两个保丁早已馋不可耐，咽了一肚子口水，鬼吹灯夏三一声令下，便连蹿带蹦扑了上来。

雷虎寅火冒三丈，一跺脚，说："想吃我的瓜，他得另换一副肠子！"说罢，狠狠地把瓜担子一掀，一筐西瓜、一筐甜瓜和面瓜，叽里咕噜了一地；雷虎寅又踢，又踩，又跺，七零八落，一摊烂泥。

"好你个刁民！"鬼吹灯夏三扎煞着胳膊，扯断了脖子，"来人！

把他押到吴老团董府上去，打他个侮慢官长，目无国法。”

两个保丁一挽袖口，就要动手。雷虎寅一拧两道浓眉，喝道：“不知死的鬼儿！你们这三个纸糊的烧货，不值我三拳两脚。”

两个保丁知难而退，吓得躲到鬼吹灯夏三背后去了。

“雷……雷虎寅！”鬼吹灯夏三还要摆一摆联保主任的官架子，吹胡子瞪眼，“你这是犯上作乱，十恶不赦；我回禀吴老团董，把你灭门九族。”

就在这时，雷响等人烟尘四起地赶来。雷响张廾胳膊，拦住大路，问道：“鬼吹灯夏三，你要干什么？”

鬼吹灯夏三一翻眼皮，骂道：“雷响，你好大口气！我夏某人大小也算是中华民国的朝廷命官，你直呼我的诨名，小心折你的寿。”

“我眼里不睐你！”雷响圆瞪豹子眼，“你为什么跟我爹纠缠不休！”

“他侮慢官长，目无国法，出口不逊；本主任依法予以拘押惩戒，以儆效尤。”

“少放官腔臭屁，说人话！”

“吴宗笠处长赏光，想吃你家的瓜，你爹不识抬举，非但不肯恭顺敬献，反而泼口大骂。”

“骂谁？”

“骂了吴处长。”

“光骂他一个人？”

“吴处长是党国要员，骂他一个人，就犯下了弥天大罪。”

“我看骂得还不够。”

“还要骂谁？”

“我还要骂他吴家祖宗十八代！”雷响怒吼着，“翻开他们吴家的家谱，辈辈狼心狗肺，男盗女娼。”

“好小子，你罪该万死！”鬼吹灯夏三唾沫星子四溅。

石老硬笑眯眯走上前来，大巴掌一拍鬼吹灯夏三那瘦得像刀棱子似的肩膀，说：“夏联保主任，他骂姓吴的，又没骂你姓夏的，吴、夏两家又不是一座祖坟，你何必动这么大肝火？睁一只眼，闭一只眼，大事化小，小事化了，多落点人情，少挣点骂名吧！”

鬼吹灯夏三也知道自己人单势孤，还是好汉不吃眼前亏，有台阶就赶紧下，便装出一副苦相儿，说：“老硬，你这片言语，知情识理，我听着悦耳。夏某人头戴这顶小小的乌纱帽儿，不想倚官仗势，欺压平民。怎奈雷家爷儿俩当着我的面辱骂吴府老少二位爷台；我若是知情不报，漏了风岂不摘了我的鸟食罐儿？所以，并不是我跟他们故意刁难，实在是他们存心要毁我的前程。”

“宰相肚子里能撑船，夏联保主任的肚里跑得开火车。”石老硬打着哈哈，又奉承，又挖苦，“好，就请二位保丁将军鸣锣开道，夏联保主任打道回府。”

鬼吹灯夏三胳肢窝夹着旱伞，灰溜溜走了。

等他们走远，飘香和雨梅望着他们的背影，连连啐道：“呸，呸！”

“这条癞皮疯狗，不会善罢甘休的！”雷虎寅皱着眉头说。

石老硬点点头，说：“你们爷儿俩得躲一躲。”

“躲？”雷响不以为然，“兵来将挡，水来土屯；怕他们这伙子鸡头鱼刺？”

“还是先到我爹的船上避避风吧！”飘香劝道，“风平浪静之后，再回来。”

于是，他们急忙到罾罟台去，等候丘二篙头的大船。

凤大姑要抓个利市，柳香居又开张三天。

柳香居豆棚下，篱笆荫凉里，坐满了南来北往，东奔西忙的顾客，闹哄哄，乱嘈嘈，说笑成一片。

有人看见雷响等人到来，大叫一声：“武状元驾到，列队欢迎！”众人一哄而起，拥出柴门。

一个白头老石匠，端着绿花大瓷碗，蹒蹒跚跚抢上前来，笑呵呵说：“雷响，好孩子！你给咱延芳淀穷门小户争了光，我敬你一碗。”

“可不敢，可不敢！”雷响惶恐地连连倒退。

“怎么，不赏我老头子的脸！”老石匠臊了。

雷虎寅赶忙跨前一步，笑道：“石匠大叔，您太抬爱这个孩子了。他小小人儿，怎当得起老长辈给他敬酒？”

“当得起！”老石匠争吵着，“我一连看了他打擂，斗牛，救船，称得起是延芳淀的人中龙！”

忽然，飘香尖叫：“不好，鬼吹灯夏三带领八个团丁来啦！”

“一定是来抓你们爷儿俩的。”石老硬低声跟雷虎寅说，“这条癞皮狗，真是发了疯。”

“大舅，雷响，快到苇丛里避一避！”飘香催道。

“我怕他？”雷响两眼冒火，甩掉老棉袄，“这条狗是延芳淀一大害，我早想除了他。”

鬼吹灯夏三带领八个持枪荷弹的团丁，张牙舞爪而来。一见雷响，气势汹汹喝令那八个团丁：“先抓这小子！还有他爹。”“哪个活腻了？过来！”

雷响大踏步迎上前去。

“反了你！”鬼吹灯夏三从怀里扯出一纸公文，在雷响眼前晃了晃，“我奉了吴老团董的大令，抓你们这刁顽父子，解县法办；霍牤牛跟马门闩，送到国军当兵，将功折罪。”

雷响劈手夺过那张公文，三把两把扯得粉碎，摔在鬼吹灯夏三的脸上，骂道：“吴莲池老贼错翻了眼皮！他的这道鬼画符，在姓雷的身上不灵。”

“反上天了，反上天了！”鬼吹灯夏三气急败坏，“抓，抓，抓！”八个团丁端着枪，包围上来。

“谁敢碰我一根汗毛！”雷响一声大吼，就像雄鹰捕雀，一只铁钳似的大手，抓住鬼吹灯夏三那细长的脖子，另一只手从鬼吹灯夏三的腰间拔出了枪。

八个团丁慌忙散开。

远处，罾罟台对岸，延芳淀畔驿道上，烟尘弥漫中传来一阵疾风骤雨的马蹄声。

“国军！”八个团丁壮了胆儿，又向雷响逼近。

“站住！”雷响大喝，“你们胆敢再进一步，我一手掐死夏三，一手开枪打死你们八个里头的四对儿！”

八个团丁急忙站住脚，就像八根木桩钉在了地上。

雷响手上松了松，鬼吹灯夏三直了直脖儿，呼出一口浊气，哼哼着："雷响……等国军一到……"

"怎么样？"雷响手上又要用力。

"我替……替你……美言……"鬼吹灯夏三改了口，"冤家宜解不宜结，往后咱们要精诚团结，效忠党国。"

"又放臭屁！"雷响骂道，"你要想活，等兵马到来，把他们打发走。"

"一定，一定。"

马蹄声近，马上的人影已经清晰可见。

"八路！"飘香跳起脚，又惊又喜。"是春天从咱们这儿路过的那几个八路。"

八个团丁一听，大势不好，撇下鬼吹灯夏三，争先恐后，逃之夭夭。

飘香真是好眼力，看得远，这一队骑士，正是撤离通州，返回冀东军区的蒲葵和他的四名战士。

国民党京东保安司令部给他们开出了二十四小时之内通行无阻的签证，却又派一个连，一直监视他们到延芳淀，才放他们自己行走，不再尾随跟踪。

从春天起，雷响他们就每天盼望着蒲葵和他这支小小的队伍，再到延芳淀来。他们常常登上罾罟台的高堤，爬上耸入云端的树梢，眺望远方。每一回的失望，都激发越发强烈的渴望。这一天终于到来了，正当他们面临危险的时刻。

蒲葵在飞奔的铁叶青骏马上，发现柳香居内外，人群乱成一团，忙从挎包里掏出望远镜，看见了急怒交加的凤大姑，看见了焦灼不安的飘香，看见了扼住鬼吹灯夏三的喉咙，夺枪在手、怒目金刚一般的雷响，也看见了那八个獐头鼠目的团丁；一望而知，必定是地主民团欺压百姓，百姓不服，激起冲突。

“泅水上岸！”蒲葵发令，“包围缴械。”

铁叶青骏马跳下延芳淀，直冲正面，四名战士和他们的四匹战马，迂回两侧，包抄上去。

铁叶青一条游龙似的冲上罾罟台高堤，又一阵旋风似的冲到柳香居，长嘶一声，四蹄立定。蒲葵举手行了个礼，眼里含笑，高声说：“乡亲们好！凤大姑，飘香小妹，你们好。”

雷响撒开手里的鬼吹灯夏三，大步奔到马前，直通通问道：“您可是八路军的蒲官长？”

“我叫蒲葵。”蒲葵从马背上跳下来，拉住雷响一只手，“同志，你贵姓？出了什么事？”

“我叫雷响！”雷响回头一指脑袋缩进腔子里的鬼吹灯夏三，“吴莲池老贼打发这条癞皮疯狗，抓我跟我爹去坐牢，还要抓我的两个伙伴去当兵。”

蒲葵沉着脸向鬼吹灯夏三走去。鬼吹灯夏三扑通跪倒，磕头捣蒜，哀叫着：“长官开恩，长官饶命！”

“站起来！”蒲葵憎恶地喝道，“你是什么东西，为什么抓人？”

鬼吹灯夏三一副奴颜媚骨，爬了几爬，两腿颤软，哆里哆嗦，怎么也爬不起来，便狗卧地上，呻吟着说：“启禀长官，小人夏三，知书识礼，远近颇有文名。吴莲池因小人深得人望，三顾茅庐，逼勒小人充当联保主任。小人志本清高，不求闻达，但为服务桑梓，只得忍辱负重。

今日吴莲池强迫小人拘捕雷家父子，实属事出无奈，不得已而为之。尚乞长官体察小人身不由己，并非为虎作伥。仁恕为怀，不加治罪。”

“厚颜无耻！”蒲葵面对这个罕见的丑类，一阵阵作呕。

这时，那四名战士，赶羊似的将那八个逃跑的团丁赶了来，这八个家伙也直溜溜下跪，一连声哭叫：“长官饶命吧！”

“不必求我！”蒲葵说，“你们充当吴莲池的爪牙，欺压延芳淀的百姓，作恶多端，民愤极大；饶命不饶命，延芳淀的百姓来决定。”

“我来决定！”雷响说，“八个团丁，饶这一回；鬼吹灯夏三，狗改不了吃屎，交给我结果他的狗命。”

“雷大英雄！”鬼吹灯夏三一声惨叫，膝行几步，抱住雷响的双腿，“大人不记小人过，你老人家大慈大悲，高抬贵手，把小人放生活命吧！小人从今以后，一定洗心革面，痛改前非，还要高高供上你老人家的长生禄位，晨昏三叩首，早晚一炉香，为你老人家祈福增寿。”

雷响抬腿一脚，将鬼吹灯夏三踢上半空，倒栽葱摔落下来，摔了个八成死。

“还是给他一个重新做人的机会吧！”蒲葵命令两个团丁把鬼吹灯夏三架起来。“夏三，如果你口不应心，继续为非作歹，我们随时都可以处决你。”

“谢……长官不杀之恩！”鬼吹灯夏三抽抽噎噎地哭了。

“但是，这些枪支，我们收缴了！”蒲葵说，“枪杆子拿在你们手里，就要胡作非为，民众遭殃；还是用它来武装人民，推翻压在中国人民头上的三座大山，打碎旧世界的锁链，才是正当用处。”

“发给我一支枪，我早就想跟您革命去！”雷响站到蒲葵面前。

"我们也早就想革命了！"霍牤牛和马门闩跟雷响并列一起。

蒲葵挑选了一支三八，一支七九，一支沈阳造，三条子弹袋，分发给雷响、霍牤牛和马门闩。雷响的眼睛寻觅他爹，他爹却不知什么时候不见了。

"乡亲们，再见！"蒲葵打了个手势，叫雷响跟他骑在铁叶青上，霍牤牛和马门闩也跟另外两名战士同骑一匹马。"出发！"

"等等我！"雷虎寅忽然从柳香居后面的野麻地里跑出来。

原来，他早就打定了主意，不过为了安置一下家务，悄悄把凤大姑和石老硬叫到柳香居后面的野麻地里，商量了半天。

马不停蹄，飞奔不已。他们一口气跑出一百多里，才驰出青纱帐，沿着柳荫夹道，吹着凉风，缓辔而行。

燕山山脉的盘山迎面屹立，峭壁千丈，怪石嶙峋。最高峰的挂松崖，石梯栈道，盘旋而上，直接青天。崖上倒挂着一棵棵盘曲伸张的古松，牵扯着片片白云。

夕阳西下，暮色苍茫，他们到达南坡咽喉要道的葫芦口。山口两侧，生长着几百棵五六围粗的浓荫老树，爬满藤萝，搭满鸟窝，郁郁蓊蓊。放哨的一个小队，隐蔽树上，不闻人声，不见人影。

哨兵放行，他们进入葫芦口。山路崎岖，树木葱茏，百鸟声喧，花香扑面。一道蜿蜒澄碧的小溪，将他们引向山林深处。

十天后，蒲葵带领雷虎寅、雷响、霍牤牛和马门闩，出盘山，回到延芳淀。

傍晚，他们从北运河上游的一个渡口，坐上交通站的一只小船，顺流而下，三更天到达一个堡垒村，蒲葵、雷响、霍牤牛和马门闩住在一家堡垒户里，雷虎寅步行，继续向前走，先到延芳淀摸清情况，再回来接他们四个人。

他没有回烟村，也没有去罾罟台，而是走迂回小路，悄悄到星眣眼，雷响的舅舅沈老闷家。

星眣眼坐落在延芳淀偏僻的西北角，一个芦苇丛生的港汊口，只有三户人家，都姓沈。这里原有一座大坟圈，沈家是看坟的。年代久远，风雨侵蚀，山洪冲毁，这片大坟圈有的坍陷，有的沉没在延芳淀下，只残存了一片阴森森的黑松林，三三两两东倒西歪的石人石马。寒冬荒春之夜，远远常常望见闪烁的磷火，好似星星眣眼。当地人疑神疑鬼，连大天白日也很少有人敢到这里来。

沈老闷孤身一人，住在两间残破的看坟老屋里，靠捕鱼、编席、织篓、打短工为生。他一天到晚闷声不吭，一年四季说不了八句话，每月除去赶一趟集，到烟村雷家走走，就再也不出延芳淀西北角一步，过着几乎是与世隔绝的日子。

他像是个石头人，但是却有一颗滚热的心。他心疼雷响娘，心疼这个一奶同胞的妹子，心疼这个天地间唯一的亲人。雷响娘已经四十多岁，但是在他的心目中，仍然是个弱小可怜的小妹。每回到烟村去，他都给雷响娘带点零食，不是炒松子儿，就是老腌野鸭子蛋，或是一节藕，一束莲蓬，笑眯眯地亲眼看着雷响娘吃下去，他才舒心。

自从雷虎寅和雷响跟随蒲葵走后，雷响娘投奔他到这里来，他就日夜守卫着看坟老屋通向星眣眼村外的羊肠小道。白天，一边织着蒲篓，一边留心四处；夜晚，裹着一件蓑衣，蹲在草棵子里，瞪着眼睛，直到天明。

雷虎寅刚踏上延芳淀西北角，沈老闷虽没看见人影，却已经感觉到脚步声。他的心一阵怦怦乱跳，咬住了嘴唇，握紧了手里的削刀，只见一个人影渐渐走近，却又忽然停住，望了望前后，听了听四处，才又向前走几步。然而，那人走了几步，不知怎么又停下来，又是前后望，四处听。沈老闷断定不是好人，便从草棵子里蹑手蹑脚跟过去，打算挨到那人附近，一跃而出，扎他个透心窟窿。谁知雷虎寅也是十二分小心，一点点风吹草动，都引起他的高度警觉。走走，停停，停停，走走；几走几停，几停几走，他已经发觉草棵子里的蠕动，他不知虚实，不敢交手，扭头就奔松林里走。

“跑不了你！”沈老闷肚子里嘟囔一声，甩下蓑衣，扑了上去。

雷虎寅听到背后的声响，一个急身闪转，跟沈老闷正打了个照面，两人同时喊出来：“雷响他爹！”“雷响他舅！”

“你打哪儿来？”沈老闷问道。

“山里。”雷虎寅答道，“来找你，家去吧！”

“雷响娘在屋里，你进去吧！我还得在这儿蹲着，提防民团狗子抓人。”

“我要带几个人在你这儿落脚，跟你商量商量。”

“看得起我，信得过我，就来。”

“那我就返回去了。天亮之前，把他们带到。”说罢，雷虎寅转身就走。

“你总得跟雷响娘见个面呀！”沈老闷一把扯住他，“她吃不下，睡不安，挂念你们爷儿俩。”

“你告诉她，我们爷儿俩都交了好运。”

雷虎寅挣脱了沈老闷，急如星火赶回堡垒村。天蒙蒙亮，他带着蒲葵、雷响、霍牤牛和马门闩，来到星眏眼。

雷响娘一见丈夫和儿子，恍如隔世，悲喜交加，忍不住一阵心酸，撩起衣角擦泪，到外面抱柴做饭。

“大姐跟老硬哥他们，可都平安？”雷虎寅问她。

“昨晚上雨梅浮水过来，给我送了点粮食。”雷响娘那凄苦的脸上，露出一丝笑意，“你们走后，吴莲池下令把大姐、飘香、老硬哥、老硬嫂和雨梅，都抓到石瓜镇去，逼他们招认勾通八路。第二天，吴宗笠带着一连国民党兵来了，开了个全镇民众大会，说了一大堆仁义道德，甜言蜜语，又下令把他们都放了。”

“这小子跟他爹是一狼一狈，更阴狠毒辣。”雷虎寅骂道。

“吴宗笠还当众表示，对你们爷儿俩，还有牤牛跟门闩，一不怪罪，二不追究，不必害怕，放心回来，保你们妻儿团聚，安居乐业。”

“这小子侧歪身子睡觉，想偏了心！”雷虎寅连声冷笑，“这不是回来了吗？可一不想妻儿团聚，二不想安居乐业，只想革他吴家大院的命，造他吴家大院的反。从打本年本月本日起，他吴家大院的铁桶江山，算是坐不稳啦！”

吃过饭，天光大亮，他们躲进密密的芦苇丛中，那里有个泥鳅背的土冈。

“我们要立即行动！”蒲葵坐在中心，“我要到通州走一趟，把城里的一些同志调到延芳淀来。雷响、牤牛跟门闩，你们到延芳淀出口隐蔽，接应出城的同志。暗号是，他们问‘劳驾，请问前边什么村？’你们回答：‘马家营。’他们再问：‘怎么走？’你们用左手一指：‘请走左边阳关道。’然后。就带他们到星睐眼来。”

“我干什么呢？”雷虎寅问。

蒲葵笑道：“你这位延芳淀区区长，今天正式上任，马上动手，发动群众。先在星睐眼扎根，再到烟村、罾罟台串联，建立堡垒户，多几个立足之地。”

小小星睐眼，燃起了延芳淀的第一支星火。

10

盛公馆是一座西洋风味的宅院，四围是镂花绿漆的铁栅栏墙，墙内绿茵草坪，花树葱茏，两幢爬满爬山虎藤萝的小楼，盛千翠走进大门，只见前楼的台阶下停放着一辆军用的美国小吉普，台阶上坐着一个戴船形帽的司机和两个怀抱卡宾枪的卫兵，正叼着香烟玩扑克。她知道，一定是她姐夫吴宗笠和姐姐盛千金，看望她爹娘来了。于是，她不进前楼，奔后楼。

后楼是她的兄嫂居住。楼上是卧室，楼下是餐厅、客厅、书房和写字间，风格更是欧化。她刚走进楼门，只见她那风度翩翩的哥哥，挽着她那花枝招展的嫂子，正从楼上走下来。

“小妹，有所闻而来乎？”盛青蚨放开妻子那雪白的胳臂，跑向盛千翠。

盛千翠把盛青蚨拖到门口，压低声音，谨防她嫂子听见，说：“尚先生已经给魏小姐办好转学手续，今晚九点钟到通州北关码头搭船，有人接她。”这是她在放学时，从叶菏那里接到的暗语。

“好的。”盛青蚨转过脸，跟他那亭亭玉立在楼梯上的妻子摊了摊手，“野玫瑰餐厅之行，吹了！”

“讨厌！”盛青蚨的妻子气恼地跺了一下高跟鞋，一阵风跑上了楼。

“呸！面目可憎，趣味低级！”盛千翠啐着她嫂子的后影。

“骂得好！”盛青蚨嬉皮笑脸，“英雄所见略同，对于这位少奶奶的观感，我跟小妹百分之百地没有两样。”

“你们是一路货色！”盛千翠不屑一理，甩手而去。

盛青蚨在盛千翠身后伸了伸舌头，然后轻轻走到书房门口，敲了三下，拧开暗锁，走了进去。

在这间幽暗的书房里，有一张皮面大沙发，横躺着一个二十三四岁的年轻人。他有一副匀称而健美的体格，穿一件黑红两色运动衫，一条米黄色卡其布裤子，一双白力士球鞋，梳着乌黑油光的大分头，满脸轻狂傲慢的神气，表现出锋芒毕露、桀骜不驯的性格。

“铁血！”盛青蚨踩着墨绿色地毯走过去，“尚先生已经给魏小姐办好转学手续，今晚九点到通州北关码头搭船，有人接她。”

“呵！”铁血鲤鱼打挺坐起来，“龙从云，虎从风，我可要叱咤风云了。”

铁血原是通州教会中学的学生，念了十多年书，不通文墨，只会踢球。他爹在盛家的茂达银号当了二十多年的襄理，临死给他留下一笔不小的遗产。他从学校毕业以后，拉拢一批失学失业青年，成立了一个以他为主角的铁血剧社，不是到外埠比赛，就是在本城表演，得了一大堆银盾和奖牌；不到两年，就把他爹二十多年挣下的钱财，踢蹬个一干二净。于是，他不得已投到盛家门下，给盛家的兴通商行的运货大船当领班，盛青蚨很喜欢他那亡命徒的勇敢。走江湖，结识五行八作，三教九流。铁血跟我们城工部的一个同志搭上关系，为我们从敌占区搞到一批军火。后来，事情暴露了，他逃到了盘山，也没有参加工作，闲住了两三个月，日寇就投降了。于是，他以抗日英雄自居，返回通州，招集旧部，洗劫大小汉奸的住宅，把查抄的金银珠宝，都贱价出售给盛青蚨；盛青蚨坐享其成，只不过轻轻一倒手，便赚了一大笔钱，盛家的财富增长了一倍。国民党的接收大员吴宗笠一到，敌产已经被铁血劫走大半，只剩下清汤寡水，急得红眼，气得暴跳，恨得牙痒，下令通缉铁血，处以极刑。仓皇中铁血逃进了盛公馆，隐匿在盛青蚨的书房地下室里。盛青蚨代为疏通，求吴宗笠法外开恩。但是，吴宗笠索价太高，条件苛刻，非要铁血吐出全部敌产不可，这等于是割盛青蚨的肉，盛青蚨也就不想管了。铁血走投无路，忽然灵机一动，想起我们那位从他手里购买军火的城工部同志，便写了一封信，表示万分迫切地渴望参加革命。这封信辗转送到解放区，城工部指示沙官印跟他建立间接联系，对他进行考查；现在，沙官印决定把他调到延芳淀去。

盛青蚨巴不得他赶快滚蛋，好去掉这块心病，但是却要扮出一副依依惜别的神情，似乎恋恋不舍地说道："兄弟，你这一去，不知何时衣锦荣归，愚兄真舍不得你走。"

"青蚨兄，别那么儿女情长！"铁血兴奋得像发高烧，"兄弟此去，不功成名遂，便无颜见通州父老。"

"好，祝你一路顺风，吉星高照！"盛青蚨的表情，又转悲为喜。

铁血看了看手表，说："时间已经不早，我该动身了，你看怎么走法？”

“我去找吴宗笠，借他的特别通行证用一用。”

“啊呀！”铁血脸色大变，“使不得，使不得。”

“放心！”盛青蚨满有把握，“我随便扯一个谎，他就得‘慷慨相助’。敢不答应，只要我们那位大姑奶奶柳眉倒竖，杏眼圆睁，他马上就魂不附体，连声遵命。”

果然，不到十分钟，盛青蚨吹着一支华尔兹舞曲，手里晃着特别通行证，得意扬扬地回来了。

“好，好。”铁血正在书房里心神不宁，坐立不安，“快走吧！”

“别了，兄弟！”盛青蚨突然两眼含泪，紧紧拥抱铁血，同时将一卷钞票塞到铁血手里，“那边生活艰苦，这几个钱留着你保养身体之用。”

“恩兄！”铁血感激涕零，“受人滴水之恩，当以涌泉相报；兄弟倘有出头之日，绝不忘记你的深情厚恩。”

汽车已经开到楼门台阶下面，盛青蚨牵着铁血的手，急急钻进汽车里去；汽车呜地一声，一溜烟驶出盛公馆，畅通无阻地驶向通州北关。

铁血在通州北关下了车，却没有马上去接头，钻进黑暗中穿来拐去，来到鸡鸣巷，找野玫瑰餐厅女招待桂霞。

跟叶菏家相隔不远，有一座高墙小院，墙头上还镶嵌着碎玻璃碴子，门也包着铁皮。铁血四下张望，小巷里冷冷清清，没有人影，便从身上摸出一把小刀，巧妙地拨开了门闩，闪了进去，反身又插上了门闩。

“谁呀？”西屋里，一个喑哑漏气的声音问道。

“我！”铁血跳到了屋门口。

“你是谁呀？”

“妈的！”铁血火了，“几个月没跟你闺女睡觉，就听不出大爷的声调啦？”

“原来是铁大爷！”西屋有人滚下炕，开了门，是个长了个干核桃脑瓜儿的老头子，“桂霞想您想断了肠，我想您想得火攻心。”

铁血从腰里掏出两张钞票，干核桃脑瓜儿欢喜着把两只手在裤子上抹了抹，张手去接；铁血却故意把捏着的钞票撒了手，又吹了一口大气，两张票子像两只蝴蝶翻飞。干核桃脑瓜儿左扑右抓，跌跌撞撞，直累得上气不接下气，才把钞票按在了地上，喘得像拉风箱。

“到野玫瑰餐厅去，悄悄把桂霞叫回来！”铁血又加了一张小费，吩咐道。

干核桃脑瓜儿遵命而去，铁血走进桂霞的房间。这间小小的香窠，雪莲纸糊顶，四壁刷白，满墙粘贴着中国和外国电影明星的广告画。梳妆台上，镜架里有桂霞的两张玉照，一张是跳舞，一张是出浴，都是搔首弄姿、顾盼自怜的神态。铁血痴呆呆看了很久，发出一声慨叹，四脚八叉平躺在桂霞的钢丝床上。这张床，还有这满屋子的贵重家具，都是他抄来的敌产，白给了他这个姘头。

过了半个多小时，听街门咣当一声响，铁血闭上了眼睛，假装打呼噜。忽然，一股热烘烘的香风扑进屋子，呛得他一阵窒息；他的左眼偷偷睁开一道缝，只见桂霞浓妆艳抹，身穿一件花团锦簇的旗袍，裸露着两条肥白的胳膊，丰腴的肩上披着绵羊马尾似的烫发，肉感而又香艳，分外妖冶风骚。

“狠心贼，你是从哪儿钻出来的呀？”桂霞像一只花猫，扑到铁血身上，“这几个月你石沉大海，我只当你给抓进去了。”

“那就称了你的心！”铁血气恼地说，“你好再找个给钱多的。”

“放屁！”桂霞骂道，“这几个月，姑奶奶我守身如玉。”

“要是几年呢？”铁血问道。

桂霞一拍胸脯，说：“你得给姑奶奶立贞节牌坊！”

“好——！”铁血喝了一声彩，“我此番远走高飞，不必担心戴绿帽子了。”

“你到哪儿去？”桂霞吃惊地问道。

“天机不可泄露。”铁血叮问道，“一去三五年，也许七八载，你能不能等着我？”

“我可不像小桃红……”

“小桃红怎么啦？”

“今晚上不知怎么回事儿，金桂题忽然要辞掉野玫瑰餐厅副经理，打算一个人出外闯码头。小桃红哭得死去活来，口口声声金桂题今天走，她明天就嫁人。”

“金桂题真是个孱头！”铁血脸色铁青，杀气腾腾，“那娘儿们这般无情无义，还不把她那一张粉脸画个鬼相，叫她嫁！”

桂霞浑身的粉皮嫩肉一阵打哆嗦，怨声怨气地说：“谁像你，把我管束得三从四德，成天冷着脸子，护住身子，石头人儿似的，得罪了多少想在我身上大把花钱的主顾？眼看着别的姐妹穿金戴银，自个儿一身褴褛。”

“早晚有你压倒群芳的日子！”铁血把盛青蚨的赠款倾囊而出，“给你！等着我。”

桂霞手疾眼快，把这一卷钞票搂在胸口上，说："我海枯石烂不变心。"

铁血跳下了床，说："时辰已到，我得走了。"

"我不放你走！"桂霞撒娇装痴，缠绕铁血，"你得告诉我到哪儿去。"

铁血咬着她的耳朵，说："革命去！"

"什么叫革命去？"桂霞一窍不通。

"投奔共产党，一刀一枪杀出个高官厚禄，显身扬名。"

"唉呀！"桂霞吓得发抖，"你……你活腻了吗？"

铁血愤慨而又悲凉地说："国民党把我逼上梁山，我只有铤而走险。"

桂霞早已经另有相好，临别却要装得情意绵绵，说："你带我走，我跟你去；咱俩形影不离，生死不分。"

"英雄难过美人关呀！"铁血猛一拧眉，一跺脚，"不！我是那斩断情丝，远走天涯的冷面郎君柳湘莲。"说罢，他推开桂霞，昂首大步而去。

繁星满天，蒲葵跟沙官印坐在河湾的水柳丛中，一只小划子拴在水边。对于每个出城的人，蒲葵出面谈话，护送过河；沙官印暗中警戒，以防不测。

送走铁血以后，按照约定时间，河面上又出现一只五光十色的游船。

船上只有金桂题一个人，无精打采地打着桨，游移着目光，张望着河面。他大约三十岁上下，油头粉面，唇红齿白，有一对滴溜乱转的金鱼眼睛。他过去给铁血的球社管财务，对铁血百般逢迎，被铁血倚为心腹。铁血赔得净光，球社关张大吉，他却囊中饱满，在野玫瑰餐厅入了股，当上副经理，专管女招待。铁血姘上桂霞，就是他拉的皮条。铁血跟我们的城工部挂上钩，也给他牵上了线；铁血转入地下，他却没有暴露。国民党的军、警、宪、特每天都到野玫瑰餐厅花天酒地，寻欢作乐，金桂题逢场作戏，陪他们鬼混，将耳闻目睹和道听途说，加上他的想象编造，写成真假虚实混合情报，按时递送到城工部的一个交通员手里，敷衍交差。

望见了河湾，金桂题就像临近汤锅的毛驴，浑身酸软，四肢无力，每打一桨都很艰难。他在心中暗暗咒骂铁血，用一张空头支票，骗他卖了身。留在城内，跟国民党保安司令部政训处、县党部和警察局的鹰犬爪牙们酒肉相交，乌烟瘴气，搜集一些鸡毛蒜皮的情报，并不费力，也无风险，而且将来或许换得空头支票的兑现，倒也可以勉强混下去。但是，离开通州灯红酒绿的享乐生活，到农村钻青纱帐，拿刀动枪，冒杀身之险，那就未免不值了。所以他打定主意，跟接头的人见面，请求留城；如不准许，那就及早脱身，洗手不干了。如果接头的人强人所难，逼迫他走，他也自有安排。在他的游船之后，远远尾随着一只渔船，船上埋伏着几个野玫瑰餐厅喂养的地痞；只要他发出呼救，这几个地痞就蜂拥而上，抓住来人，扭送保安司令部，领取一笔奖金，至少可以大吃大喝一顿。

水柳丛中，蒲葵和沙官印已经发现这只渐渐临近的游船，看见了船上的金桂题。

“只怕有诈！”沙官印警觉地说，“金桂题为什么不从岸上悄悄前来会面，偏要坐上一只惹人注意的游船？”

“你加强警戒，我去跟他见面！”蒲葵握住裤兜里的手枪，鹤行迎上前去。

金桂题的船，向拴在水边的小划子靠拢，他轻轻拍了拍手。蒲葵猛然从水柳丛中走出来，跳上小划子。

“呵！你是蒲……”金桂题大吃一惊。

蒲葵问道：“我们今天是初次见面，你怎么认识我？”

“蒲葵同志在通州工作期间，是万人瞩目的人物呀！”金桂题脸上堆着笑，递上一支烟，“而且，我还暗中保卫过蒲葵同志的安全，所以从我这方面，跟蒲葵同志是老相识了。”

“到我的船上来吧！”蒲葵说。

“我带来了大量的重要情报。”金挂题站在自己船上不动，双手捧上他那鼓囊囊的黑皮包，“还有若干军事情报值得搜集，所以我请求继续留在城内工作。”

蒲葵接过皮包，说：“目前通州的首要任务，是在农村开展武装斗争，所以才决定把你调到农村去。”

“可是，我对农村工作一窍不通呀！”金桂题哭丧着脸儿。“我最适宜城工工作，还是让我人尽其才吧。”

蒲葵眯起眼睛，足见他穿着打扮，一副纨绔子弟模样儿，目光闪烁不定，好像心中有鬼，便说：“我觉得，你到农村去，反倒比留在城内更为适宜。”

“我的……我的家庭……困难重重呀！”金桂题呜咽起来，“如果我离开城内，我的妻子就要改嫁。”

这时，蒲葵发现不远处有一只渔船在偷偷靠近，低低地厉声说道：“一切服从革命需要，赶快走！”

“好吧！”金桂题掏出洒着香水的绣花白绸手帕，抖了一下，擦着脸上和脖颈的汗水，“不过，我要回家安排一下善后，明天走。”

埋伏着几个地痞的渔船，看见了金桂题抖动手帕的暗号，横冲直撞划过来。

蒲葵一把抓住金桂题的手腕子，命令道：“今晚必须跟我走！”

河上，传来水上巡逻艇的马达声，探明灯的灯光横扫着河面。

“抓共产党！”金桂题扯着脖子嘶叫，同时从腰里拔出手枪。

蒲葵劈手夺过枪来，一拳把他打下水去。水上巡逻艇的国民党兵，渔船上的几个地痞，就像一犬吠影，百犬吠声，狂呼乱叫，开枪射击；于是，子弹横飞，一团混乱。

11

呜——呜——呜！一辆辆警车，嚣叫着从大街上疾驰而过，车灯的强光，粗暴地掠过一座座居民的窗口。一队队国民党士兵，一面奔跑着向胡同小巷里延伸岗哨，一面吆喝号叫着：“各家各户，不准关门，不准关灯，违令者以窝匪论罪！”阴森和恐怖，一下子笼罩了兰渚。

刮起了呼啸的大风，吹起了满天沉沉的乌云，吞没了惨淡昏黄的月光。大街小巷不见一个行人，清清冷冷，一片死寂。

鸡鸣巷叶家小院，街门大开，外间屋点着一盏玻璃罩灯，叶明亮和叶师母老两口，一动不动地僵坐在幽暗的灯光里。叶明亮年已花甲，圆团团的面孔，满面温厚迂阔的正气；叶师母也已经五十几岁，病弱的身子，形容憔悴，神色不宁。

这个巴掌大的小院落，只有三间碎砖头和大土坯砌成的小平房，是那些被叶明亮妙手回春的众多病家，集资合力盖起来的。东屋是卧房，西屋是诊室，外间会客；叶菏在通州师范住宿，平时不住在家里。叶明亮和叶师母在房前屋后的咫尺空地上，前后左右的四面泥墙下，栽种了瓜豆。小院一片葱绿。只有一条侧身行走的小径，通到花木掩映的门口。

“紧急通缉令！”

突然，一辆警车撞进鸡鸣巷，高音喇叭里像有一只豺狼在号叫。

叶明亮从椅子上腾地站起来，叶师母吓得捂住胸口，心惊肉跳。

“京东保安司令部发布紧急通缉令：查共产党重要分子蒲葵，逐而复返，潜来通州，勾结死党，阴谋作乱。本司令部肩负治安重任，职守不容玩忽。除动员军警，进行严密搜捕外，并晓喻民众，协助当局，同心合力，务求斩恶万竿，不贻无穷后患。本司令部言出令行，赏罚分明：凡将蒲葵生擒活捉者，奖赏黄金五十两；格杀击毙者，奖赏黄金三十两；侦踪告密，协助军警捕获者，奖赏黄金十两。凡窝藏隐匿，掩护脱逃者，判处死刑；知情不报，坐视漏网者，判处无期徒刑……”

警车驶出了鸡鸣巷，叶明亮和叶师母老两口同时长吁了一口气。

死一般沉寂，老两口默默无语。叶师母只觉得身子发冷，抱着肩儿，脸色发青，嘴唇发紫。到底警车要抓的是谁，他们也没听清。

“你躺一躺去吧！”叶明亮劝道。

叶师母摇摇头。叶明亮进屋拿出一件旧棉袄，给她披上，又轻轻关上窗户，落下窗帘。

大风呼啸着，乌云压城，天昏地暗。叭，叭！远处街道，响起了追捕的枪声，鸡鸣巷附近的国民党巡逻队，也骚乱起来。一个小军官叫嚷着：“一班封锁街口，二班继续巡逻，三班跟我出动！”他们像一群乱蝇，拉着枪栓，大呼小叫，有的士兵在惊慌中走了火，吓得大伙儿像见了鬼似的鸟兽四散，好半天才整理成队形，叽里咕噜奔跑而去。

叶明亮和叶师母都屏住声息，不敢动一动。

嗒，嗒，嗒！后门有响动。嗒嗒嗒！有人小声呼叫着：“明亮哥，明亮哥！”

“谁？”叶明亮打了个寒噤。

“我！”那人回答，“快。”

“啊，是你！”叶明亮从那人的声音里听出来，这是他的患难之交的好友沙官印。

当年，叶明亮初到通州，地痞和地癞欺侮他是外路人，不许他落脚；年轻的码头苦力沙官印，一双铁拳，帮他打开了场子，身上也留下几处伤疤。沙官印打抱不平，常常伤筋动骨，都是叶明亮亲手调治，愈合如初。

叶明亮打开后门，身穿油渍渍苦力号坎儿的沙官印，侧身闪了进来，呼哧呼哧喘气。

“官印兄弟，他们抓你？”叶明亮问。

沙官印扯着袄袖子，擦抹满头大汗，说：“我这个人，还值得这么大举动？”

“那么，是谁？”

“一个我宁愿碎尸万段，也要保住他的人。”

“蒲葵！”叶明亮的心，跳到了喉咙。

“正是他！”沙官印疲惫地一点头，“他被叛徒出卖了，悬赏严拿，无处藏身。我跟他交情深厚，想带他闯出虎口，可是东冲西撞，也杀不出这座天门阵。”

“你怎么不带他到我这里来？”叶明亮发急地问道。

“出了事，要杀头的！”沙官印那锐利的眼睛，盯住叶家老两口的神色。

“官印，这是什么话？”叶明亮恼了，“亏你还是我的老朋友，我是那种隔岸观火，袖手旁观的人吗？你是怕我见利忘义，卖友求荣吧？”

“嫂子呢？”沙官印叮问，“不怕吗？”

“官印兄弟，我的胆子虽比米粒儿小，可还懂得天理良心！”叶师母也生了气，脸色烧红起来。

“明亮哥，嫂子！”沙官印这个铁打铜铸的汉子，眼里噙满了泪水，“生死关头识真交，我忘不了你们两口子今天的恩情。”

“还顾得啰唆这些个呀，快把蒲先生请进来吧！”叶明亮急得直跺脚。

沙官印从后门探出身子，打了个手势，屋后的豆角秧里人影一闪，蒲葵一个箭步跨进屋来。就在这时，街上传来杂沓的脚步声，一个阴阳嗓门儿的小男子叫道：“叶明亮出来，查户口！”蒲葵进退无路，叶明亮把他和沙官印推进西屋，又低低地叮嘱老伴一声：“镇定！”便快步迎了出去。

鸡鸣巷的甲长和户籍警，带着两个狗头狗脑的国民党兵，螃蟹横行闯进来。

“辛苦，辛苦！”叶明亮连连拱手，“我家三口人，儿子在通州师范住宿，没有临时户口。”

“屋里有没有窝藏生人？”甲长和户籍警板着狗脸，瞪着狗眼，狗汪汪一般喝道。

叶明亮哈哈一笑，说：“二位！我是这儿的老住户，你们是这儿的老当差，咱们可算是知己知彼。空口无凭，眼见为真，就请你们几位进屋仔细搜查；只要查出生人气息，手铐子给我戴上，脚镣子给我蹚上，验明正身，绑赴刑场，执行枪决，死而无怨。”说着，闪开一步，请他们进屋。

这个甲长和户籍警，以及他们的全家老小，平时有个头疼脑热，就到叶明亮这里看病，从来一毛不拔，临走还要顺手牵羊，摘几条新鲜黄瓜，回家腌着吃，省一顿菜钱。所以，到这个节骨眼儿上，也不能不送个顺水人情，于是跟那两个国民党兵说：“这位叶大夫是个有名的安善良民，不会私通八路，窝藏共党。叶大夫又是活扁鹊，赛华陀，往后你们二位有个灾枝病叶，红伤挂彩，找到叶大夫，叶大夫保管药到病除，起死回生。”

“那就让他们关门，熄灯，睡觉！”两个国民党兵只想搜查那些有年轻妇女或是能榨点油水的住户，对这里不感兴趣，扭头就走。

甲长和户籍警也跟着走了出去，那个户籍警掏出半截粉笔，在一扇门上写了个查字，又画了一个圈儿。

叶明亮插上街门，回到屋里，蒲葵从西屋走出来，跟叶明亮握手道谢说："叶大伯，叶大娘，谢谢你们在危难中给我以救助。"

"言重了！"叶明亮双手跟蒲葵紧紧相握，"是非善恶，我看得分明，你们是真正为国为民的好人，我理当以身家性命相保。"

沙官印皱起眉头，抓着头皮说："你这里小门小户，天亮之后又要挤满看病的人，蒲葵同志到哪里躲避？"

"我在门口挂上出诊牌子，就挡了驾。"

"那可不好！"蒲葵觉得过意不去，"不能因为我，耽误群众治病。"

"我本来就打算明天出诊。"叶明亮说，"马蜂窝有几个穷苦人身患重病，下不了炕，走不了路，坐不起车，抬来又不方便，我约定到他们家里去看。尔后，还要到保安司令部参谋长的公馆，看他的偏头疼病。"

"那就挂个到保安司令部出诊的牌子，做个挡箭牌。"沙官印仍然不大放心，"明亮哥，你还得另找一个又能藏身又能脱身的门路。"

"通州师范！"叶明亮笑道，"文庙里地方大，有的是藏身之处；文朝闻先生又是个名人，脾气古怪，官府也不大招惹他。我在出诊路上，去找叶菏，交他去办。叶菏这孩子，你们信得过吗？"

沙官印微然一笑，说："有其父必有其子；我们信得过你，就信得过你的儿子。"

"叶菏深沉、正义、好学、多思，比我更懂得事理。"叶明亮禁不住流露出对儿子的满意心情，"他每星期六晚上回家来，我们父子常常促膝夜谈，听他论说时势，不觉通宵达旦。他母亲睡醒一觉，看我们谈兴正浓，也披衣下床，悄悄坐在一旁，听得很有兴味。"

沙官印开玩笑说：“三娘教子变成了子教三娘。”

叶师母瞟了老伴一眼，笑嗔着说：“你那逢人便夸儿子的毛病，要改一改，惹人见笑。”

“不！”蒲葵忙说，“我结识的延芳淀乡亲父老，没有一个不夸您的儿子，不想您的儿子。”

“有个女孩儿，更牵挂他呢！”叶师母柔声说，“等他放了暑假，我就打发他到延芳淀去，把亲事订下来，免得人家女孩儿整年整月愁苦。”

沙官印半玩笑半正经地说：“延芳淀的人拴住了他的心，他不回来了呢？”

叶师母不懂他话中有话，开心地说：“反正是娶了媳妇忘了娘，那女孩儿也不必拴，也不必捆，我把儿子整个儿给她了。”

叶明亮听沙官印的口气，看蒲葵的神情，似有所悟。他像是安慰老伴儿，悠悠然地说：“知子莫过父；叶菏到延芳淀去，绝不会为儿女之情，流连忘返。但是，海阔凭鱼跃，天高任鸟飞，懂得事理的父母，却不应把儿女永远拴在自己的膝下。”

“叶大伯真是心胸宽广！”蒲葵赞叹地说。

他们的目光碰在一起，心照不宣。

此刻，叶菏在通州师范，正心如汤煮，睡不着觉。

本来，他也已经接到通知，今晚在平民子弟夜校放学之后，到北关屿头接头，到延芳淀去。不料，平民子弟夜校刚摇铃放学，就听见城外几声枪响，他送孩子们走出校门，只见国民党兵像飞蝗似的乱跑，感到十分惊讶。一会儿，大街上戒了严，布起哨卡，搜身盘查，拘留可疑行人。叶菏更是感到不安，站在校门口，想看个明白。

一辆汽车开来，车上跳下盛千翠，搀出了文朝闻。老先生皓首白眉，身穿古铜色粗布长衫，黑布袜，白布鞋，脸色阴沉不悦。

“千翠，有劳你了，回去吧！”文朝闻挥了挥手，走上台阶，也不理睬叶菏的敬礼，径直回他的卧室和书斋去了。

“老师好大火气，怎么回事儿？”叶菏问盛千翠。

“吴宗笠死乞白赖请老师吃饭，我被拉去侍座。”盛千翠对于他的姐夫，一向是以鄙夷的口吻，直呼其名，“吴宗笠在省城中学读书时，是文先生的学生，如今同在通州，他不得不装出一副尊师重道的假面孔，好借重文先生的清高名声，给自己脸上贴金。席间，吴宗笠装模作样，大骂县长不关心教育，文先生当面戳穿他的伪善嘴脸，指着他的鼻子说：‘你倒有所关心，不过不是教育，而是监狱。’吴宗笠脸上青一块，紫一块。这时，政训处的特务科长满头大汗跑来，报告有个共产党叛徒告密，有名的共产党军官蒲葵去而复返，潜回通州；吴宗笠也不跟文先生道一声‘失陪’，扔下筷子就奔外跑，亲自指挥搜捕。老师气得浑身发抖，我只得给家里打电话，派汽车送老师回校。真倒霉！我是赌咒不坐汽车的，今天却不得已而破了戒。”

“你知道那个叛徒是谁吗？”叶菏压低声音问。

“野玫瑰餐厅的副经理金桂题。”盛千翠恨恨地说，“他跟我哥哥还是朋友，今后我再也不准他登我家的门，也不许我哥哥再跟他交往。”

盛千翠走后，叶菏忙到文朝闻的书斋去。他敲了敲门，轻轻叫了声：“老师！”

“去吧！我今晚没有兴致。”文朝闻的口气很不耐烦，没有让叶菏进屋。

叶菏心情沉重地走回他的宿舍，他住在文萃阁上的图书室里。通州师范经费匮乏，雇不起图书管理员，文朝闻就让叶菏课余代管，叶菏乐得近水楼台先得月，多读些书，就答应了。文萃阁的阁上是藏书室，阁下是阅览室，叶菏夜晚就睡在阅览室的长桌上。

窗外，狂风乌云，黑暗而险恶，叶菏惦念着陷入险境的蒲葵，辗转难眠。前天，丘二篙头给他送来一篮子瓜，告诉他雷虎寅、雷响、霍犴牛和马门闩跟着蒲葵上了盘山，他便心如飞鸟，身在通州而心在高高的山冈上，密密的树林里。他曾跟蒲葵约定，在同一条战线上相见，而雷响他们，已经比他先行一步，他是多么想急起直追啊！现在，蒲葵秘密重返兰渚，也许正是为了把他带走，带到雷响他们的队列中去；然而，叛徒告密，敌人搜捕，蒲葵陷入危险境内，他怎能不心急如焚呢？他应该找到蒲葵，救护蒲葵，跟蒲葵风雨同舟，结伴而行。

叶菏躺下坐起，坐起躺下，一夜没睡，天刚黎明就起了床，到井台上刷牙洗脸。但是，一向黎明即起，洒扫庭院的文朝闻，却没有动静。直到早操朝会，仍然不见文朝闻从卧室里走出来，叶菏去请，才发现老先生病倒了，于是急忙跑回家，请父亲给老师看病。

他来到家门口，正要敲门，门闩一响，父亲也正要出门来。

“你来得好！”叶明亮把叶菏拉进东屋，关门闭户。

叶菏见父亲神色焦急，惊问道：“爹，您怎么啦？”

“儿呀！”叶明亮紧紧抱住儿子，“爹这一辈子，生在一贫如洗的穷家，活在暗无天日的世道，遭遇过三灾六难，受尽了千辛万苦。多少回绝路逢生，死里脱逃，都是多亏侠肝义胆的穷哥们仗义相助，搭救出险。爹是个软弱无力之人，干不出替天行道、除暴安良的举动；可是，真遇到这等英雄壮士，遭了灾，落了难，哪怕是上刀山，下油锅，掉脑袋，也要助他一臂之力，断不能隔岸观火，袖手旁观，更不能落井下石，卖人请赏。”

“爹，有什么话，您直说吧！”叶菏仰望着爹爹，“舍身赴死，儿子先行。”

“好孩子！”叶明亮脸上浮现出欣慰的笑容，“如今，就有个爹十分钦敬的人，用得着咱们爷儿俩豁出身家性命，保他安全脱险，展翅高飞。”

“蒲葵！”

“你怎么猜着？”

“我也挂念着他，忧愁了一夜呀！”叶菏说，“他在哪儿？”

“你官印大叔带他到了咱家！”叶明亮觉得蓬筚生辉似的光采，“我搪过了军警搜查，安顿他住下，可是咱家门低、屋窄、院子浅，不能久留。你官印大叔打算给他找个严实的藏身之处，再想脱身之路……”

“到我们学校去，躲在文萃阁上的藏书室里！”叶菏抢着说。

“我跟你官印大叔想来想去，也只有这个去处，就不知文先生敢不敢担风险，肯不肯收留？”

“文先生是一位古道热肠的忠厚长者，不过用不着惊动他。”叶菏胸有成竹，“等天黑下来，戒严开始，街上混乱，让蒲先生换上学生装，戴上通州师范的校徽，跟我从学校东北角的破墙豁口进去。”

“好！”叶明亮一块石头落了地，放了心。

爷儿俩叮嘱叶师母小心看家，挂上出诊牌子，关上街门，然后一同到通州师范去看文朝闻。

傍晚，戒严时间一到，国民党军警又像蝗虫一般上了街，驱赶行人。小石在身背破帆布书包，像一条游鱼，在人群里钻来钻去，放开喉咙叫卖着：“看晚报，看晚报！戒严时间已到，忍痛牺牲大甩卖，买一张送两张！”军警吆喝着他：“滚！卖不出去，拿回家熬着吃。”沙官印也在人群中东奔西走，大喊大叫：“劳驾，借光！让我先过去，我急着到码头上夜班。”军警也呼喝他：“快走！又不是大姑娘上轿，为什么不早动身？”一辆辆人力车拥塞十字街头，车铃响成一片，卖冰棍的拉着哭腔儿，哀求行人购买，小商贩手忙脚乱，收摊儿散市。乱糟糟，就像林中起火，百鸟纷飞。

混乱中，却有两个头戴制帽，身穿制服，脸上蒙着大口罩的通州师范学生，一人手提一个草药包儿，不慌不忙，温文尔雅，漫步街头。军警向他们喊道：“二位学士，没看见戒严了吗？别那么一脚踩不死个蚂蚁，快回学校吧！”他俩仍然充耳不闻，并不加快脚步。一辆警车从保安司令部开来，高音喇叭发出刺耳的噪声：“龙蟠保安司令部发布紧急通缉令：查共产党重要分子蒲葵，逐而复返，潜来通州，勾结死党……”警车从这两个学生身边驶过，他俩相视一笑，四六步走进文庙街，不见了。

12

蒲葵已经住到文萃阁上。

他站在藏书室窗口，俯瞰窗外。窗外有一棵白果松屏障窗口，外面望不见窗内，窗内却可以望见外面。远眺茫茫北运河，叶叶渔舟，条条大船，来来往往；大河通向延芳淀。两岸田野上，人马车辆，往返四方；大路通向延芳淀。是呀，一出城去，大路朝天，各走一边，那就可以自由行动了。自由就在咫尺之外，阻碍自由的就是眼前的一堵城墙，他的目光落在城头。

通州师范北倚城墙，城墙下有一条护城河。早晨曾有几个国民党哨兵走过去，但是一直还没有走回来，警戒似乎并不严密。城墙几经战火，风雨蛀蚀，差不多已是断壁残垣。通州师范背靠的段落，就有两三处豁口，学生出城入城，上上下下，每处豁口都踩出了一道梯磴。

蒲葵的脑海里，像一道闪电掠过，闪出一个念头。如果摸清城外地势和岗哨分布情况，是不是可以借着浓墨夜色，从这里趁虚而出呢？

中午，叶菏回到文萃阁上。正是暑伏季节，学生们有两个小时午睡，天气炎热，文朝闻允许学生们爬出豁口，到护城河里游泳半个小时，然后凉凉爽爽地回宿舍睡觉。今天吃过午饭，学生们照例三三五五，说说笑笑，爬城而出。

“叶菏！”蒲葵一指城墙豁口，“你到城头看看，城上城下有多少岗哨，过河后地势有没有隐蔽？”

叶菏明白，跑下了文萃阁。

国民党的巡逻哨，已经发现学生们爬城，一个班长带着两个小兵，端着刺刀跑过来。叶菏刚刚登上城头，那个班长就喝叫道：“站住！”

“你狂吠什么？”叶菏迎着刺刀，走上前去。

“保安司令部有令，不许出城。”

“我到护城河游泳，并不离开通州。”

“出城半步，也不许可。”

“空口无凭，拿出你们上司的命令，我看看。”

这个班长拿不出命令，答不上来了。正在这时，一个四十多岁的上尉走来，问道：“吵什么，吵什么？”

“报告皮副官！”班长直溜溜立正，“学生们擅自出城游泳，我严加禁止，他跟我要上司的命令看看。”

皮副官是个老江湖，他知道学生们都好闹事，逗起他们的邪火，又罢课，又游行，那就责任重大了。于是，他采取息事宁人的态度，堆着笑脸跟叶菏说：“同学，上峰确有严令，兄弟身为军人，以服从为天职，不敢不遵命执行。不过，不知者不怪罪，同学们已经游玩起来，难道当真不讲情面，抓破脸皮吗？下不为例就是了。”

“还是你这位当官长的通情达理！”叶菏故意奉承他一句，“好吧，请你们城上城下的岗哨严加监视，我们游泳半个小时，过时不上岸的，就抓起来。”

“这是哪儿的话？”皮副官一副油腔滑调，“同学们赏我面子，难道我就不重交情！请教你同学贵姓高名？”

“我叫叶菏，学生自治会会长。”

“久仰，久仰！”皮副官赶忙掏出香烟，敬上一支，“兄弟皮三才，学疏才浅，请叶会长多多指教。”

“不客气，我不会吸烟。”叶菏见这个兵痞是个多嘴多舌的浅薄家伙，决定在他身上打主意，“皮副官率领部队，日夜值勤，辛苦了。”

“为党国效劳，”皮三才伸长脖子，深深吸溜了一口烟，“赴汤蹈火，在所不辞。”

叶菏一看他那副吸烟丑态，就知道他是个白面鬼。忍住笑，说：“恕我说一句外行话。你们分散兵力，漫天撒网，叉开五指抓跳蚤，倒未必抓得着那个人。”

“叶会长深通兵法！”皮三才挑起大拇指，“你想，这位蒲葵单身一人，行动方便，说走就走，说溜就溜，不溜不走，角落一躲，你到哪儿抓他去？依我看，蒲葵压根儿就没到通州来，都是金桂题那个小子买空卖空，可累得我们脚丫子朝天。”

“皮副官的高见，胜强吴处长百倍！”叶菏逗他信口开河，“姓金的叛变了共产党，又拿不出像样子的见面礼，就捏造了这个无从对证的谎言，以便抬高售价。”

“不是兄弟以下犯上，我们这位吴处长是聪明一世，糊涂一时！”皮三才发泄怨气，“他只想抓住个大共产党，人前显贵，傲里夺尊；金桂题对症下药，投其所好，一道鬼画符，迷住了他的心窍。”

“皮副官一定是吴处长的得力部下吧？”叶菏套他的话。

“我们是军需处的，跟他不是一杆子！”皮三才满腹牢骚，“这年头儿，卖狗皮膏药的应时当令，政训处压我们军需处一头，硬逼着我们从警卫排里拨出两个班，巡逻这二百五十米地段。”

“城头上，河对岸，都管？”

“可不是吗！”皮三才叫起委屈，“按照命令，二十四小时坚守阵地，谁熬得了呀？我自作主张，两个班轮流上岗。”

“又是城头，又是对岸，一个班怎么忙得过来？”

“城头上卖呆儿，已经晒得贼死，谁还有兴致去管对岸？真听他的，猫在护城河对岸的柳棵子里喂蚊子，人身是肉长的，让他去。”

“皮副官真是爱护部下。”

“叶会长，兄弟打十五岁穿上这身老虎皮，屈指算来，三十个春秋了，哪个军头没混过？”皮三才摇头晃脑，“待部下，就得睁一只眼儿，闭一只眼儿，别那么较真儿。不然，上了火线，给你个暗箭最难防，可就悔之晚矣。”

“皮副官玲珑剔透！”叶菏计上心来，“皮副官好交朋友，我不能不关照。我们的文老夫子，弟子三千人，桃李满天下，省里几位大员，都是他的学生。他最恼恨军警闯入他的学校，就像佛门净地，不许走进吃狗肉的人。你们在这一段城墙上布岗，文先生还不知道，不然早就下逐客令了。皮副官是知道的，吴处长也是文先生的弟子，很孝敬他的老师，众位弟兄是多加小心为妙。”

“叶会长真是爱护兄弟！”皮三才连连感谢，“我们这二百五十米地段，贵校正在中间，两边有岗，也就不必再到贵校界内走动了。请叶会长在文老夫子面前，替兄弟多多美言。”

皮三才带着那个班长的两名小兵，点头哈腰而去。叶菏走下城墙，游过护城河，到对岸踩出一条脱身之路。

下午阴了天，傍晚响起雷声，入夜下起大雨。

平民子弟夜校放了学，叶菏顶着雨跑上文萃阁，在风雨雷电的声光中，兴奋地向蒲葵大声说：“我们有了地利，又占了天时，快走！”

蒲葵站在窗口，欣赏大雷雨的雄奇景色，问道：“平民子弟夜校和学生自治会的善后工作，都安排好了吗？”

“已经委托两位最可靠的同学。”叶菏动手整理行装，“他们也是官印大叔培养的人。”

“跟孩子们不辞而别，难免依依不舍吧？”

“心里很不好受。”叶菏惆怅地一笑，“我给高小班的同学，朗读了法国作家都德的《最后一课》，念得很动感情，孩子们的眼睛都潮湿了。”

蒲葵从窗口转过身，说：“我想拜会一下文朝闻先生，求个人和；你也应该向老师辞行，上最后一课。”

“太好了！”叶菏带着蒲葵下了文萃阁。

同学们都已经入睡，只有文朝闻的书斋里还有一点灯火，窗上映着一个时俯时仰的身影，传出咿咿哦哦的声音。满院风雨，这低吟一般的读书声，令人感到哀伤和凄凉。

叶菏轻轻推门而入，蒲葵跟在他的身后。

“谁？”文朝闻抬起老花眼镜。

这位一生清苦，洁身自守，孤傲而正直的老夫子，已经六十几岁，白了头。他很瘦小，又刚病愈，气色干枯，很像深秋旷野上的一只白头翁。

“老师，是我！”叶菏垂手而立，“蒲葵先生听说先生身体欠安，临行之前，前来问候。”

“啊！”文朝闻大惊。

蒲葵从叶菏身后走过来，抱歉地说：“雨夜不速而来，唐突文先生了。”

“不，我很高兴。”文朝闻镇定下来，脸上露出喜色，“今年5月4日，我本来准备举行纪念大会，想请蒲先生来校讲演；终因县党部百般阻挠，纪念会未能举行，也就得不到向蒲先生请教的机会。”

蒲葵在一张咯吱咯吱响的旧藤椅上坐下，说：“文先生献身教育事业，数十年如一日，德高望重，我在通州工作期间，也曾几次想来趋访就教，只因国民党方面严密限制我方人员的行动自由，未能如愿。不想今晚在非法状态下，得与文先生幸会，感到十分高兴。”

“不敢当！”文朝闻慨叹一声，“终我一生，一介腐儒而已，于国于民，无所贡献。而且，教出吴宗笠一类的无耻之徒，更是罪过。”

“学生良莠不齐，老师何罪之有？在文先生的弟子中，不是也很出了一些人才吗？”

“惭愧呀！”文朝闻连连摇头，“若论人才，只有我那几位加入贵党的学生，才当得起。然而他们之所以有成，功不在我；相反，对于他们，我是问心有愧的。当时，国难当头，他们投身政治活动，我却不明大义，责怪他们荒废学业。待到抗战爆发，他们勇敢献身，奔赴战场，为祖国光复，民族复兴，抛头颅，洒热血，马革裹尸，前仆后继，我才悔悟自己的昏愦，痛感负疚良深。”

“文先生这一席话，发人深醒！”蒲葵庄严地说，“当前，中国正处于两种命运决战的关头，学生们像站在十字路口，是奔向光明，还是堕入黑暗？为人师表者，是不能不严重考虑，予以正确指导的。”

“蒲先生的意思，我很明白。”文朝闻苦笑了一下，“只是我对于政治还是一团混沌，哪里有能力给学生以正确的指导？不过，我当竭尽心力，不使他们与吴宗笠之辈同流合污，也就算没有误人子弟。”

“老师，我向您辞行！”叶菏忽然说。

“啊！”文朝闻一怔，“到哪儿去？”

“为光明的中国而斗争。”

文朝闻望着蒲葵，问道：“蒲先生，您要把叶菏带走？”

蒲葵笑笑，说：“您舍不得这个心爱的学生吧？”

“是的！”文朝闻闭上了眼睛，淌下老泪，“在通州师范的七十二名学生中，只有他是我最寄予希望的。”

“希望他怎样呢？”

“希望他……”文朝闻忽然打了个寒噤，睁开泪眼，“我不过是希望他继承我的衣钵，当一个白发死章句的书虫。蒲先生，请你带走他吧！放在我身边，会害了他的；叶菏，跟蒲先生去吧！留在我身边，你是不会有出息的。”

文朝闻心乱如麻，哽咽难言了。

“老师，再见了，您多保重！”叶菏深深鞠了一躬。

“去吧！”文朝闻抚摸着叶菏的头，“要努力，要上进。今后，若有需用我出力之处，我愿竭尽绵薄。”

蒲葵和叶菏走出书斋，那雨下得天连着地，地连着天，他们在泼墨一般的黑暗中，越过城墙豁口。

风雨为他们送行，雷电给他们引路……

13

吴宗笠乘坐一辆中型吉普车，车里还带着金桂题和两名卫兵，一出通州，就开足马力，不到半个小时，便到达了石瓜镇。

通向石瓜镇北口的官道，沿路都是连绵不断的树林，果园，瓜园，菜园，密枝浓叶里闪动着干活的人影，响着嘎啦啦的镳铲声。一个个吓唬鸟雀的谷草人，在南风中挥舞着手里的破芭蕉扇，三三两两巡逻放哨的团丁，懒洋洋游荡在官道两旁。

镇口，土圩子又高又陡，土圩子下面是一条深险的沟堑。走进寨门，是一片散散落落不成形状的街道，一座座残缺破败的篱笆里，挤塞着两三间低矮歪裂的小土坯房。面黄肌瘦的女人，吹着冷灶里的青柴，被浓烟呛得剧烈地咳嗽。皮包骨的光屁股小孩，骑着狗绕篱笆跑。穿过这片穷街，便是半砖半坯的房屋，不夹篱笆，砌的是土墙，墙头伸出挂满青枣的枣树枝丫，院里是鸡鸣、猪哼、羊叫，碾声、磨声、女人吆喝毛驴声、箩床筛面声。再过去，是一个大月牙池塘，荷叶盘盘，垂柳依依，燕子穿飞，白鹅翻着红掌，拍打翅膀，伸长脖子嘎嘎叫着。吴家大院的后墙，就坐落在池塘南岸上。

吴家大院的围墙又高又厚，水磨青石墙基，砖面上生满墨绿的苔藓，四角四座哨楼，每座哨楼八孔枪眼，黑洞洞，阴森森。

大院正面，有一座方圆十几亩的大场，四处栽种桑、枣、榆、槐、绿柳、青杨，抹着泥顶的麦秸垛和豆秸垛，有尖头的，有圆头的，不下十几座，都有三五丈高。相形之下，那一溜鸽子笼似的长工棚子，又矮小，又憋闷，令人感觉难于呼吸。

高大的门楼，飞檐斗拱，两扇大铁门，铁皮狼牙钉，长方大块虎斑石铺砌的门道，可以跑两辆四套骡马的大车。大门两侧，八棵浓荫龙爪槐，四名护院打手，青皮光头，横眉立目，身穿漂白密排小褂儿，黑绸肥大灯笼裤，脚下是双梁云头薄底抓地虎快靴，一人一支驳壳枪，一口鬼头刀，腆胸叠肚，两厢站立。

吉普车驶进大门道，四名护院打手一见他们的少东家驾到，好像风吹草低，一齐屈膝打千，叫道："小的们给少东家请安！"吴宗笠从皮包里掏出一把钞票，打车窗里抛撒出去。

"谢少东家恩赏！"四名护院打手一阵欢呼，便像饿狗扑食，抢起钱来。

内院朱门外，八条蹲门狗，十六只看家鹅，叫成一片。一大帮管家、男仆和小厮跑了出来，躬身垂手，不敢抬头。

汽车停住，吴宗笠和车上的人下了车，走进朱门。这是一座气氛阴沉的套院。登上十二层白石台阶，跨进二道院的月亮门，迎面是一面二龙戏珠的琉璃影壁，影壁后面是一座爬满藤萝、绿苔斑驳的假山石。阔大的庭院，搭着白席凉棚，十个陶瓷彩釉的大金鱼缸，发出游鱼拔刺刺的溅水声，几只蜻蜓落在鱼缸里的荷叶浮萍上。鹅卵石的甬路两旁，是两溜石榴树和夹竹桃，挂满各色各样的鸟笼和蝈蝈篓儿，鸟啼虫鸣，阵阵花香，越显得庭院幽静清爽。

"少东家驾到！"内院管事一声呼喝。

正厅珠帘舒舒卷起，一大群丫头老妈子，鱼贯而出，有六十几岁的老太太，也有十一二岁的小女孩儿。她们身背一纸卖身契，深锁在暗无天日的吴家大院，被奴役，被凌辱，不如笼中的鸟儿，篓里的蝈蝈儿。

进入客厅，四壁悬挂着名人字画，茶几条案上陈列着什锦古玩，也有几卷线装书，一个翠玉笔筒，点缀文墨风景。不过，还是那只端端正正摆放在大玻璃罩中，擦掉了铜绿锈斑、金光闪闪的钟鼎，最能表现出主人是多么风雅。

两个梳着双鸦髻的小丫头，捧着铜盆，请吴宗笠净面。洗过脸，吴宗笠走出客厅，穿游廊，奔后院。

吴莲池在他的爱妾孔水仙的搀架下，也正从后院的深宅里，急急奔前院来。

这个延芳淀的土皇上，已经是一支风中烛。酒、色、鸦片烟，蛀蚀了他的皮骨，秃了头，掉了牙，满脸斑癣，一架枯骨。尽管他每日大吃甲鱼肉，大喝人参汤，两个奶妈子喂乳，也只能苟延残喘而已。酷热的六月天气，他只觉得冷入骨髓，头戴一顶青呢瓜皮小帽，身穿团寿字玄缎面夹袍，已经僵化的两腿，穿着一条春绸丝棉裤，还扎紧了裤腿儿，双脚不但包着毛线袜，而且套着厚毡靴。不过，老家伙虽然已是枯木朽株，可是那两只小小的三角眼，却是阴冷冷，亮晶晶，真像两朵闪烁的鬼火，显露出他虽已行将就木，但是依然贼心不死。

他的爱妾孔水仙，跟他正成鲜明的对照。这个徐娘半老的女人，仍然白嫩嫩，水灵灵，浓妆艳抹，花枝招展。她头上梳着高高耸耸的花妆髻，描眉入鬓，鬓似刀裁，脸蛋搽得桃红李白；身穿粉莲霞锦纱紧身小衫儿，下身是大洒花葱心绿肥裤，尖尖小小的红绫鞋。明明是一只狐猸子，却扭扭捏捏，羞羞答答，故作小女儿态。

孔水仙的爹是延芳淀有名的讼棍，吴莲池的狗头军师，专干为虎作伥的勾当；将雷连甲打成死罪的状纸，就出自他的手笔。他和吴莲池算是通家之好，从小就品性轻浮。好在人前卖弄风骚的孔水仙，常常到吴家大院走动，口口声声管吴莲池叫干爹；吴莲池好色成癖，岂肯放过这个含苞欲放的干女儿？而孔水仙也贪爱吴莲池的金山银垛，半推半就失了身。老讼棍虽然心黑脸厚，到底还不够十分无耻，竟被这桩丑事，气成中风，不到半个月就呜呼哀哉了。于是，孔水仙出嫁，她爹同时出殡。

吴宗笠一见他爹迎了出来，连忙三步并作两步，跑上前去给他爹请安，恭恭敬敬问道："爹，您老人家贵体可大安康？"

"喔，喔喔……还好，还好。"吴莲池那斑癣老脸，皱成一副怪相，"只是……只是两腿疼痛难忍，夜不能眠。"

"搀老爷到养心斋去！"吴宗笠突然一掉脸，向低眉顺眼的孔水仙大声喝斥。

"是！"孔水仙浑身一哆嗦。

孔水仙对于这位大少爷，怕入骨髓。那还是二十年前，吴宗笠才十几岁，就作践了她。她哭号着跑到老头子那里告状，吴宗笠也提着一支勃朗宁手枪追赶而来，破门闯入，手枪拍在桌案上，冲他爹面前一跪，叫嚷道："爹，您是要这个女人，还是要我这个儿子？有她没我，有我没她。要她，您拿起手枪打死我；要我，我就拿起手枪打死她。"吴莲池眼也不眨，哈哈大笑道："混账话！儿子是骨肉，姬妾是衣服，岂有为妾杀子之理？拉她出去，随你处治。"孔水仙吓得三魂出窍，抱住吴莲池的双腿，哭道："老爷，看在我侍候您这几年的情分上，宽恕我这一回吧！"吴莲池一脚踢开她，喝道："你这条命，归大少爷了。"她又爬到吴宗笠脚下，哀告说：“大少爷，您老人家大开天恩，留下我这条性命吧！我一定像侍候老爷那样侍候您老人家，讨您喜欢。”吴宗笠也不答话，一把揪住她的头发，拖到后花园，摔在地上，擦着她的头皮，当当开了两枪。她鬼叫一声，昏死过去，一连几个月神经错乱。从那以后，她吓破了胆，一见吴宗笠的面，就魂不附体。

现在，她搀架着老不死的到后花园养心斋去，吴宗笠跟在她的身边，她仿佛又回到二十年前，被吴宗笠扯着头发拖到后花园的可怕情景。但是，这个女人已经奴性十足，心里不但不敢有一丝恨意，而且只想如何讨得这只恶狼的喜欢，苟且偷安。

这座后花园，就是当年霸占的何守田的那片果园和池塘。虽然二十几年过去，但是旧日面目仍然依稀可见，只是树高入云，花木繁荫，空地上多了几座亭台，荷塘上拴了一只画船。

养心斋，三间小小的青堂瓦舍，坐落在荷塘畔，花树中。室内只有一张花梨书案，一把斑竹藤椅，两把紫檀座椅。案上一只青铜香炉，几卷经书。吴莲池常常一人闭门幽坐，焚香冥想，或是扶乩卜卦。养心斋平时深锁房门，不许外人进入，所以这座密室很有点鬼气。

吴莲池跟吴宗笠，不但是父子，而且是知己，吴宗笠佩服他爹的老奸巨滑，吴莲池赞叹儿子的阴险狡诈。吴宗笠每次从通州回家来，老少两只恶狼，都要躲进养心斋，进行长时间的密谈。

孔水仙将吴莲池搀架着到了养心斋外，吴宗笠又猛喝一声：“你吩咐内院管事，好好款待那四名卫兵！再跟卫兵要过我的手提包，拿回后院：提包里有我高价买到的美国安眠药，还是按照过去的剂量，在午饭之后，晚睡之前，给老爷冲服，就可酣甜入睡。”说着，掏出钥匙放在孔水仙手里，轻轻捏了一下。

“明白了！”孔水仙哆嗦着答应一声，不敢逗留，低顺眉眼地急急而去，给吴宗笠收拾房间。

吴宗笠搀扶他爹，吴莲池从裤腰里摸出一串钥匙，打开房门。吴宗笠又扶着他爹坐在躺椅上，他在一张座椅上侍坐。

“美国的安眠药真是神乎其神哟！”吴莲池呵呵笑道，“吃下去，睡得像死了一样。只是一不吃，更睡不着了。能不能多买几大包，够吃上几年的。”

“价值高昂，万分难得呀！”吴宗笠跟他爹云山雾罩，“那是为美国的高官富豪特制的灵丹妙药，秘而不宣，严禁外传。只因中美友好，才向中国的高级长官少量出售。我是通过曲曲折折的内线，从最高阶层，难而不难地得到几片。”

“这也是你孝感动天呀！”吴莲池说，“政局近况如何？”

吴宗笠点起一支香烟吸着，说：“和平谈判这出假戏要收场了，全面进攻的大武行要开锣了。”

“好！以蒋委员长的铁腕，定能扭转乾坤。”吴莲池龇开稀稀落落的乌黑牙齿，夜猫子似的呀呀笑了，“你们呢，也不该无所作为吧？”

“很快就要进攻盘山。”

“那么，你也要亲临战场？”

“我奉命留守后方。”吴宗笠打开皮包，掏出一张盖有血红关防的委任状，“保安司令要我恭请您老人家助他一臂之力，屈尊担任延芳淀民众戡乱行动委员会主任委员。”

“扶保蒋委员长的江山社稷，吴某身为臣子，理当效犬马之劳！”

吴莲池那被鸦片烟熏哑的嗓子，嘎嘎笑着，“保安司令与你情同手足，也就是吴某的子侄，为子侄而尽心出力，不亦乐乎？”他展玩着那张委任状，两眼射出贪婪的目光。

吴宗笠又说：“您要扩充民团……”

“谁掏军饷？”吴莲池打断他的话，“我这个主任委员俸禄多少？”

吴宗笠像哄小孩子似的说：“民众戡乱行动委员会是民间团体，民团是民间武装，不拿国家俸禄和军饷；但是，可以从苇花沽民众身上筹划，也很方便。”

吴莲池骨碌着两只恶眼，问道：“那么，延芳淀地方的田粮税收，都归我所有？”

“不！”吴宗笠摆着手说：“国家税收之外，您可以酌情征收地方团防捐。”

“好！”吴莲池觉得有利可图，一口答应，“只要有米，还怕做不出饭来！”

“当务之急，请您邀集各村保甲长聚会，悬赏严拿共产党要犯蒲葵。”吴宗笠压低声音，“据一个名叫金桂题的共党叛徒告密，蒲葵从盘山带下若干匪徒，又从通州城内调出不少的死党，阴谋在延芳淀建立他们的根据地。”

“卧榻之旁，岂容他人酣睡！”吴莲池气得咆哮，“延芳淀乃吴家万代铁桶江山，岂容共产党割地分肥？我要将他五马分尸，再碎尸万段！”

“知己知彼，方能百战不殆。”吴宗笠叮嘱说，“我回通州，把那个金桂题给您留下，诸事要听一听他的见解。”

吴莲池不以为然地摇着头说：“忠臣不事二主，烈女不嫁二夫。当了叛徒就好像女人做了婊子，不可信任，更不能重用。”

老东西的身子已经十分糟朽，这一阵狂怒过后，马上便虚弱得奄奄一息了。吴宗笠嫌恶地看了看这具大半腐烂的活尸，但是不得不装出孝子模样，捏着鼻子搀架他回后院去。

后院，是吴家的老宅，房陡墙高，墙头满是枣核钉，还拉着铁蒺藜网，只有两扇小小铁门，却又日夜紧闭。吴莲池和孔水仙，就住在这座古墓似的深宅里。吴宗笠每次回家，也都住在后院东厢房，以便朝夕承欢，早晚服侍老爹。吴莲池当然知道他这个孝子别有用心，但是有苦难言，也不敢言。

孔水仙坐在临窗的梳妆台前，刚刚沐浴更衣，梳了头，描了眉，搽了胭脂。大玻璃镜里，照见她那恐怖不安的神色。她一想到吴宗笠就要到来，身子就像被一条长蛇从脚下直缠到脖颈，血都凉了。

吴宗笠在院外叫门，丫头老妈子都急忙躲进屋里，落下窗帘，大气也不敢出。孔水仙发颤着答应一声，一溜烟迎了出去。

吴莲池被搀架到正房卧室，孔水仙给他服用了美国安眠药，老东西便死尸一般昏昏沉睡。然后，孔水仙身不由己，低眉顺眼跟随吴宗笠到东厢房去。

东厢房里，她早已给吴宗笠洒扫、熏香、铺床、挂帐，收拾得像花烛之夜的洞房。现在，一进屋，她便低下头，垂手站立，脸色惨白，等候吴宗笠那粗暴的举动。

吴宗笠却一反惯例，坐在床沿，摆了一下手，说：“来，你也坐下。”

孔水仙不敢相信自己的耳朵，惊恐地睁大眼睛，望着吴宗笠，不敢行动。

“你比木头人多一口气！”吴宗笠笑骂道，“坐在我身边来，我跟你有话说。”

“是。”孔水仙战战兢兢挨到吴宗笠身边。

吴宗笠拉过她一只染着红蔻丹的手，玩弄着，忽然说：“我打算让你当家。”

“大少爷，我可没有非分之心呀！”孔水仙吓坏了，不知吴宗笠的葫芦里装的什么毒药。

“你要助我一臂之力，做我的贤内助呀！”吴宗笠的声音，带有悲凉的味道，“老爷上了年纪，头脑失灵，多年来高压乡里，民怨沸腾，已经不适应时代潮流了。所以，我打算让你出头露面，扮演大慈大悲的观世音，平息众怒，笼络人心。懂吗？”

“亲亲，我懂了。”孔水仙是个狡猾邪恶的女人，黏糖似的绕在吴宗笠身上。

这古墓一般的深宅，是一座狼窠，一座蛇穴，一座魔窟。

14

石瓜镇上有个龙门渔行，渔行有个跑外的叫金哥，二十四五岁，一张小白脸儿，伶牙俐齿，手里的算盘打得炒豆似的响，吹、拉、弹、唱，五花八门都在行，外号小画眉。沾手三分肥，小画眉金哥手头也颇赚了几个钱，便暗中放高利贷；凤大姑开柳香居，本钱就是跟他借来的驴打滚儿。本生利，利滚利，凤大姑至今也还没有还清小画眉金哥这笔债。他常常坐着一只小划子，到延芳淀上收鱼，在柳香居歇脚，一来二去，看上了飘香。

小画眉金哥施展他的玲珑乖巧，水磨功夫，自信手段高明，小小飘香，跳不出他的掌心。

这天下午，金哥坐着渔行老板的一只雕花篷船，一个船夫打桨，从石瓜镇来罾罟台，先到柳香居站一站。他打扮得油光鉴人，大热的天还搽了一脸雪花膏，歪戴一顶米黄色凉帽，身穿一件六七成新的杭纺长衫，口叼一支玻璃烟嘴儿，吸的是三炮台香烟，一副以美男子自居，顾影自怜的得意神气。

凤大姑和飘香娘儿俩，正坐在豆棚荫凉里，编蒲篓，织苇席。

自从叶菏来到延芳淀，住在柳香居，白天隐蔽，夜晚外出，凤大姑和飘香母女就更严守门户，不与外人来往。门前冷落，青草丛生，豆角秧和牵牛花爬满了篱笆，小院小屋，静悄悄无声无息。

“凤大姑，飘香小妹！”小画眉金哥跳下船，嬉笑着叫了一声，开门走进院来。

飘香扔下手里的苇箔，进屋去了。

“金哥，今天好闲在？”凤大姑抬起头，搭讪着，可没停住手中的编织。

“吴老团董宴请各村保甲长，点名跟我们渔行要一百尾清一色的大鲤鱼，老板看我办事利落，就打发我承办这桩肥差。”小画眉金哥从脖领后面扯出一把泥金扇，摇头摆尾扇着。

“宴无好宴，又该刮卷地皮了！”凤大姑骂道。

“您没猜中！”金哥俨然像个消息灵通人士，“吴老团董大摆酒宴，是为了督促各村保甲长，齐心合力，捉拿共产党首要分子蒲葵，悬赏银洋一千块。”

“好大一笔横财呀！”窗口里，飘香冷冷地说。

“我要时来运转啦！”金哥溜瞅着飘香那俏丽的脸儿，“吴家大少爷的民众戡乱行动委员会，要在石瓜镇设立大衙门，还要成立一支乡民义勇反共壮丁大队，此后渔行必定买卖兴隆，财源茂盛，老板想再开个分号，十有八九派我当分号掌柜。”

“恭喜你步步高升！”飘香又不咸不淡地嘲弄他一句。

“宁做小国之君，不做大国之臣呀！”小画眉金哥却长叹一声，“虽说当个分号掌柜，到底还是在人屋檐下，不敢不低头。天可怜见，这一千块银洋若是落到我手里，我可就自立门户，大展宏图了。”

“金哥！”凤大姑厉声喝道。

“凤大姑！”金哥吓了一跳，眨眨眼。

“姓蒲的共产党跟你远日有冤，还是近日有仇？”凤大姑沉着脸问道，“人活一世，要清白一生，不能贪图不义之财，伤天害理。”

“我不是那个意思，不是那个意思。嘻嘻！”金哥尴尬地干笑着。

飘香一阵旋风似的从屋里跑出来，一只手端着个瓦盆，一只手拖着一把扫帚，先浇天泼地一通洒水，然后便将扫帚挥舞起来，唰唰唰地打扫院子，烟尘四起，飞扬弥漫。

“哎呀呀！飘香小妹，轻一点，慢一点。”金哥掏出绣花手帕，蒙住他那搽了厚厚雪花膏的小白脸儿。

飘香并不停手，仍旧挥舞着大扫帚。于是，金哥连同院子里的灰尘垃圾和鸡毛蒜皮，被横扫出去。

“真是画虎画皮难画骨，知人知面不知心！”凤大姑气得脸都白了。

“我早就看破了他的瓤子，不是正路东西！”飘香哼道，“我看这个贼子，还不死心。他敢卖人请赏，我就叫他死在我的手里。”

飘香看人入骨三分。小画眉金哥已经黔驴技穷，却仍不死心，从柳香居被扫出来，就坐上雕花篷船，到鬼吹灯夏三那里讨教去了。

鬼吹灯夏三刚吃完饭，喝了二两猫儿溺，抽了一包白面儿，仰八脚儿躺在炕上，瞪着一只独眼，死盯着顶棚，琢磨着到哪儿下蛆，敲一笔竹杠。小画眉金哥一进门，鬼吹灯夏三就猜着了八九分，肚子里暗暗发笑：“闭门家中卧，送财童子来。”

“夏联保主任！”金哥一躬到地，递上一支香烟。

“尊驾不必开口，”鬼吹灯夏三接烟在手，乜斜着眼睛，“鄙人早知端详。”

金哥哭笑不得，说：“您老人家真是名不虚传的鬼吹灯，一见面就念江湖诀，糊弄我这个天真赤子。”

鬼吹灯夏三打了滚儿爬起来，一挑大拇指，连连点着残破的半个鼻头儿，说：“乳臭小儿，你狗眼看人低。本官虽不敢自称诸葛转世，也敢说料事如神。你心如汤煮，不过是为了飘香那个小丫头。”

“正是！”金哥长吁短叹，“我想听听您的高见。”

“附耳过来！”

鬼吹灯夏三咬着小画眉金哥的耳朵，挤眉弄眼，叽叽喳喳，金哥鸡啄米似的不住点头：“妙，妙，妙！”

“量小非君子，无毒不丈夫！”鬼吹灯夏三独眼眨着凶光，“听说蒲葵就在延芳淀一带活动，不出方圆十几里；我把手枪赁给你，你在淀上岸边等着他，出其不意，攻其不备，把他生擒活捉。那一千块大洋的赏金，我也不跟你平分秋色，咱们三七分账。”

“干！”金哥的小眼睛，燃起利欲的火苗。“可是飘香怎么到手呢？”

鬼吹灯夏三色迷迷地拍着他的后脑勺儿，说：“哥儿，你抓住蒲葵，立下头功，吴老团董恩爱你，一开金口，凤大姑敢不乖乖地把女儿双手捧给你？”

“我要开个渔行！”金哥舐着嘴唇，直咽唾沫，“飘香到了我手里，生米做成熟饭，看我不精精致致收拾她。丘二篙头那老头子，给我下洁捕鱼，凤大姑那老婆子，给我前柜卖鱼。三年五载，本固枝荣，我要独占延芳淀渔市！”小画眉金哥想入非非，手舞足蹈。

“事不宜迟，兵贵神速，你赶快出马！”鬼吹灯夏三从炕席下摸出一支手枪，交给金哥，收了他头一天的赁金，“想抢这个头功，拿这笔赏金的，大有人在。”

“这一千块银洋，注定归我啦！”小画眉金哥就像鬼迷心窍，接过手枪，扭头就奔外跑。

西北天角，滚动着隆隆雷声。

夜，雷雨中，柳香居窗口，摇曳着一盏昏黄的风灯，凤大姑和飘香娘儿俩坐在窗口，心里七上八下。

“叶菏怎么还不回来？”凤大姑嘀咕着。“他这是头一趟到榆园去，又是单枪匹马，真叫人心焦。”

飘香只是凝望窗外大雨，两道弯弯秀眉，皱连一起，她比娘更焦急，但是不露声色。从叶菏来到延芳淀头一天起，她这颗心，就日夜都放不下。叶菏本来生得清秀，到通州师范念了一年书，就更显得文气。飘香心目中，叶菏的人品学问是很贵重的，但是拿刀动枪，并没有多大能为，因而很不放心他一人外出，夜走远村野路。蒲葵很看重叶菏，雷虎寅跟雷响更是倚重叶菏。叶菏是延芳淀区的副区长，还是武工队的参谋，一个文弱书生的肩膀，怎么能挑得起这两副重担呢？她就更不放心。所以，叶菏每回出去，她都叮咛又叮咛，嘱咐又嘱咐，还问：“记住了吗？”叶菏一笑，点点头。而叶菏一走，她的心就倒吊起来，直到叶菏平安而归，心才放下。这一天的坐立不安，心神不宁，比织一天布，编一天席，还累。叶菏一进门，她就忙得团团转，给叶菏打水洗脸，亲手给叶菏做饭，亲眼看叶菏吃下去。打发叶菏睡了觉，她便悄悄搬一只蒲团，拿着渔叉和弹弓，坐在柴门的豆角秧阴影里放哨。露水打湿她的衣裳，她不觉凉；整夜不合一合眼，她不觉困。凤大姑来替换她，她也不肯离开；她觉得，只有她亲自守卫着叶菏，才放心。

今晚，叶菏冒雨出去，她给叶菏披上蓑衣，戴上斗笠，送叶菏出门，叮嘱叶菏多加小心。现在已是下半夜，大雨不停，叶菏不归，凤大姑嘀嘀咕咕，一个不吉利的阴影，闪过飘香的心头，她霍地站起来，窗外掠过一道白唰唰的闪电。

一瞬即逝的电光，照见淀边小路上，有个一步一跌的行人，艰难地在大雨泥泞中行走。闪电逝去，又是一团漆黑，大雨滂沱。

“他回来了！”飘香顾不得披上蓑衣，跑出屋去，冲进雨里，不大工夫，半扶半背着一个人回来，正是叶菏。

叶菏被冷雨打得脸色苍白，四肢发僵。

“你呀，叫人急死！”飘香拿过一条手巾，踮着脚尖，给叶菏擦干头上脸上的雨水。

“快喝两口，暖暖身子。”凤大姑捧过一把酒壶，递给叶菏，“我给你做碗热面汤，多加胡椒面。”

叶菏喝下两口酒，呼出一口寒气，说：“我还得走，后边有盯梢的。”

飘香的心咯噔一跳，问道：“几个？”

“一个。”叶菏说，“要不是蒲葵同志有命令，在秘密活动时期，不到万不得已不得开枪，不得杀人，我早干掉了他。”

“这个该死的畜生！”飘香一猜便知，这个盯梢的家伙，十有八九是小画眉金哥。“大雨瓢泼，夜中漆黑，你孤身一人上哪儿去？这个狗贼不来便罢，真要找上门来，那是他死到临头了。”

“你们娘儿俩，不能暴露目标呀！”叶菏还想走。

“我们娘儿俩会招待他。”飘香将叶菏推进里屋。

这时，雨渐渐住了。一钩清冷冷的弯月，垂挂在天边林梢，蛙声四起，荷香荡漾。

飘香将风灯放在外间屋的灶台上，磨起一支寒光闪闪的渔叉。骤然，一阵跌跌撞撞的脚步声传来，她微微一笑：“送死来了。”又撩起里屋门帘一角，低低跟叶菏说：“你沉住气，别慌。”

小画眉金哥，泥头巴脑，活像一只泥猪癞狗，气喘吁吁，上气不接下气，一头撞了进来。

“哎呀，金哥！你这是打哪儿钻出来？”凤大姑问道。

“少唠叨！”金哥端着一支手枪，满面凶气，“看见一个人打这条道跑过去没有？”

“没看见！”飘香脸色冷冷的，“黑更半夜，雷雨交加，伸手不见五指，我们又没长着夜明眼。”

“看见没看见？”金哥的枪口，一顶飘香的胸窝，“那人就是悬赏一千块银洋的蒲葵，你不实话实说，打你个私通八路，勾结共党，先斩后奏。”

飘香胆怯了，小声说：“看见了。”

“在哪儿？”

“在我家避了避雨，歇了歇脚儿，雨一住，就赶紧走了。”

“走了多会儿？”

“不到一袋烟工夫。”

“奔哪个方向？”

“东北。”

“跑不了他！”金哥狞笑一声，“飘香，等我抓住蒲葵，领了赏金，一两天就打发花轿来搭你。”说罢，窜出门去。

“这个枉披人皮的奴才！”凤大姑恨得连啐三口。

飘香却轻轻一声冷笑，一跷脚，从墙上摘下了弹弓和弹囊，走到门口，只见金哥那幽灵似的影子，已经跑出六七十步。她也不瞄准，张满了弦，绷紧一松，嗖，嗖！流星似的射出两颗红石弹丸。

那个幽灵似的影子，跳了两跳，栽倒在一片水洼里。

“娘，跟我收尸去！”飘香淡淡地说。

娘儿俩走到跟前，飘香又在这只小画眉的咽喉上补了一鱼叉。然后，拖死狗似的拖到淀边，将死尸滚下水去，一眨眼就漂向十里旋涡去了。

黎明前，叶菏从柳香居到了星昳眼。蒲葵、雷虎寅、雷响都在沈老闷的看坟破屋里，架着干柴烤衣裳。在这风雨雷电之夜，他们也没有停止奔走。

“你背后有没有尾巴？”蒲葵问叶菏。

叶菏笑道：“有一条，飘香给割掉了。”

“一定是请那家伙吃了追魂夺命红石丸子！”雷响欢笑着说，“我那飘香表姐，花容月貌，可手黑得很。”

“那个死鬼是谁？”雷虎寅问道。

“龙门渔行的跑外，小画眉金哥。”

“看来，吴宗笠这个行动委员会一开张，就跟咱们短兵相接了！”蒲葵脸色严峻地说，“吴氏父子重赏之下，各村保甲长和见钱眼开的坏分子，纷纷卖命。今天咱们每个人身后都有一条尾巴，大大妨碍了我们的活动，必须采取断然措施，根除这个祸患。”

“杀他几个！”雷响瞪起眼睛，“杀他几个也好灭一灭敌人的邪气，长一长我们的威风。”

“就拿鬼吹灯夏三开刀！”雷虎寅青筋迸起，“各村保甲长，都是他牵线儿；见钱眼开的坏分子，都是他勾引。这个延芳淀的人蛆，死心塌地给吴家父子帮凶，早就该杀。”

“那就杀掉这个首恶分子！”蒲葵目光炯炯地说，“还要抓一些积极作恶的保甲长，一同受审。宣判鬼吹灯夏三死刑。老雷代表茑花沽区公所，向那些积极作恶的保甲长，宣讲我们的对敌政策，要他们立功赎罪，然后将他们释放。”

“好！”雷响兴高采烈地叫道，“这一来，咱们民主政权的威名，就四面八方传扬了出去。”

“那就分头行动！”蒲葵下令，“雷响去抓鬼吹灯夏三，我们兵分几路，去抓那些保甲长和坏分子。还要通知那些已经确定公开身份的同志，到星昳眼报到集合。”

雷响已经坐不住，跳下炕，问道：“蒲葵同志，你什么时候要人？”

“石瓜镇不大容易进出，捉拿鬼吹灯夏三要用点心机，费点力气，三天吧！”

“您写好布告，我在天黑之前，把鬼吹灯夏三抓来受审！”说罢，雷响穿上半湿不干的衣裳，杀了杀腰带，插了枪，拔步就走。

“真是个雷厉风行的闯将！”蒲葵从心坎发出一阵喜悦的笑声。

雷响从星昳眼出来，走到淀边，淀边一行水柳里，拴着一只浮萍小船。他和牤牛、门闩三个人，一连几个月黑夜，到石瓜镇外的船坞里牵船，先后已经牵了七八只，都是尖底、浅舱、一溜烟的快船；夜间到淀边的村庄活动，每人一船，像骑兵有了战马。

淀上，洒满清晨的阳光，千万张荷叶上，闪动着晶莹的露珠，金光闪闪，照花眼。雷响纵身跳上小船，打桨直奔那片荷丛中去。小船在密密叠叠的荷叶下定住，他四脚八叉地仰面一躺，小船动荡着就像一只摇篮，摇荡着他无声无息地睡着了。

睡醒，扒开荷叶一看，已是正午。沽上，打鱼收了船，行船泊渡口，吹着一团一团的热风。雷响摘下十几片大圆盘荷叶，蒙盖住头脸和全身，仰躺着打桨，出荷丛，穿苇巷，悄悄划向烟村去。

他一向白天在淀上睡，夜晚出入石瓜镇四外的几个村庄。烟村是他的堡垒村，家家都是他的堡垒户，已经有十几个小伙子秘密加入区小队，只是还没有招集起来。

这几天，雷响跟着蒲葵到延芳淀外围村庄活动，所以也有几天没到烟村来了。叶菏有个柳香居，他也有个铁匠铺，小船漂到烟村村口，他将小船搡进苇塘，然后向石老硬的铁匠铺走去。

铁匠铺前是一座葫芦架，浓荫盖地，铁匠铺后院和两面房山，是几百棵高大茂密的向日葵，浓荫蔽天。石老硬光着膀子，袒露着阔大胸膛，只穿一条肥肥的短裤，坐在铁砧上，脚搭在板凳上，背靠着葫芦架的木桩，呼噜噜睡得正酣。可是，雷响那轻轻的脚步还没有走到他的近前，他便立时醒来，一跃而起。

“打哪儿来？”他小声问雷响。

“您进院里来！”雷响说着，先一步跨进后院。

后院，雨梅正坐在向日葵的浓荫中，低头抬头地打瞌睡。她也是一听响动就醒，睁开惺忪睡眼，见是雷响，笑了，说：“我知道你这两天得来。晌午吃的是凉糕，我留起一大块，泡在后面上井的柳罐斗里。”

“拿来！”雷响手一挥。

石老硬先叫醒了老伴，雨梅娘摇着破蒲扇，出去看门。石老硬跟雷响在天井坐下，雨梅提来柳罐斗里的凉糕，忙着给雷响打在瓦盆里，又浇上腌汤、醋、蒜、辣椒、姜汁，还有一盘凉拌豇豆。

“又有什么举动？”石老硬是个心急好动的性子，摩拳擦掌地问雷响。

“等我先吃两口，压压饥。”雷响扒了一大口，十分好吃，不忍停箸，便风卷残云一般大吃起来。

雨梅一边看着，吃吃笑道：“一定又是饱吃一顿，大闹通宵。”

雷响吃完岗尖的一瓦盆凉糕，心满意足，抹了一下嘴巴，说：“蒲葵同志命令我来抓鬼吹灯夏三，今晚要拿他开刀。”

“早就该除掉这个狗才！”石老硬说，“只是石瓜镇四面深沟高墙，明岗暗哨，难进镇去。”

雷响拧着眉头说：“进去倒也不难，只是带着这条癞狗出来，又要活口，可就费手脚了。”

“我有一条锦囊妙计！”雨梅笑嘻嘻眨着眼睛，“保管十拿九稳。”

“你又要笑！”雷响瓮声瓮气地说。

“听我说呀！”雨梅收住笑，“石瓜镇难进去，进去也难出来，怎么办？就得插圈弄套，把鬼吹灯夏三诓出窝来。他一出窝，不管要死要活，抓他就便利了。”

“这个我懂，可怎么蒙他呢？”雷响问道，“他自从上回抓我们爷儿俩，碰上蒲葵同志，差一点儿丢了狗命，吓破了胆，再也不敢跨出石瓜镇半步。”

“那是前些日子，如今可又不同了。”雨梅说，“要是前几天，你就是用尽了三十六条锦囊妙计，也休想请得动他。可是，自从吴宗笠成立行动委员会，又七拼八凑了一支乡民反共义勇壮丁大队，鬼吹灯夏三又还了阳。吴宗笠下令，他家租给各村的地亩，都归保甲长代收租粮，每亩地吃五升回扣，鬼吹灯夏三包了咱们烟村的租子，连我们铁匠铺的利钱也归他收。这几天，他一连到咱们烟村来了三趟。”

“欢迎！”雷响两眼放光。“今天他来过没有？”

“吃晌午饭前刚走。”

“嘿！”雷响后悔地一拍大腿，“怪我不该在淀上睡了个觉，不然正跟他狭路相逢。”

“你别着急，我定叫他飞蛾扑火。”

“那就一口气说个干净利落，别这么啰唆！”雷响嚷道。

“好吧，我就三句拼两句！”雨梅嘻嘻笑，“他顶挂心的，是你家的瓜园。吴宗笠对鬼吹灯夏三另眼相待，把你家那瓜园的收成，都赏给了他。满地的瓜，在他眼里，就是满地骨碌碌滚的元宝。他头一趟来，就爬到瓜垄里，挨个儿点了数目，做了记号。他知道三九刺儿头，就点名叫三九看瓜，丢一个罚十个。他每来一趟，就点一回数儿。你就叫三九进镇，蒙他说瓜丢了，他必定火烧猴儿屁股似的跑来。你稳坐钓鱼台，等他来上钩，煮熟的鸭子还跑得了他？”

“妙！”雷响眉开眼笑，“我就去找三九。”

“慢着！”雨梅拉住他，“杀了这条癞皮狗，人家三九可就不能在烟村存身了。”

“不光三九，连那些打定主意加入区小队的人，我都带走。”

“我们呢？”

“也走。”

“凤大姑和飘香姐，也免不了吃你们的挂累，她们娘儿俩可怎么安排？”

“大姑到大姑父的船上去，飘香姐跟咱们一块儿革命。”

“这才是十全十美！”雨梅说，“爹，咱们赶快收拾东西，说走就走。”

雷响从后门出去，直奔村东口他家的瓜园。远远一望见那满地碧绿的瓜秧，小小的瓜楼，他的心不禁一阵紧缩，隐隐作痛。他从小就跟土地血肉相连，心系儿深深扎根在泥土里。这满地碧绿的瓜秧，是他跟爹亲手栽培起来的；这小小的瓜楼，是他跟爹亲手搭盖起来的。这些天，尽管他已经是一个拿起枪的革命战士，可是一闲静下来，他就想念这片瓜园，想念这座小小的瓜楼。每天睡觉，不是梦见摘瓜，就是梦见浇园，不是梦见打鱼，就是梦见耪地。然而，他也知道，从今以后，他不得不跟这一切告别，从土地上摘下心来，整个儿放在枪杆子上。

三九是个十八岁的小伙子，跟雷响学会几路拳脚，是雷响亲密的小兄弟。这时，三九正坐在瓜楼上，跟比他小一岁的小伙子小丢，叽叽咕咕。小丢也是跟雷响一条心的人，只是比三九更孩子气。雷响突然出现在他们背后，吓了他们一跳。

“你们说得口干舌燥，怎么不吃瓜？”雷响笑问道，“难道真替鬼吹灯夏三卖力？”

“要是他的，我们早就给他拉秧了！”三九和小丢说，“想到这一瓜一叶，都是你跟虎寅大伯的心血，谁忍心动它们一指头呢？”

“你们别看瓜了！”雷响跳上瓜楼，“我要把你们带走。”

“早就等你这一声令下啦！”三九和小丢跳下瓜楼，“走！家都不回。”

“空着两只手？”

“难道还要见面礼？”

“正是。”

“整猪一口，还是整羊一只？”

“癞狗一条。”

“鬼吹灯夏三？”

“对了！”雷响对三九说，“你去把他诓来，我在这儿稳坐钓鱼台。”

“怎么蒙他呢？”

“你就说抓住了三个偷瓜的小孩儿，碍着他们爹娘的面子，不好处置，叫他亲自来做主。”

“着！鬼吹灯夏三一听丢了瓜，急火攻心，就忘了死。”三九撒着欢儿跑了。

雷响又命令小丢，传话给那些加入区小队的人，准备动身。他躲进瓜园外的一簇柳棵子地里，只等鬼吹灯夏三上钩。

也就是一顿饭的工夫，就听鬼吹灯夏三扯着脖子，骂着大街而来：“小兔崽子，竟敢在太岁头上动土，偷我的瓜！我活剥他们的皮，抽他们的筋，把他们的娘老子押监入狱，重重罚款。”

三九跟在他后边跑，说：“夏联保主任，你不是说丢一罚十吗？怎么又剥皮，又抽筋，又押监，又入狱，又罚款？”

“偷一罚十，那得看偷哪一等的瓜！”

“靠西边第八根垄那两个大鬼脸青。”

“是我用指甲刻上双十字的那两个？”

“不错。”

“哎呀呀，哎呀呀！”鬼吹灯夏三如丧考妣，又拍腿，又跺脚。

“夏联保主任，你怎么啦？不过两个瓜，大热的天，别急出三长两短来。”

“你知道个屁！那两个瓜非同小可。”

“有什么出奇？”

“那是我打算孝敬吴老团董跟吴主任委员的贵重礼品。你们烟村的男女老少，都是一窝子匪类，该杀，该剐！”

扑通！三九狠狠使了个脚绊子，鬼吹灯夏三踉踉跄跄跌出好几步，栽了个嘴啃地。

“你这条癞狗，疯狗，走狗！”三九骂道，“该杀该剐的不是别人，正是你。”

鬼吹灯夏三从腰里摸出手枪，正要扳机，突然一只巨足踏在了他那干巴巴的手腕上。他抬头一看，这个巍然屹立的巨人，正是他闻名丧胆的雷响。于是，他就像雄鹰爪下的一条毒蛇，两眼一翻白，昏死过去了。

“就来他一个？”雷响问三九。

“他原想带几个保丁，我怕他们人多势众，不好收拾，就说这些家伙跟来，可堵不住他们的嘴，他怕这些家伙吃瓜，就一个人来了。”

“你真是没心算！”雷响说，“他多带几个人，不过是多给咱们送几支枪。难道几个鸡头鱼刺，还能扎了咱们的手？”

“我缺心少肺！”三九懊恼地敲着脑壳，“我再去一趟，蒙几个来。”

“算了吧！”雷响撕破鬼吹灯夏三的长衫，堵住他的嘴，然后将他一夹，走向沽边。

淀边，石老硬、雨梅、雨梅娘、小丢和十几个小伙子，已经聚齐了。雷响打发雨梅划一只小船，到罾罟台去接飘香，他们这些人分乘几只船到星睒眼。

半夜，延芳淀畔一声枪响，枪声震荡在延芳淀上。鬼吹灯夏三的死尸，扔在了三岔路口，在一棵雷殛枯焦的老树上，张贴了县人民政府的布告。一同受审的十几个保甲长和坏分子，眼睁睁看见鬼吹灯夏三呜呼哀哉，一个个的魂儿都吓出了窍，也有瘫的，也有倒的，也有哆嗦成一团儿、半死不活的。雷虎寅区长训斥他们一句，他们就呻吟着答应一声：“是……”等到雷虎寅宣布放他们回去，一个个这才有了活气，有的叩头，有的作揖，有的鞠躬。然后，急急如惊弓之鸟，慌慌如漏网之鱼，抱头鼠窜而去。

吴宗笠到通州去了，把金柱题留在了石瓜镇。

金桂题自知孤立，不下功夫博取吴莲池的宠信，就别想在吴家大院有块站脚之地。他一直住在东跨院那幽雅寂静的客房里，除了一个侍候茶饭的小童之外，再也没人理他，几乎形同软禁。吴宗笠走后，他等了一天又一天，也不见吴莲池传唤他问话，忍耐不住，便踱出跨院，来到内院门口，踏上台阶，正想直入院内，内院管家从影壁后面闪了出来，迎面当头一站，喝道：“内院重地，不得擅入！”他堆下笑脸，说：“有劳回禀吴老团董，桂题进见。”内院管家转身进去，不一会儿又走了出来，干巴巴地说：“老团董示下，免！”他一连吃了三回闭门羹，也就不再自讨没趣。

他哪里知道，吴莲池生性多疑，尤其疑忌小白脸儿，这是因为吴莲池非常不放心他那位妖冶风骚的姨太太孔水仙。吴莲池一怀疑孔水仙想偷汉子，所以严禁青年男子进出内院；二怀疑孔水仙想往娘家偷运金银，所以从来不许孔水仙跟娘家人见面；三怀疑孔水仙想下毒药害死他，所以一日三食的饭菜，都得孔水仙亲口尝过，他才下箸。对于金桂题，他也觉得有三大可疑：金桂题原是共产党，难保不是诈降；金桂题的本领全在一张嘴上，只怕是个中看不中用的绣花枕头；金桂题的脸子漂亮，必是个拈花惹草之徒，偷香窃玉的老手。所以，金桂题想博取吴莲池的宠信，真是太不识相了。

吴莲池在通州城内开有一座大粮栈，又在石瓜镇开了一个大杂货铺。两只大船，四辆大车，三天两日往返于通州和石瓜镇之间。每趟出车出船，只派两个团丁护送，不过是点缀应景而已，从没有发生过路劫。吴莲池威镇延芳淀已经几十年，谁动他家地边一根柴草，都要严刑拷打，枉枷示众，哪个还敢抢劫他家的车船？吴莲池一向自夸，延芳淀是他的铁桶江山，太平天下。不过，自从鬼吹灯夏三被处决以后，他也多少感到，他的江山已经不是铁桶，这片天下也不那么太平了。但是，他仍然自信，光天化日之下，通衢大道之上，照常畅通无阻，雷响之辈不敢翦径。所以，昨天晚上，掌管跑外的二管家到内院门口回事，请他增派护车的团丁，被他传出话来，臭骂一顿。这些天，吴莲池憋了一肚子恶气，气的是从上到下都被雷响一伙人吓得六神不安。他觉得，这都是金桂题别有用心，危言耸听，才闹得人心惶惶，因此对于金桂题更存恶感。

二管家被骂得狗血喷头，不敢再跟吴莲池啰唆，耷拉着脑袋，一副懒驴下汤锅的愁死神气，督送四辆大车，出石瓜镇口，上了大路。

两个团丁，抱着崭新的三八步枪，一个坐在头车，一个坐在末车。前天民团关饷，团丁们不分白天黑夜地斗纸牌，打天九，押大宝。这也是吴莲池的手段，只要团丁们月末关饷或是出外敲诈勒索回来，就指使他的亲信爪牙坐庄聚赌，直到掏空一个个小腰包，填满他的大钱柜为止。这两个押车的团丁，连赌了两天两夜没合眼，输了个赤条精光，一个子儿也不剩，又困乏，又烦恼，一上车就东摇西晃，打起瞌睡，急得二管家一会儿一喊叫："醒醒，醒醒！"两个家伙强挑了挑眼皮，嘴角淌着口水，呵呵两声，又呼噜噜死狗般睡去。二管家只管抓耳挠腮，可也无可奈何。

太阳升高了，大路上人来人往，二管家渐渐放下大半个心，也就不再喊叫这两个活宝。他坐在中车的麻包上，支起了旱伞，鼻梁上架起墨镜，点起一支香烟，摇动团扇，搭着二郎腿，观赏风景。路边，草丛树棵里，有三三两两割草和打青柴的老头、女人、小孩，他神气十足地吆喝道："谁敢脚踏吴老团董的地边，小心揭你们的皮！"一个身背大捆青柴的大个子姑娘，回过头刺了他一眼，那充满憎恨的目光，吓得他倒吸了一口冷气，可又一时想不起这个姑娘是谁。只见她背着柴捆，走向一条羊肠小路，直奔淀畔去了。

二管家再一看，前边就是大路甩弯的绿林冈，那是一道连一道丛生着乍蓬、野蒿、酸枣棵、杈子柳的沙丘。他忽然觉得头上压了一块乌云，心慌意乱地催道："大把式，快！"

快马加鞭，大车飞转，两个押车的团丁被颠簸醒了，揉着眼睛，嘟囔骂道："跑什么，抢丧盆子去呀！"

就在这时，蓬蒿丛中，突然跳出了雷响；那个身背大捆青柴的姑娘扔下柴捆，转过身来，是雨梅。

“唉呀，不好！”二管家一声鬼叫，滚下车去，咕噜滚到路边的牛蒡草丛里。

两个团丁还没来得及清醒，头车跳上霍犷牛，末车跳上马门闩，掐住他俩的脖子，低声威吓道：“不许嚷，不许动！一嚷一动就要你命。”

雷响跟赶头车的大把式曾是吴家大院长工棚里的伙友，笑呵呵地说：“大叔，把鞭子给我，您跨辕坐。”

“大侄子，这……这……”

“这叫太岁头上动土！”雷响抽了一个响脆的鞭花，赶着大马车上了绿林冈，“我们要给吴莲池老贼挖坟掘墓。”

大把式瞅瞅四外，挨过身子，小声说：“二管家下车藏了起来，你们不抓住他，他跑回去送信，民团马上就追来。”

“正要借他的嘴使！”雷响笑道。

“你们有多少人马？”大把式提心吊胆。

雷响一指绿林冈，眨眨眼说：“十万天兵天将！”

二管家钻进牛蒡草丛里，扎得他像遍体插针，忍痛不敢出声。等他见大车走远，才像惊了枪的兔子，屁滚尿流地往回跑，一进吴家大院，他就捶胸顿足，号丧一般大哭起来：“老团董呀！雷响一伙人把咱们四辆大车劫走啦！”

狼爪张八慌忙跑到内院台阶下，请内院管家回禀吴莲池。吴莲池传出令来：“马上给我追回大车，抓住人犯；粮食不能丢一粒儿，人犯不能少一名。”

“张驴儿，集合你的小队！”狼爪张八大呼小叫。

吴家大院的规矩，集合人马，一不吹号，二不吹哨，四座角楼擂鼓。鼓声一响，正在屋里聚赌的团丁们都慌了手脚，抓钱的抓钱，抢牌的抢牌，昏头涨脑纷纷跑出站队，乱哄哄像一群绿豆蝇。

金桂题听见鼓声，也从东跨院跑出来，连连喊道：“张八爷，且慢！且慢出发。”

狼爪张八不理睬他，只跟张驴儿和张驴儿小队嚷叫着：“儿郎们！这是咱爷儿们开张头一仗，你们得旗开得胜，马到成功，给老少东家取个吉利。”

“师父，放心！飞不了他们。”张驴儿自从当了小队长，就犯了官迷，只想立下汗马功劳，队长由小而中，由中而大。

“好小子！”狼爪张八给他的大徒弟上劲，“夺回粮车，抓住人犯，我请老团董把雨梅赏给你。出发！”

“张八爷，队伍不能出动！”金桂题急赤白脸，横拦竖挡。

“这是吴老团董的军令！”狼爪张八一把抓住金桂题的脖领子，“你算哪一把夜壶？我不尿你！”

“我受吴处长的重托，就要诸事过问！”金桂题也强硬起来，“我怀疑，这个劫车行动，是共产党的诱兵之计。”

“好！”狼爪张八撒开手，“我再去请示老团董。”

片刻工夫，狼爪张八从内院门口大摇大摆走回来，远远地就向张驴儿一挥手：“走你们的！”

金桂题眼巴巴问道：“张八爷，你有没有把我的意思向老团董禀告？”

“禀告过啦！”狼爪张八拖着长声。

“老团董怎么表示？”

“老团董叫我传话给你！”狼爪张八满脸凶气，“你这条哈巴狗儿，少在他老人家耳边汪汪；不然，小心打狗棒。”

金桂题面红耳赤，逃回客房。

张驴儿带着他那个小队追到绿林冈，沿着大车的辙迹，连追了三道沙丘，远远看见那四辆大车在一片杈子柳地里蠕动，并不快行。

“手到擒来！”张驴儿撒着欢儿，兴冲冲头一个追上去。

叭！雷响的一颗子弹突然飞来，直穿进张驴儿的右太阳穴，又从左太阳穴钻了出去。张驴儿一个倒栽葱，滚下了沙丘，蹬了蹬腿，断了气。

“缴枪不杀！”一片吼声。

从杈子柳地里，从蓬蒿深处，从沙丘后面，延芳淀健儿将这支民团小队四面包围，装进口袋阵。

这一帮乏货，也真乖觉，连忙扔了枪，一个个矬下半截身子，双膝跪倒，脑袋恨不得扎进裤裆里。

“别害怕！”雷虎寅走上前来，和颜悦色，“我们共产党的政策，缴枪不杀，往后咱们再有缘相会，记住缴枪，就能保命。”

“还是别再给吴家大院当狗吧！”雷响屹立在沙丘上，威风凛凛，“你们谁敢为非作歹，欺压百姓，我们都要记在生死簿上，凑够了死罪，断不能饶。前些日子的鬼吹灯夏三，今天的张驴儿，就是罪孽深重，非杀不可。”

这时，叶菏手拿一册流水账簿走过来，一个个登记上他们的名字，武工队的队员下了他们的枪支子弹袋，又将他们反绑在杈子柳上，塞住了嘴。

雷响挥手喊一声："撤！"武工队向延芳淀畔退去，一瞬即逝。

在一棵大树荫凉下，蒲葵正跟那四位把式谈话。赶头车的大把式一见雷虎寅，站起身，拍了拍身上的沙土，笑道："虎寅兄弟，也把我们绑上。"

"兄弟，这是哪里话？"雷虎寅说，"咱们是一条藤上的苦瓜，怎么能跟他们同等相待？"

"你们不捆我们四个，我们回吴家大院，可怎么交代？"大把式背靠一棵杈子柳，反剪了双手，"刚才蒲同志的一番话，说得我们心里灯明火亮；亲不亲，咱们面上不露心里分。"

雷虎寅跟蒲葵交换了一下目光，说："那就委屈四位好哥们啦！"

雷响、雨梅、霍牤牛和马门闩一边连连道歉，一边把他们捆在上有浓荫覆盖的杈子柳上，毒热的阳光晒不着他们。

15

张驴儿小队在绿林冈被伏击，狼爪张八一口咬定金桂题里通八路。吴莲池早就觉得金桂题有三大可疑，便传令狼爪张八审讯金桂题。

狼爪张八逼供，李狗剩行刑，打得金桂题满地打滚儿，直着脖子哀叫："吴处长呀，快回来救命吧！"到底还是孔水仙忍不住亲自出面，喝令李狗剩住手，说："他是大少爷带回来的人，该杀该留，自有大少爷做主。大少爷的猫儿狗儿都是尊贵的，你们胆大妄为，严刑拷打，眼里还有主子吗？”金桂题慌忙爬到孔水仙的石榴裙下，哭道：“太太，您是那大慈大悲的观世音，免我一死吧！”孔水仙软言柔语地说：“金先生，等大少爷回来，再替你出气。李狗剩，送金先生回客房，给金先生赔个礼。”

李狗剩带走了金桂题。

狼爪张八觉得扫了面子，悻悻地说：“回禀太太，小的们是奉老团董之命，审问这个姓金的，怎能说是眼里没有主子？”

“有眼无珠！”孔水仙粉脸涨得通红，“老团董年寿高了，要安心静养，大少爷亲口吩咐，叫我管家。从今后我就是灶王爷佛龛上的横批：一家之主。你要想端吴家大院这个饭碗儿，那就得看我的眼色行事。”

“是，是！”狼爪张八俯首贴耳，连连打千，“求太太多加恩典，小的甘当太太胯下的坐骑，全凭太太差遣。”

“这才是明白人！”孔水仙缓和了口气，“你要好好看住姓金的，一别叫他死了，二别叫他跑了。”

从这天起，金桂题被禁闭在小跨院里，日夜都有团丁看守，失去了自由。十几天来，他心里七上八下，老觉得脖颈上有一根游丝悬挂着一口鬼头刀，吃不下饭，睡不着觉，二目失神，脸色蜡黄，瘦得活像一条脱毛的狗。

他日盼夜盼，望眼欲穿，终于盼来了吴宗笠。但是，他左等右等，吴宗笠却并不传唤他问话，他又提心吊胆起来，难道吴宗笠也听信谗言，要将他置于死地？于是他更感到恐怖和绝望。他木呆呆坐在窗前，痴呆呆凝望着被昨夜风雨打落的残花败叶，触景伤情，一阵悲哀袭上心头；他缩着脖儿，抱起肩儿，又活像一条在寒风中瑟缩的狗。

“金先生，吴处长有请！”门外，吴宗笠的传令兵呼叫。

他不禁一阵心惊肉跳，两腿发软，好半天站不起来。最后，他挣扎着走出客房，踉踉跄跄跟着来人走到内院门口，内院管家正等着他，带他走进客厅。

一见吴宗笠的面，金桂题就像受了委屈的妾妇，见到久别归来的夫主，眼圈儿一红，哽咽着叫了一声：“吴先生！”便抽抽搭搭地哭了。

吴宗笠拉着他的一只手，轻轻拍抚他的肩膀，说：“桂题，他们委屈了你，我很抱歉。你是个深明道理的人，一定不会记恨结怨，而跟我离心离德吧？”

金桂题听出吴宗笠那阴冷的弦外之音，吓得慌忙收住眼泪，说：“吴先生是桂题的重生父母，桂题是吴先生的犬马走卒，虽肝脑涂地，粉身碎骨，也报答不尽吴先生的再造之恩。天地鬼神可鉴，桂题若敢对吴先生心怀二志，死无葬身之地。”

“很好，坐！”吴宗笠一指他身边的太师椅，“桂题，共党已经在延芳淀扎下根子，你看我将何以处之？”

金桂题连忙起立，垂手答道：“首先，还是扩充武力。”

“这个，我懂。”

“其次，收揽民心。”

“我也已经想到，在做。”

金桂题连献二计，都没有讨彩，清了一下嗓子，又说：“除此之外，还要从共党内部拉出人来。”

吴宗笠的眼睛，鬼火似的一亮，问道：“你心目中可有对象？”

“铁血。”

“铁血何许人也？”吴宗笠兴致勃勃。

“我跟他是酒肉朋友，又是他的入党介绍人。”金桂题垂下眼皮，逃避吴宗笠那咄咄逼人的目光，“此人加入共产党，并非出于信仰，而是为了谋取个人的前程，铤而走险，进行命运的赌博。听说他到延芳淀以后，并没有受到重用；野心不能得逞，必定心怀不满，不满便会产生动摇，一拉就成。”

“你快替我拉他！”吴宗笠大为高兴。

金桂题畏怯地说：“以我目前的身份，不便跟他联系。”

“你不去，谁去？”吴宗笠对这个孱头，感到气恼。

“有个比我跟他更亲密的人，招之即来。”金桂题挨近吴宗笠，献媚地说，“通州野玫瑰餐厅十三号女招待桂霞，铁血跟她打得火热，如胶似漆；而桂霞对我，却是有情有义，言听计从，我早就想把她献给您。”

吴宗笠满意地说：“桂题，为嘉奖你对党国的忠心，我委任你为延芳淀民众戡乱行动委员会的宣教科长。”

金桂题受宠若惊，真想跪下去舔吴宗笠的脚。

这些天，金桂题颇有点得意忘形。

吴宗笠赏了他一顶小小的乌纱帽儿，他真是谢主隆恩，一心要感恩图报。他先成立一个演讲队，后又成立一个演剧队，吴宗笠下令将石瓜镇镇公所东跨院拨给他使用。金桂题要了几个民夫，扫除干净，粉刷裱糊之后，就在门外挂了两块白漆黑字的招牌，算是开张大吉。

他又将老婆孩子接到石瓜镇，也住在他这个衙门口。他的老婆原是通州一家戏班唱小旦的，艺名小桃红，于是小桃红就成了演剧队的主角。石瓜镇的财主秧子和纨绔子弟，好像嗜腥逐臭的绿豆蝇，成群搭伙地聚拢了来，围着小桃红团团打转，每日吹、拉、弹、唱，闹到半夜三更，才恋恋不舍而去。

这一来，演讲队可就只有金桂题一人唱独角戏了。他本来不学无术，只会油嘴滑舌，进行反革命宣传，也只是陈词滥调。他在石瓜镇召开了一个民众大会，上台扯了三句半反共八股，就不知所云了。于是，信口开河，离题千里，插科打诨，胡言乱语起来。台下，本来寥寥无几的听众，见他满嘴喷粪，一个个掉头而去。金桂题十分沮丧，只得草草收场，另打主意，改变花样儿。他想，老百姓不爱听演讲，可是爱看戏，那就让演剧队跟他配合，开场先演一两个小节目，吸引住观众，然后他乘兴而出，登台讲演，讲演完了，再唱一出大戏。这样，观众为了看戏，就不得不听他演讲，于是一举两得；演剧队出了风头，他也可以向吴宗笠报账。

事不宜迟，说干就干。三天之后，海报贴满了石瓜镇的街头路口，果然观众来得不少，男女老幼不下两千人。金桂题十分得意，暗道：“无知愚民，尽入我彀中矣！”为了拴住观众，他早就跟他的老婆、财主秧子和纨绔子弟们打了招呼，戏码要硬，劲头要足。头一出，是几个财主秧子跳加官；二一出，是小桃红跟一个纨绔子弟合演《马寡妇开店》。一开锣，几个财主秧子满面油彩，装扮得神头鬼脸，在台上又蹦又跳，好像群魔乱舞，观众硬着头皮忍受了。但是，等到小桃红跟那个纨绔子弟一出场，可就全场哗然了。小桃红淫声浪气，纨绔子弟丑态百出，简直是白昼宣淫，不知人间有羞耻二字。男女老少的观众，“呸，呸！”连连啐着唾沫，纷纷离去。剩下的只是石瓜镇的一伙下流坯子，看得十分入迷，怪声怪气地呼叫：“好——好哇！”

戏演不下去了，金桂题准备了三天的讲演稿，也白费了气力。

吴宗笠派人把他叫了去，阴沉着脸，申斥道：“亏你还是共产党出身！共产党搞宣传，是这样的吗？”

金桂题掏出手帕，擦着满头大汗，吭吭哧哧地说：“我在共产党里，本来就是狗肉……上不了正席，没……没搞过宣传。”

“那么，我来教你！”吴宗笠喝道，“对于愚民百姓，空口无凭，他是不信服的。所以，你的那些演讲，不能再弹那些掉了牙的反共老调，而要改弦更张，现身说法。你站在台上，把你幡然悔悟，弃暗投明的经过，说得娓娓动听，那就由不得他们不信。不过，也要注意言语得体，以免不能自圆其说。”

“是！”

“演剧队也不要再唱那些陈年旧货的梆子二黄！”吴宗笠说，“我跟随停战监督小组，到过共产党的边区，看他们演出的那个《白毛女》，骗得台下的愚民百姓和共军士兵，一个个痛哭失声，咬牙切齿，摩拳擦掌，就像着了魔，发了疯。你们不会也编个责骂共产党作恶多端、惨无人道的新戏演一演吗？”

“是，是！”

金桂题领了吴宗笠的旨意，关在屋里，闷了两天两夜，废寝忘食，果真编了两出“新戏”。一出是把京剧《钓金龟》改头换面，原剧在孟津河钓上一只金龟的张义，改成是个不好好给东家干活，打算投奔八路军的长工，然后通过张母的嘴，大肆污蔑共产党，劝得张义回了头。另一出，是把京剧《趴蜡庙》来了个整旧如新，费得功成了抢男霸女的共产党游击队长，施士纶成了民众戡乱行动委员会的主任委员，黄天霸、朱光祖、褚彪等人成了民团的团长、团副、参谋长，张桂兰成了民众戡乱行动委员会的女宣教干事。张桂兰化装成民女，故意被费得功抢去，将费得功灌醉，然后放进黄天霸、朱光祖、褚彪等人，把游击队一网打尽。

彩排那一天，金桂题请吴宗笠光临指正。吴宗笠一边看，一边赞不绝口："好，好！从今后，我跟共产党武战有民团，文战有演剧队。"

"我的演讲，也想预演一下，请处座审查赐教。"金桂题觍着脸儿，讨好主子。

"可以。"

于是，金桂题就在吴宗笠面前表演起来。又是痛哭流涕，又是顿足捶胸，又是五体投地，又是摇尾乞怜，把一副无耻叛徒的嘴脸，表现得淋漓尽致。

"很动人！"吴宗笠点了点头，"不过，在表演到投效党国，享受十分优待，表示感恩戴德的时候，还缺乏发自肺腑的真情。"

金桂题慌了，忙说："我的声调里有颤抖，有哽咽，有呼喊，有……"

"还得有微笑！"吴宗笠弯着手指，重重地敲了一下桌面，"面部表情要有微笑，以表现深感党国的温暖。"

金桂题连忙做出一个笑脸，问道："像吗？"

"假！"吴宗笠很不满意，"笑的时候，面部肌肉要柔和舒展，特别是二目要有泪水。"

在这位吹毛求疵的导演的指导下，金桂题笑来笑去，直笑得吴宗笠感到正合尺寸，够了火候儿，批准合格为止。

吴宗笠下令，演剧队和金桂题先在石瓜镇连演三场。又指示保甲长，勒令各家各户，都要去看戏听讲，不去的重罚，顽抗者严惩。

这一来，场场满座，演剧队大出风头，小桃红更是红得发紫，飘飘然自以为是第五大名旦了。而金桂题那声嘶力竭、声泪俱下的演讲，也越演越像演戏；为了表现悔恨交加，增加戏剧效果，不但顿足捶胸，而且自打嘴巴，甚至以头抢地，那做功也称得起无与伦比了。

吴宗笠传令嘉奖，又命令他们到石瓜镇外的村庄巡回演出。

沈老闷到石瓜镇去卖苇席，一进镇口就被团丁们赶到露天剧场去。他张眼一看，台上是一帮子乌龟王八蛋，着耳朵一听，恶狗狂吠一般咒骂共产党，气得他肺都要炸了。他真想跳上台去，把那个恬不知耻的金桂题捣成肉泥烂酱。可是，场外有岗哨，场内有弹压，戏台两侧还架着两挺机关枪，他赤手空拳，寡不敌众，只好忍着满肚子恶气，扛着苇席躲到一个角落里，闭上眼睛，捂住耳朵，目不睹，耳不闻，以免污染了清白耳目。

蒲葵率领延芳淀武工队来到星眨眼，沈老闷不容他们歇脚喘息，劈头就嚷道：“你们快给我铲了那个演剧队，除了那个金桂题；延芳淀干干净净的天，干干净净的地，干干净净的水，哪容得他们放臭下蛆！”

雷响哈哈大笑，哄小孩子似的劝道：“舅舅，我们马不停蹄地赶来，就是为了给您出这口肮脏气。”

这时，侦察员三九和小丢，满头大汗而来。

“石瓜镇有什么动静？”雷响问道。

三九说："金桂题带着他的演剧队，后天到烟村来放臭。"

小丢说："李狗剩带一个排护送。"

"多谢吴宗笠送来一份厚礼！"雷响欢叫一声。

"你想怎么打？"蒲葵望着雷响。

"要巧中取胜。"雷响严肃起来，沉吟着，"烟村是咱们的堡垒村，烟村的乡亲是咱们的基本群众，敌人到烟村来，等于是飞蛾扑火，落入咱们的手心。可是，就怕挑刺伤了好肉，子弹不长眼，碰着乡亲们。"

"我倒想出个套狗之计！"石老硬粗中有细，笑眯着眼说，"咱们先隐藏到烟村，让村里的场面人准备酒席，金桂题、演剧队、李狗剩那个排一到，请他们大吃大喝。等他们端起酒盅，喝得起兴，咱们就闯了进去，套起狗来。"

"是个高招儿！"雷虎寅站起身，"我马上去找车平安，安排套狗。"

这个车平安，是个外路人，不是烟村老户。那还是几年前，一天夜晚，雨梅到雷响家瓜园去，陪着雷响看瓜。忽然，有个怯生生的人影，从邻近瓜园的一片高粱地里，笨手笨脚地爬进瓜垄。雷响想上前去抓住他，雨梅却摆了摆手，拴了个套狼叭狗子的绳索，悄悄走了过去。这个偷瓜的人，埋头在瓜秧丛中，透不过气，憋闷得通身大汗，正想抬头呼吸呼吸，雨梅的绳索抛了过来，不偏不差，正勒在他的脖子上，连拖带拉，扯到瓜楼。一问，他叫车平安，是通州城内的一个人力车夫，家里有一个老婆，七个女儿，全靠他拉车养活，连喝凉水都掏不起水钱，所以才到乡下偷点玉米、青豆、瓜果、菜蔬，填一填孩子大人的肚子。雷晌很可怜他，马上给他摘了五个肥大面瓜，吃得他直打饱嗝儿，临走又给他摘了一筐。从此，他就跟雷家常来常往，后来他在城里再也混不下去，就带着一窝八口，投奔到雷家来了。雷虎寅是个热心肠的人，就跟村里老户商量，把他收留下来，还搭工出力给他支起两间泥棚屋。他是个城里人，农活一窍不通，雷虎寅又出面给他攒了几个钱，做个小本生意。

吴莲池最恨烟村老户，一见烟村来了个外路人，就打发他的狗腿子拉拢车平安，委任他当烟村的甲长。车平安贪图小利，也乐意当这个差事，不过他也没有丧了良心，仍然敬服雷虎寅，也不敢得罪烟村老小。雷虎寅参加革命以后，找他谈过话，叫他明里应酬国民党，暗中给武工队当个耳目，他也答应了。

这两年，车平安的日子松快了一些。大女儿、二女儿、三女儿都出了门子，嫁的都是殷实户主儿，虽然各自的女婿都年纪大一点，可是三个女儿进门就当家，不断地给娘家运送粮柴。所以，车平安的两间泥棚屋，已经翻盖成三间泥坯抹灰的土房，窗户上还镶嵌了两块玻璃，一天三顿也有稀有干，吃得饱了。

雷虎寅悄悄来到烟村，跳墙进了车家。车家东屋亮着灯，车平安两口子，还有他们的四个女儿，正围着饭桌子喝粥。车平安脸上红扑扑的，嘬着鱼头，喝二两。

雷虎寅推门进去，笑问道："平安兄弟，多日不见，你们都好呀？"

"谁？"车平安一抬头，见是雷虎寅，不觉一惊。他早就知道雷虎寅常常黑夜出入烟村，登门找他却是头一回，不知吉凶祸福，连忙堆起笑脸儿，“恩兄，你们回来啦！可把兄弟想坏了。”说着，就要下炕。

“喝你的吧！”雷虎寅拦住他。

车平安连忙又命令他的四女儿：“给你雷大伯盛粥，拿筷子，切一盘细咸菜丝儿，多洒香油。”

“我吃过了，别张罗。”雷虎寅又张开胳膊，拦住那个姑娘，“平安兄弟，你快喝，快吃，跟我走一趟。”

“是，是。”车平安一直脖儿，灌下半盅残酒，又胡乱喝了半碗粥，擦了擦头上的汗，就跟着雷虎寅出去了。

他们在淀边的芦苇丛里，直谈到半夜。分手时，雷虎寅又一再说：“平安兄弟，你放心！一定不给你身上留下一团乱麻。”

“恩兄，要不是这一堆崽子扯腿，兄弟早跟你革命去了！”车平安表白自己，“只要能把兄弟遮掩过去，兄弟没有不忠心效劳的。”

16

这天，一大清早，烟村，罾罟台以及延芳淀畔的村庄，就响起了咣咣的敲锣声。只听车平安和那几个村庄的保甲长，都扯着脖子吆喝喊叫：“各家各户听真！吃过早饭，前去烟村看戏听讲，谁敢不去，罚粮三斗！”咣，咣，咣！锣声一阵比一阵紧，吆喝声一阵比一阵高。

车平安敲酸了胳臂，喊干了嗓子，就到过去石老硬的铁匠铺，现在的烟村甲公所，叮嘱预备酒席的几位大师傅，拿出全身手艺，多下功夫。然后，回家换上一件蓝布长衫，戴上一顶瓜皮小帽儿，摇摇摆摆到石瓜镇去了。

他直奔金桂题的衙门口，金桂题正呼喝几个民夫，把演剧队的行头道具装车。小桃红刚刚起床，脂粉狼藉，发髻散乱，在房檐下刷牙漱口。那些财主秧子和纨绔子弟，一个也还没有露面。

“金科长，怎么还不起驾呀？”车平安点头哈腰，“乡民百姓，已经到齐，一阵阵犯戏瘾哩！”

金桂题气呼呼地说：“这些大少爷们，一个个懒惰成性，只怕还都粘在炕上。等到起了炕，还得吃、喝、抽，不耗到傍午时分，动不了身。”

“我去到各位大少爷家催一催！”车平安说，“早饭不必吃了，我们办了几桌酒席，也算表一表心意。”说着，就走了出去。

刚到街上，正碰见李狗剩带着他那个排出操回来。李狗剩一见车平安，笑骂道：“你小子这么早就来端小桃红太太的尿盆子，一定是想求金科长保举你当个保长吧？”

“李排长三年早知道！”车平安嘻嘻哈哈，“当官儿哪有不上瘾的呢？也求你李排长在吴老团董面前，替咱老车美言几句，把咱头上这顶甲长的乌纱帽，加大一号尺码儿。”

“烧香不许愿，谁替你白干？”

“我正是前来恭请李排长，率领全排弟兄，到敝村吃顿便饭。”

李狗剩一撇嘴，说：“你们烟村祖宗八代，都是穷棒骨，能做出什么有滋有味儿的饭菜来？”

“手艺不高，可是鸡、鸭、鱼、肉，总不会炖出萝卜、白菜、大茄子味儿呀！”

李狗剩一听，来了兴致，咂着嘴儿说：“要说延芳淀的水产，讲究的是烟村的鱼，罾罟台的虾，星眏眼的螃蟹毛刺刺，我就爱吃这三鲜。”

“这三鲜，一应俱全！”车平安笑道，“不像个样儿，咱老车也不敢在李排长面前讨彩。”

“你先别吹得天花乱坠，等我吃到嘴里，再见分晓。”李狗剩下令，全排不吃早饭，腾出肚子，到烟村吃酒席去。

车平安走遍了那些财主秧子和纨绔子弟家，好不容易把他们一个个从炕上劝起来。等到这个演剧队出发时，已经日上三竿了。

一出石瓜镇北门，上了大堤，迎面一阵风，吹来烟村的酒肉浓香，吸引得李狗剩跟他那个排，脚不沾地似的一溜小跑。

“李排长！”不知怎么，金桂题一出石瓜镇，眼皮就直跳，“我看这个酒席，还是不要吃。”

“为什么？”李狗剩老大不高兴，“见肉不吃，有酒不喝，是为呆也。”

“我是担心遭到敌人的袭击。”金桂题脸色发白，“鬼吹灯夏三被调虎离山，命丧烟村的教训，不能不引以为戒呀！”

李狗剩的心里也打了个寒噤。不过他要装得气壮如牛，以便显得金桂题胆小如鼠，故意哈哈大笑，说：“陈年的皇历翻不得！鬼吹灯夏三是人为财死，才上了二九那小子的当，又单身外出，怎能不遭暗算？”

“可是张驴儿小队长误入共军埋伏……”

“那是因为绿林冈远离石瓜镇，地形又不利。”

车平安听见他俩的嘀咕，上前说：“金科长，李排长，这顿酒席，就请免掉；不然，真要有个意外，出了差错，咱老车可担当不起。”

“别他娘的跟我废话！”李狗剩也不知是骂车平安，还是骂金桂题，“急行军，跑步走！别让菜凉了，酒冷了。”

他们到了烟村，只见石老硬的铁匠铺后院，摆放了一张大圆桌，九张八仙桌，一道道菜肴正端上桌面。李狗剩手下的那帮子馋鬼，欢叫起来：“吃呀，喝呀！吃他个肚儿圆，喝他个帽儿歪。”

“李排长！”金桂题神色不安地说，“演剧队可以多少吃一点儿，民团的弟兄们先委屈一下，执行警戒任务要紧，等演完戏以后再吃。”

“这叫什么话！”李狗剩又急了眼，“难道我这个排的弟兄是奴下奴，比你低一等？要吃都吃，不吃谁也别吃。”

金桂题赌气地说：“那就都不吃。”

小桃红先不答应，猩红的小嘴儿噘得能挂个油瓶，哭声嘶气地说：“我从早水米没沾牙，饿着肚子，两出戏谁有气力唱？”

李狗剩的弟兄们鼓噪起来：“他不吃，咱们吃！”

“吃！”李狗剩一声令下，这帮子馋鬼人人争先，个个恐后，一拥而上，抢占桌位。

金桂题急得喊道：“总得有个人放哨呀！”

李狗剩哪里听他的！早拉着车平安在大圆桌就了座，车平安又请小桃红坐在首位，那些财主秧子和纨绔子弟急忙围绕小桃红坐下。

“金科长，入席呀！”车平安喊叫着，“坐在太太身边，给太太保驾。”

“我去站岗！”金桂题一甩袖子，气恨恨地走了。

铁匠铺里，划拳声，喧闹声，就像吵蛤蟆坑。李狗剩坐在车平安跟小桃红中间，他面向车平安，跟车平安划拳，背朝着小桃红，后背往小桃红身上蹭。小桃红厌恶他满身臭气，皱着鼻子，连连躲他，他还是一个劲儿地往后挤。忽然，他觉得后腰好像挤在了一堵石墙上，扭头一看，酒杯当啷落地，张大了嘴，只是叫不出来，舌头吓木了。原来，不知何时，雷响坐在了他的背后。李狗剩最怕雷响，一直怕到每根汗毛眼儿里，这时真是吓得真魂出了窍，手僵腿直，半死不活了。

财主秧子、纨绔子弟和李狗剩的喽啰，也已经发现雷响大驾光临，有的溜了桌，有的想逃命。只听房上墙头，一声大喝："谁敢动！"这些家伙抬头一看，霍牤牛和他的小队，从房上墙头跳下来陪客。

"大家不要怕！我们一个不杀，一个不抓。"雷响满面春风，"没吃饱的接着吃，只是酒不要喝了。"

"嘴上吃着，耳朵听着！"霍牤牛粗声大气，态度比雷响强硬。

这些家伙，哪里还有食欲？慌忙挺直身子，伸长脖子，眼皮眨也不眨，眼珠转也不转，一个个活像一座座木雕泥塑。

"你们这些人，"雷响伸出一根指头，点了几下，"罪恶都不算小。这一回我们不杀也不抓，"他用手拍了一下李狗剩的肩膀，"你是反革命小头目，比别人罪大一等，我们也不杀不抓，放你回去，你该当怎么办？"

"谢雷队长不杀之恩！"李狗剩跪倒就磕头，"小人一定改邪归正，不再吃人饭不拉人屎。"

雷响的目光，横扫那些财主秧子和纨绔子弟，问道："你们呢？"

"我们……我们……"这些软胎了，早就魂不附体了，"一定改……改过自新。"

"还有你！"雷响忍住恶心，瞥了一眼小桃红，"以后也不要唱坏戏当帮凶了。”

小桃红的牙齿捉对儿打战，只知道点头，干张嘴儿说不出话。

这时，小丢来了，在雷响耳边悄悄说：“蒲政委叫这些家伙敲锣打鼓，就在这儿坐着唱。”

雷响跟小丢一对眼，明白了。他站起身，把驳壳枪插在腰间，说：“李狗剩排，今天散伙，演剧队也从今天解散！关殓哭丧，演剧队再唱一回，李狗剩排酒足饭饱，坐着听戏。我们，退场！”

李狗剩和小桃红哆嗦着说：“可不敢，可不敢。”

“军令如山！”霍犛牛拍着桌子，“文武场，敲打起来。”

然后，他打了个手势，战士们下了李狗剩排的枪，跟着雷响，撤出铁匠铺。

“你这是干什么呀？”走到外面，霍犛牛问雷响。

“掩护临河大场的群众大会呀！”雷响笑道，“烟村老是鸦雀无声，没有响动，石瓜镇的敌人就会起疑。”

“金桂题呢？”霍犛牛忽然想起来，“怎么不见这个叛徒？”

“搜！”雷响下令。

于是，他们分头搜查起来。

金桂题提着手枪，从石老硬的铁匠铺走到街上，站在十字路口，只见各村看戏的人，四面八方流水一般走来，直奔临河大场。有人从他身边走过，他便急忙跳开，生怕那人扑到他的身上。

他的两只金鱼眼睛，贼溜溜扫视四外，忽然，他好像接触到一个紧急报警的眼色。他张大眼睛望去，只见是龙王庙那个以办善事为名，常到吴家大院走动的白鹤年，身穿一件褴褛的布衫，打扮得十分寒酸，一边递着眼色一边向他走来。

他慌了神儿，刚要开口问话，白鹤年悄悄摆了摆手，又叉开右手的大拇指和食指，比划了个八字，跟他擦肩而过，低声说了一句："快走！"便匆匆而去。

"啊！"金桂题失声叫了出来，冒出一身白毛汗。

他也顾不得陷入铁匠铺的小桃红和演剧队，钻小巷，绕墙根，溜到了村边，刚要撒腿就跑，忽听一声断喝："不许动！"从野苇丛中，闪出了铁血。

环境艰险，风吹雨打，铁血显得形容枯槁，意气萧索，大分头乱如蓬麻，目光凶狠，一团杀气。

"铁血，看在旧日的友情上……"金桂题面如死灰，举起双手。

"走过来！"铁血拧着眉头喝道。

金桂题耷拉着脑袋，乖乖地走到铁血面前，铁血敏捷地缴下他的手枪，一掌搡进野苇丛中。

"铁血，看在旧日的友情上，网开一面吧！"金桂题跪在了地上。

"有香烟吗？"铁血忽然问道。

"有，有！大前门的。"金桂题从衣袋里掏出镀镍的烟盒，连同美国制造的打火机，双手捧到头上。

铁血飞快地打开烟盒，抽出一支，一按打火机，燃起香烟，饿鬼似的深深吸了一口，说："前边来！"

金桂题哆哆嗦嗦站起身，眼泪汪汪地问道："你……你不会枪毙我吧？"

"我按照党的政策办事！"铁血打着官腔，大口大口地吸烟不止，走出没有几十步，已经吸了三支。

“党的政策，不是缴枪不杀吗？”金桂题可怜巴巴地问道。

“你是叛徒，另作别论！”

“铁血，你不能下毒手呀！”金桂题又转身跪下来，“你跟桂霞相好，是我牵的线，你跟桂霞吃、喝、玩、乐，我没少给你们垫钱……”

“住嘴！”铁血一抓金桂题的脖领子，像猫捕鼠儿，拖向延芳淀畔，找了个草深背静的地方，把金桂题扔倒，金桂题已经半死不活了。

铁血丢给他一支香烟，说：“你吸口烟定定神儿，然后据实招供。”

金桂题一边吸着烟，一边眼珠乱转，渐渐心神安定，长叹一声，说：“铁血，你真是铁石心肠，冷血动物呀！我死有余辜，要杀由你。可是，你他乡遇故知，怎么就不跟我打听打听桂霞的境况呢？”

“桂霞怎么样？”铁血神色紧张地问道。

“自你走后，桂霞终日以泪洗面呀！”金桂题凄凄惨惨地说，“她悄悄跟你小桃红嫂子透过口风，想到延芳淀找你，做一对革命鸳鸯。”

铁血一阵感情冲动，沉重地摇着头说：“她太天真烂漫了，果真来到这里，是会伤心失望的。”

金桂题偷眼觑着他，看破他那郁悒不得志的怨恨心情，便探着口气问道：“你来到这边，给个什么职位？”

“延芳淀民政助理员。”

“这……未免大材小用了。”

“凤凰落地不如鸡，虎下平川被犬欺啊！”

听话听音，金桂题一听铁血这个口气，胆子大起来，他抬起头，眼盯着铁血，冷笑道：“我早就料到，离开通州，来到延芳淀，必定是凤凰落地，虎下平川，所以才不上他们的钩，不钻他们的圈套。”

铁血被刺痛了伤处，面孔扭曲着，恶狠狠地问道：“难道你这个无耻叛徒，反倒春风得意？”

“公平而论，吴宗笠算得上礼贤下士，倘若我具有你的才干和胆识，一眨眼便能飞黄腾达。”金桂题见铁血的脸色骤然阴暗，连忙改口，“不过，我是个绣花枕头，银样镴枪头儿，不是官材，只打算回野玫瑰餐厅当我的副经理，灯红酒绿，纸醉金迷，过逍遥日子。”

铁血阴沉着脸，沉吟半晌，说：“如果你改邪归正，我可以从轻发落。”

“我指天发誓！”金桂题双手交叉，扪着胸口，“演剧队中了你们的十面埋伏，全军覆没，我的官运也就到此为止，急流勇退，是为上策。”

“滚吧！”铁血一挥手，“如果你言而无信，下回再遇见我，我可就不想再唱《华容道》了。”

“铁血，你比关云长还讲义气！”金桂题涕泪交流，“重义必多情，难道你不想给桂霞捎几句话吗？”

“我不想借用你的一双脏手传书递笺！”铁血傲慢地昂着头。

金桂题掏出钱夹子，唏嘘着说：“铁血，我看你气色不佳，这点钱留你补养身子吧！别了，好哥儿们。”

铁血没有拒绝，接在了手里，金桂题一溜烟逃走了。

17

吴宗笠发兵围剿武工队，武工队便在延芳淀四岸跟国民党兵捉迷藏，转影壁，信天游，兜圈子，瞅空便出其不意，攻其不备。

在这支小小的队伍里，最令人感动的是飘香。这个身姿娇小的少女，像一株雷雨摧不倒、电火烧不枯的野花，表现出惊人的吃苦耐劳的韧性。她不困、不累、不渴、不饿，杏子眼闪动着镇定自信的光芒，昂着头，脚步扎实，走在队伍中间。她已经有了一支手枪，但是身上仍旧背着那张花梨木弹弓，又好笑，又别致。大家都从她的身上，汲取到前进的动力，叶菏更是如此。每当叶菏感到脚步沉重，浑身疲乏无力的时候，常常遇到飘香向他投来的温情而又带有谴责的目光，于是叶菏回她一个会心的惭愧的微笑，脚步便坚实而轻快起来。

他们都是很知自重的人，虽然战斗在一起，生活在一起，却避免个人之间的接触。有时偶然巧遇，并无外人，也只是匆匆交谈一言半语，便赶忙走开。先是石老硬对于这个情况深感不安，悄悄跟雷虎寅说："这两个孩子好好的怎么生分起来？"雷虎寅笑了笑，说："这两个孩子心重得很哩！他们一举一动，都不想有一分一厘差了板眼。"石老硬明白了，说："做得对。"后来，连粗心大意的霍牤牛也发觉了他们的疏远，慌张焦急地找雷响说："飘香跟叶菏谁也不爱搭理谁，咱们可不能眼看着他们花开两朵，连理分枝呀！"雷响瞪他一眼，说："你看问题，光看皮儿，不看瓤儿。他俩的感情，千尺的树，万丈的根，不必咱们多操心！"

一天，这支小小的队伍东绕西转，南行北返，进入榆园的漫漫榆林。榆园在延芳淀东岸十八里，北运河旧河道的大沙滩上，一片绵延十二三里的野生野长的榆林，都是每年暮春时节，风吹漫天榆钱，洒下地来，就像野草一般丛生，天长日久，而成一片林莽。

队伍一进榆林，筋疲力竭的战士，一个个倒在树下，就睡着了。

飘香睡在一片白沙上，身边站立着几株金黄的野菊，像是她的卫士。一阵轻悄的脚步声响起，她从睡梦中惊醒，一抓枪跳起来。睁开眼，见是叶菏，脸一红，眉一皱，问道："你有什么事儿？"

叶菏一指榆林深处，小声说："到那边去。"

"到底有什么事儿？"飘香满脸不高兴。

"到那边，再细说。"叶菏一转身，头前走了。

飘香的心弦一颤，她从叶菏的目光中，她从叶菏的声音里，似乎感觉到某种东西，快步赶上叶菏，跟叶菏肩并了肩，低低问道："你要调走？"

叶菏点点头，脸上流露出深深的依恋神色。

飘香的眼神一暗，追问道："到哪儿去？"

"淀西岸，建立堡垒村。"

"还有谁？"

"就我一个人。"

"我也去。"

"不必，我能完成任务。"

"我去找蒲政委。"

"蒲葵同志原打算也叫你去，是我不同意。"

“你不同意，我更要去！”飘香火了，“我偏要去。”

叶菏一把没拉住她，她气冲冲地跑了。

队伍在酣睡，榆林里一片此伏彼起的鼾声。只有蒲葵背靠一棵撑天高的老榆树，半躺半坐在浓荫里看文件，为了驱逐阵阵袭来的瞌睡，一支接一支地吸烟。

“报告蒲政委！”飘香立正喊道。

“报告什么呀？”蒲葵笑问道。

“告状！”飘香的胸脯一起一伏。

“告状？”蒲葵大为惊异，“告谁？”

“告叶菏！”飘香恼怒地答道。

蒲葵更感到奇怪，忙问道：“为什么告他呀？”

“他自高自大，看不起人！”飘香愤愤不平地说，“不同意把我也调到淀西去。”

蒲葵忍不住笑出声来，站起身，走到飘香面前，目光能照见她的心，问道：“你是不是不放心他单独一个人去工作？”

“是……”飘香低下头，声音很小，很轻。

“去吧！他一个人，我也不大放心。”蒲葵充满感情地说，“淀西岸的风土人情，你比他熟悉，对开展工作有利。”

“那……我就服从命令了。”飘香仰起脸，含着泪笑了，“他要是还不同意呢？”

蒲葵看了一眼飘香腰间的手枪，问道：“你有多少子弹？”

“三发。”飘香赶忙又说，“好钢使在刀刃上，够用了。”

“我再送你一发。”蒲葵从自己身上拿出一发亮晶晶的手枪子弹，

"拿这个给叶菏一看，他就没话说了。"

"蒲政委，你真好！"飘香喜眉笑眼地给蒲葵敬了个礼，手攥着这一发子弹，飞跑而去。跑了很远，忽然站住，回过头笑着喊道，"你记上账，我加倍还你！"然后，她像一只柳翠小鸟，飞也似的在林间消失了。

延芳淀西的农村风光，跟东岸不同，近似江南景象。田野上，蓝蓝的小河纵横交错，碧绿的池塘星罗棋布；小河和池塘之间，散落着星星点点的村庄住家，大的不过十家八户，小的只是独门独院。而在村与村之间，常常是并无道路相通，只有一道独木小桥相连。这些人家，宅边户外，都有一块小小的菜园，用挂着砘子的吊竿打水浇菜。田野上种植的都是一畦畦的水稻，稻畦有的是正方形，有的是长方形，有的是梯形、锥形和菱形。此外，此地还有一个跟延芳淀东岸不同的特色，那就是干农活的主要劳动力都是女人和小孩，男人十之八九在通州城里做佣工。

夜，叶菏和飘香从榆园出发，绕行田野的青纱帐小路，脚步很急，可是很轻。从石瓜镇外拐过去，踏上西岸的土地，他们的脚步才放缓放慢。这时，一钩新月，挂在柳梢，小河池塘，闪闪发亮，温馨的夜风，带着稻花的芬芳在夏夜里流荡。前面一条小河，却没有木桥，河水很浅，河床很窄，河心有一块垫脚石，可以一跃而过。叶菏先跳到对岸，然后站在岸边，等候飘香跳过来。飘香头一步轻轻落在垫石上，喘了口气，两手伸给叶菏，叶菏勾住她的两手，她踮了踮脚尖，就像一只凌空而起的鸏雀儿，又借着叶菏的拖曳之力，跳到了对岸上，却身不由己地投到叶菏的怀里。

叶蒨的身心，怎能不感到强烈的震动？他将飘香紧紧地拥抱着，呼吸着飘香身上那清香清香的气息，激情地亲吻起来。

月牙儿停在他们头顶的上空，小河里撒满了晶莹的繁星，在半明半暗的夜色中，飘香那郁积心头的热情，也迸发奔放起来，温存着这个心爱的人。

“叶蒨，我是多么想你啊！”飘香呢喃地说。

“想我……”叶蒨摸不着头脑，发了愣，“咱俩天天见面，还想什么？”

“你呀你，书呆子！”飘香用手指轻轻点了一下他的额角，叹了口气。

他们又向前走去，脚步比出发的时候还轻快。飘香一起步，就像小跑，叶蒨不敢落后，紧跟慢赶，合上节拍。月色朦胧中，这一对奔走流星的人影，正像一对比翼齐飞的俊鸟。

又到一条窄窄的小河，也没有木桥，河心只有一块垫脚石，又是叶蒨先一跃而过，站在岸边，等候拖曳飘香过河来。但是，飘香却像燕子三剪水，跳到垫脚石上，刚一落脚，又腾空而起，飞到岸上。

飘香推开叶蒨，咯咯笑道：“你真当我跳不过来哩！我这个延芳淀野生野长的野丫头，翻墙跳沟，上树下水，够你学上三年，练上五载的。”

“嘻嘻嘻！”不远处，草窠里有人笑。

“谁？”叶蒨和飘香吓了一跳，亮出了枪。

“跟我来！”小丢好像从地里冒出来。

侦察员小丢外号走不丢，最能走生路，辨迷途。他所到之处，一趟就熟，抄近绕远，寸步不差。小时候他被拐走过好几回，跨州越府，他都原路而归，逃回延芳淀。前几日，他来到淀西岸，东走走，西转转，不到半天，对于地形和方位，大道和小道，就了如指掌，而且还认了个干爹，有了个落脚之地。蒲葵打发他给叶菏和飘香当向导，小家伙十分乖巧，一上路给他们指点了方向和途径，就一个人打前站去了；留他们两个人在后边行动方便，免得夹杂着他碍手碍眼。

叶菏和飘香紧紧相随。踏着田间的畦埂，走过一块块蛙声聒噪的稻田，从独木小桥过了一条小河，又从柳棵子地绕过一片池塘；眼前，蓬蒿中，出现一个低矮破旧的泥棚小院。

叶菏留在外边放哨，小丢带着飘香叫门。

“谁？”院里，一个警觉的声音。好像院墙里面的一双眼，早已看见他们走来。

“干爹，我！”小丢答道。

门开了，走出一个上身光着膀子，下身却穿着一副棉套裤的老头儿，很有点古怪。

走进屋里，这个古怪的老头儿端起了小油灯，照了照飘香，脸上露出惊讶的神气，侧着头问小丢：“三更半夜，这位姑娘……”

小丢忙说：“这是民主政府派到淀西的工作人员飘香同志，往后您就归她领导了。”

老头儿那满脸蛛网似的面孔，欢喜得发亮，朝着飘香当胸一抱拳，念道：“工作人员大驾光临寒舍，有失远迎，当面恕罪。”

飘香脸一阵红，不知这位古怪老头儿到底是个什么样的人物。

小丢笑道：“香姐，我干爹好诙谐，满肚子的隔夜哏儿。他老人家在城里吃了四十年的苦力饭，今年犯了腿病，才告老回家，给这几个村看青。”

飘香笑了，拉着老头儿的手说：“从打今天起，我在这一带工作，人生地不熟，还请大伯多指点，常提醒呀！”

“指点，不敢当；提醒儿，那一定！”老头儿半玩笑，半庄重，“从打此时此刻起，我归你飘香同志领导了，那就不要大伯长，二伯短。我的大号叫王天佐，没几个人知道，外号叫王二左，那可是无人不晓，我求你赏光，就管我叫王二左同志。”

小丢说：“我给你们二位接上头了。香姐，这一带的情况，就请我干爹王二左同志详详细细给你介绍吧！”

送走小丢，王二左从紧靠院墙的桃树上，摘了一破草帽子五月鲜的红桃，说：“飘香，一边吃，一边说话儿。”

飘香也不客气，拿起一个，搓了搓桃毛儿，就咬了一口，说：“大伯，您谈吧。”

王二左未曾开口，先长叹一声，说：“看我们这一带的风景，倒像是蓬莱仙境，住下来仔细一瞧，可就知道是个苦水井了。地少，人多，不光是男人要到城里卖苦力，就是妇道人家，也要出外谋生。”

“妇女也要出外？”飘香很稀奇。

“是呀！”王二左说，“年年三秋完了，北京、天津的荐头店，就打发人贩子到这一带来招女工。有的进了纱厂，有的当了丫头，也有的一脚就跌到那见不得人的火坑里。”

飘香说：“民主政府严禁贩卖人口，抓住人贩子狠狠惩治。以后还要实行土地改革，平分土地，受苦人就过上好日子了。”

王二左摇摇头，说："我们这一带，光是分地，还过不上好日子。"

"为什么？"飘香不明白。

"还得分水。"

"分水？"

"分水！"王二左呵呵笑道，"这一带，不光地是地主的地，水也是地主的水。你看那一条条小河，一片片池塘，都是地主家的。年年插秧时节，水比油贵，真是少一个子儿，一两也不多给你。"

飘香恍然大悟，说："民主政府马上发个布告，先把小河跟池塘归公，插秧用水不花钱。"

"那可好！"王二左说，"你到这一带工作，只要一说在水上帮忙，老百姓就拥护你。不过，你们千万别派男同志来，男人帮忙也不讨好。"

"为什么？"飘香不明白了。

"这一带的妇道人家，最恨外路男人！"王二左说，"男子汉到城里卖苦力去了，家里剩下的都是妇女，外路男人到这一带来，不是人贩子，就是拈花惹草的下流痞子，这两年又加上国民党胡作非为，所以女人们一见外路男人，就像冤家路窄，分外眼红。要是三更半夜碰见打野狗的，那就没了命。"

"打野狗的？"

"我门外这条小河叫鸳鸯水，往上游走八里，有个小村叫莲花瓣儿，莲花瓣儿有个姑娘叫桃叶姐。她十三岁给人贩子拐到省城，进纱厂当包身工；打工头，骂老板，就是不受欺侮。一连卖了七八回，最后落到一个青帮龙头大爷手里，她扎瞎了龙头大爷一只眼，逃了出来。于是，青帮的爪牙，党部的特务，警察局的狗子，张开天罗地网追捕她。她逃回了老家，乡亲们都怜惜她，黑间白日把她藏起来，到底没有被抓走。她这家躲一日，那家藏两天，可就把不少的年轻姑娘、媳妇们串连起来了，个个腰里掖着一把宰猪刀子，黑夜出来，专门收拾外路男人，她们管这叫打野狗。”

飘香一听，高兴地说：“您马上带我去见这位桃叶姐。”

“可以！”王二左说，“拐弯儿抹角，桃叶还得管我叫一声二叔。”

飘香笑着说：“不光带我一个人，还得带一个男同志去见她。”

王二左慌了，问道：“在哪儿？”

飘香说：“外边放哨。”

“快请他进来！”王二左急忙说，“你怎么不早说一声？遇见桃叶姐她们出来，误打误杀，可怎么好？”

话还没落音，小丢跑了进来，一进门就嚷道：“香姐，不好！叶菏给一帮子妇女抓走了。”

“哎呀！”王二左一拍大腿。

飘香走出房门，问道：“怎么回事儿？”

小丢说：“我陪着叶菏在外边放哨，听见小河上游传来脚步声，叶菏叫我原地警戒，他前去侦察。谁想走出不多远，草丛树棵子里跳出一伙妇女，拉的拉，扯的扯，按的按，捆的捆，把他绑架走了。”

“哎呀，快去找桃叶！”王二左慌了手脚，头上直冒冷汗，“晚了一步，性命难保！”

“请您带路！”飘香也着了急，“小丢，你留在这儿，多加小心。”

18

王二左光着膀子，穿着一副老棉套裤，带着飘香，沿着鸳鸯水，走岸边小路，向上游的莲花瓣儿急急赶去。

接近莲花瓣儿村口，王二左低声说：“你先藏在暗处，我去接头。”说罢，猫着腰，走进村口。

飘香隐蔽在一棵桑葚树后面，又心焦，又好奇。心焦的是怕叶菏有个好歹，好奇的是想赶快见到这个女中豪杰桃叶姐，以及她的伙伴们。

过了很久，莲花瓣儿里传出鸡啼声，还不见王二左回来。飘香感到凶多吉少，正想返回王二左的小院，打发小丢回淀东岸向蒲葵告急，忽见一朵灯火，从村口浮游而来。黑暗中，王二左低低唤着：“飘香，飘香！”

飘香心里一块石头落了地，迎上前去，问道：“大伯，风吹云散了吗？”

“好险哪！”王二左连连抚摸着后脖颈儿，“我这个跟头，栽得一辈子想起来都窝心。一进村，桃叶姐她们那一伙娘子军，十几把宰猪刀子，没把我穿上一百零八个透明窟窿。”

这时，从他身后，发出一阵吃吃的女人笑声。

飘香连忙望去，只见这个女人手提一盏小小的马灯，二十二三岁，细高条儿，白净脸，高颧骨，丹凤眼，吊梢眉，身穿黑布衫，腰间杀一条大红褡袍，绷起了高耸的胸脯，腰间斜插一把雪亮亮的宰猪刀子，一副强悍豪放的神采。

飘香抢上一步，伸出双手，说：“半夜三更，惊动姐妹们，真对不住。”

桃叶姐抿嘴一乐，说：“飘香同志，是我们有眼无珠，错把好人当歹人。二左叔晚到一步，你们那位同志的鼻子就给削去了，一辈子别想娶媳妇儿。”

飘香不禁打了个寒颤，说：“你们这支娘子军好厉害呀！”

“反正在娘儿们堆里，我算拔了尖儿。”桃叶姐挺了挺胸脯，一拍腰间的宰猪刀子，“前后蹲了四年八个月的大牢。”

飘香问道：“什么罪名？”

“不是持刀行凶，就是杀人未遂！”桃叶姐忽然两眼迸发出滚滚泪水，愤愤地叫起来，“难道我桃叶生来就是母夜叉？是他们逼得我没有活路，害得我名声不正，我才动手杀人。”

“桃叶姐，这是官逼民反呀！”飘香紧紧抱住这个苦难的阶级姐妹，“革命的道理，跟反革命的歪理，水火不相容，黑白不一般。你为了反抗压迫蹲监狱坐牢房，不是名声不正，倒是真正的光彩。我们共产党里有不少女同志，坐过国民党的监牢，同志们分外尊敬她们。”

“你们真的不拿白眼珠儿瞧我？”桃叶姐一双丹凤眼，热烈地凝视着飘香。

飘香点着头说：“我们把你看作自家人。”

桃叶破涕而笑：“那我就把命都交给你！”

她俩手挽着手，走进村口。一路上，墙角、树后、篱笆黑影里，都站着手拿宰猪刀子的妇女，她们并没有解除警戒。

桃叶姐家，在鸳鸯水畔，四面青杨垂柳，没有院墙。两间泥棚屋的房山上，爬满瓜豆的藤蔓，从藤蔓的密叶间，漏出一线灯光。

屋里有人说话。

“你这位先生，我一眼就看出是个正路人品。”说话的是个老太太，桃叶姐的娘，“我们那个丫头，一回被蛇咬，十年怕井绳，疑心太重；你看，连她二左叔拿人头担保，她还不大信得过。”

“兵不厌诈，不能不防。”叶菏回答。

“我也听不懂你先生的字儿话，兴许是夸她吧？”老太太笑着，“要说我这闺女，心计、口齿、模样儿，不敢说是上等，姐妹群里也数一数二。”

“是的，是的。”

“脾气虽说有点嘎咕，心肠儿可是滚烫滚烫的。”

“人人都有个性，不能强求一致。”

“不知你先生有没有娶妻成亲？”老太太忽然口风一转，换了话题。

“还……还没有。”

“我们桃叶也还没出阁。”老太太说，“眼眶子太高，相貌平常，又没才学的男人，入不了她的眼。我看，她跟你先生有意。往日，抓住外路男人，不下黑手，也要毒打一顿；今晚上跟你先生，竟舍不得捅一指头。你先生要不嫌弃，我就请她二左叔保媒。”

“娘，您这是跟人家唠叨些什么呀？”桃叶姐闯进屋去，臊得满面飞红，跳上炕，给叶菏松绑。

飘香住在桃叶姐家，叶菏到菱姑祠去住。菱姑祠是一座草堂小庙，就在鸳鸯水对岸，跟桃叶姐家隔河相望。

三百年前，北运河发大水，延芳淀一片汪洋，坍地坍房，吞没村庄。大水也威胁着淀西岸，眼看就要坍到鸳鸯水沿岸的十二个小村落。一个跳大神的女巫，还有一个看风水的阴阳先生，都说这是北运河神娶亲，只要将一个年轻美貌的姑娘投下水去，大水就会平息，坍房坍地就会停止。莲花瓣儿一位叫菱姑的孤女，挺身而出；不过得让鸳鸯水沿岸八家地主乡绅的千金小姐服侍她梳妆打扮，还得让这八家地主乡绅的老少两辈儿给她抬花轿，打执事，奏鼓乐。菱姑梳妆完毕，登上花轿，在花轿中长歌当哭，将抬花轿的八个地主乡绅一个个点名咒骂。这些平日作威作福的家伙，为了保住万贯家财，只得忍受。最后，在香烟缭绕和鼓乐声中，菱姑从花轿里走出来，怀里揣着一把剪刀，视死如归，纵身下水。过了没有多大一会儿，水面泛起殷红的血色，大水哗地一下子倒退二三里。乡亲们为了纪念这位勇敢的少女，在她投水的地方，修了一座小小的菱姑祠。不过，年深日久，经历了两朝三代，这座小庙早已被风雨蛀蚀，坍塌倒坏，埋没蓬蒿了。

桃叶姐跟她那打野狗的姐妹们，重新修葺了菱姑祠，这里也就成了她们的聚义厅。

叶菏和飘香在莲花瓣儿住下来，他们更加自重，一点也不露出亲昵的痕迹。将桃叶姐的那支娘子军改编为鸳鸯水民兵小队以后，飘香就到上游的燕儿窝村去建立妇女会，叶菏仍然留在莲花瓣儿。

正是暑伏时节，叶菏就睡在菱姑祠的地面上，身下铺着一张苇席。为了凉爽，更为了发生敌情便于行动，他将门窗大开。门前，是一片荷花盛开的池塘，窗外，是一块菱形的稻田，夜风混合着皎洁月光和花香水气，从门口吹进来，又从窗口流出去。

睡梦中，他仿佛感觉清香的夜风送进了一个人来，挨在他身边躺下，抱住了他。他想，也许是飘香从燕儿窝回来了吧？嘴角微微一笑。但是，一个严肃的念头从脑海里掠过，他猛力坐起来。

睁眼一看，却是桃叶姐。

“你……”叶菏吓呆了，“你怎么敢……”

“别嚷，别嚷呀！”桃叶姐脸儿苍白，身子发抖，声音发颤。

“这是什么行为！”叶菏气得脸色铁青，“原来你是个不正经的女人。”

桃叶姐双手捂住脸，轻轻啜泣起来。

为了避免弄僵，造成严重后果，叶菏长长吁了一口气，说：“快走吧，免得外人看见，我只当没这回事。”

“我不是不正经的女人！”桃叶姐仰起脸，满面泪水，“就是为了保住一条清清白白的身子，我才一回又一回持刀行凶。”

“那你……为什么……”

桃叶姐又垂下头去，声音微弱地说：“我……这几天……心里越来越喜欢你，你又……没有成亲。”

“咳！”叶菏一跺脚。

桃叶姐胆怯地抬起头，可怜的目光痴心地望着叶菏，说：“你要是看不上我，说一句话吧，我就死心了。”

“桃叶姐，不能啊！”叶菏沉重地说，“眼下，形势紧张，斗争激烈，只能一心扑在革命上，不能有这些闲心杂念。”

“将来呢？”

“……我早已有了一个人。”

“她是谁？在哪儿？”

“飘香。”

“哎呀！”桃叶姐跳起来，捶打着自己，“我没脸见人了。”说罢，就要跑出去。

叶菏扯住她那冰凉的胳臂，说：“桃叶姐，你别想不开。”

“我怎么有脸见飘香同志呀！”桃叶姐挣扎着。

叶菏牢牢抓住她，说：“她永远不会知道这回事。”

桃叶姐一动不动了，沉默着站立了很久，才说：“往后你该看不起我了。”

叶菏笑了笑，说：“今天我才知道你出污泥而不染，是个真正的好女人。”

“那……我走了。”桃叶姐无限深情地看了叶菏一眼，低着头走了出去。

叶菏站在窗口，望着她蹚水过了小河，回到家里。

第二天傍晌时分，桃叶姐在冷灶上蒸了一锅菜米团子，便痴呆呆坐在杨柳浓荫下，等候叶菏来吃午饭。

这时，一个白白胖胖的小个子女人，蹑手蹑脚进来。她水光油滑的发髻上，戴着一朵粉红色的绒球花，身上披着一件绸衫子，露出胸前葱心绿的兜肚，一手拿着小芭蕉扇遮在头上，手腕子上的包金镯子闪光刺眼。她个子矮小，胖得滚圆，走起路来一弹一跳的，很像一只喂肥的哈巴狗儿。这个女人外号七寸白，娘家在莲花瓣儿，嫁到石瓜镇，男人是个开宝局的老头子。

“我的桃叶妹子，托着香腮想情郎呀！”七寸白挤眉弄眼地叫道。

桃叶姐跟她是本村姐妹，平时又常打牙逗嘴儿，不得不强笑了一下，骂道：“大热的天你还出来打野食儿，一身的脂油不怕晒化了？”

“姐姐无事不登妹妹的三宝殿。”七寸白挨到桃叶姐身边，乜斜着两只小眼睛，“有一笔发财的生意，我给你送上门来了。”

桃叶姐哼了一声，说：“财神爷没心肝，我跟他是冤家对头。”

“偏是你要时来运转，福星高照！”七寸白干脆粘在了桃叶姐身上，鬼鬼祟祟地压低了嗓子说，“吴家大院那个民众戡乱行动委员会，悬赏严拿共产党，按人论等，按等论价；你跟打野狗的姐妹们，天天黑夜出去游荡，手眼勤快一点儿，白花花的大洋流水一般进门。”

桃叶姐真想跳起来给她一个满脸开花的大嘴巴，却又忽然心中一动，说：“你这不是叫我发财，倒是给我招灾，我抓住了共产党请赏，共产党有刀有枪，能跟我善罢甘休吗？”

“你是又想吃又怕烫！”七寸白有点扫兴，“好吧，那就做个小本生意，赏钱可就少多了。”

“你先划出道儿来，我再看看可走不可走。”

“那就给吴家大院当个耳目，耳闻眼见有来路不明的人，通个风，报个信，赏钱虽说不多，也够买双绣鞋花袜儿。”

陡地，桃叶姐的心头生出一股邪念，她咬了咬嘴唇，哑默了，半晌，忽然两眼狠狠发光，嗫嗫嚅嚅地说：“你报信儿去吧，燕儿窝来了个女共产党；绣鞋花袜儿我赏给你。”

“当真？”

“当真。”

"她叫什么名字？"

"她叫……我不知道。"

"一定是那个玫瑰花满身刺儿的飘香丫头！"七寸白咬牙切齿，"她杀死了我的心肝儿小画眉金哥，我正要报仇。"

七寸白扭头就走，一出门就一溜小跑起来。

桃叶姐突然浑身发冷，牙齿捉对儿打颤。昏昏迷迷不知过了多久，她听见屋里有人弹窗纸，那是叶菏从后门进来吃饭。

她想站起来，可是两腿发软，站不起来。

"桃叶姐，桃叶姐！"叶菏小声叫她，"饭熟了吗？吃过饭我要到燕儿窝走一趟。"

桃叶姐失声叫了出来，挺身站起，却又瘫倒了。

叶菏慌忙跑出来，抱起她跑回屋里，放在炕上。桃叶姐呜呜哭。

"桃叶姐，昨天夜里我态度不好。"叶菏轻轻拍抚着她的肩膀，负疚地说，"咱们是革命同志，你原谅我吧！"

桃叶姐哇地一声哭起来，说："我是个坏女人，对不起你。"

"不！你是个好……"

"我坏，我坏！"桃叶姐撕扯着自己的头发，"我想害死飘香同志，你快救她命去吧！"

叶菏只当她发了狂，用力扳起她的身子，望着她那张得很大的眼睛，柔声说："桃叶姐，我跟飘香都认定你是个好女人，好同志。"

"我跟你一块儿到燕儿窝去！"桃叶姐从叶菏的手臂上挣脱起来，"我要跪在飘香同志的脚下，叫她啐我的脸。"

暮色苍茫，燕儿窝村外的池边河畔，草窠树丛里一阵枪响，四个灯蛾扑火的敌人中了埋伏。

19

一连国民党兵，扑向延芳淀西岸，沿鸳鸯水来回拉网。叶菏和飘香将他们那支小小的队伍天女散花，白天撒到青纱帐里，夜晚又聚合起来。

这天歇晌时分，叶菏隐蔽在一片柳棵子地的坟圈子里，坟圈子里有几棵伞柳，他爬到伞柳的枝桠上，密叶藏身，眺望四野。

他在等候桃叶姐前来接头。

这几天，由于敌强我弱，他们分散隐蔽，不跟敌人杀一个小小的回合，桃叶姐早就不耐烦了。这个勇敢、爽快而又粗野、任性的女子，一直想自由行动，叶菏磨破了嘴唇，才劝住了她。今天歇晌时分在坟圈子里接头，打算等太阳落山，趁着苍茫暮色，到县委去汇报情况。但是，等来等去，迟迟不见桃叶姐的人影，叶菏十分焦急。

桃叶姐身上藏着手枪，胳臂上挎着柳条篮子，打扮成一个给男人送饭的小媳妇儿，头上没有戴斗笠，却顶了一大片荷叶，走青纱帐小路，到叶菏隐蔽的这片柳棵子地来。走到半路上，忽然一阵南风吹来，送来浓郁的瓜香。桃叶姐深深地吸了一口香气，感到口渴了。她掐算了一下，这里是画眉郎庄，村外有块瓜田，种瓜的老头跟她是熟脸儿，可想不起姓名了。于是，她想到瓜田里讨个瓜吃，再给叶菏捎带个花和尚大西瓜。

她侧耳听了听，四野静悄悄，便蹑手蹑脚向瓜田方向走去，远远地就看见一座青柴蒲苇的瓜棚下，看瓜老头盘腿坐在蒲团上，像一截树桩子，不知是在看瓜，还是在打瞌睡。

桃叶姐正要走出去，一只脚已经迈出了牛腿高粱地边，突然一个手提驳壳枪的国民党上士，大壳帽推到后脑勺，从瓜棚后面闪出来。

“老头儿！”上士大喝一声。

看瓜老头吓得一哆嗦，两腿打着颤儿站起来，叫了声：“长官。”

“摘五十个上等西瓜，给我挑到马王庙去！”上士说。

“您……您给开个价吧！”看瓜老头畏畏缩缩，吞吞吐吐地说。

“屌！”上士横眉立目，“国军给你们剿灭共匪，让你们安居乐业，吃几个瓜还要钱？”

“我一家老小要吃饭呀！”看瓜老头哭声说，“摘下这五十个瓜，就断了我全家三个月的粮。”

“妈的，我把弟兄们喊来，给你拉秧！”上士扭头就走。

“长官，您高抬贵手吧！”看瓜老头哀求着，“我一家老小供您的长生牌位，烧高香了。”

那上士站住了脚，斜着眼睛问道：“你家在哪儿住？”

“就在……村西口。”

“家里都有什么人？”

“一个老伴儿，一个……一个女儿。”

“那先不摘瓜了，到你家歇歇脚。”

“长官，穷家破舍的，招待不起呀！”

“不打扰你的酒饭，”国民党上士嘻嘻笑道，“只跟你的闺女结个善缘儿。”

看瓜老头哀叫起来：“长官积德行好吧，我的闺女还小呀！”

“越小越嫩。”

“不能，不能，天理不容呀！”看瓜老头蹲在地上，抱头大哭。

“给脸不要脸！”国民党上士骂道，“我打你这个贱坯子。”说着，拳打脚踢。

桃叶姐气得拔出枪来，就要冲出牛腿高粱地，一枪结果那个国民党上士的狗命。她一步刚要跨出去，脑海里打了个闪，又抽回身子；这个国民党上士勒索五十个西瓜，看来有一个排在马王庙里，枪一响，这一排国民党兵就要蜂拥而来，自己脱不开身，也给看瓜老头惹了祸。她想了想，嘴角飘了个冷笑，收回了枪，抻了抻衣襟儿，整了整头发，挎着小柳条篮子，袅袅婷婷走出去，娇滴滴叫道：“爹，我给您送饭来了。”

国民党上士听见女人的声音，马上住了手，小绿豆眼瞪得核桃大；看瓜老头从地上爬起来，揉揉昏花老眼，张大了嘴怔住了。

桃叶姐低着头，羞羞答答，怯怯生生，向瓜棚下走去。

国民党上士那一双色迷迷的狗眼，掠过桃叶姐那一张俊俏的脸儿，又落在桃叶姐那丰满隆起的胸脯上，顺着嘴角淌口水，涎着脸问道：“大姑娘，给你家老爷子送的什么饭呀？”

桃叶姐轻声细气地说：“野菜团子。”

“赏给我尝尝呀！”

“不好吃，您咽不下去。”

“哪里，哪里！大姑娘的巧手做出的饭菜，赛过山珍，胜过海味。”说着，国民党上士好像要接过柳条篮子，却在桃叶姐的手腕上捏了一把。

桃叶姐一闪身，说："长官，您还是吃西瓜吧！"

"除非大姑娘给我摘的瓜，别的瓜我吃着没滋味儿。"

"我给您摘去。"

"慢！大姑娘不光要给我摘瓜，还要陪我吃瓜，我才吃得有趣儿。"

"好，我陪您。"

"在哪儿吃呢？"

"瓜棚下。"

"不，不！"国民党上士挤眉弄眼，"得找个没人瞧见的僻静角落，我吃一口，你吃一口。"

桃叶姐脸红了红，说："随您的意，瓜钱可要加双份儿。"

"那一定，一定。"

于是，桃叶姐把柳条饭篮放在看瓜老头面前，笑呵呵地说："爹，您吃饭吧！"又偷偷给看瓜老头递了个眼色。

看瓜老头会意，结结巴巴地说："摘……摘去吧！摘好的，大的。"

桃叶姐走进瓜垅，拨开层层绿叶，挑了个青石碌碡一般的大西瓜，才摘了下来，递给国民党上士，说："长官，您抱着，我再去摘。"

"够吃了，够吃了！"

"我再摘几个甜瓜跟香瓜，吃着嘴儿甜，舌尖儿香。"

"大姑娘想得真周到，真周到！"国民党上士色迷心窍了。

桃叶姐又摘了两个甜瓜和两个香瓜，摘下她头上的荷叶托着，向国民党上士扬扬手，说：“长官，您头前找地方吧！”

“姑娘……女儿，你不能去呀！”看瓜老头着了急。

“爹，您放心，长官不欺负我。”桃叶姐跟看瓜老头努了努嘴儿，顺手拿起切西瓜的薄片子刀，也放在了荷叶上。

“我是文明人，大姑娘跟我来呀！”

国民党上士双手搂着大西瓜在前边走，桃叶姐托着荷叶跟随他，穿过牛腿高粱地，又走进一块玉米地，国民党上士已经汗流浃背，气喘吁吁：“大……大姑娘……咱们就在这儿……”他刚说到半句上，嗖！桃叶姐的西瓜刀闪出一道寒光，从他的后背捅出了他的前胸。

叶菏正在伞柳上焦急地四下张望，忽听马王庙那边响起一阵乱枪声，一帮子国民党兵恶狗狂吠一般呼叫着，沿大路朝他这个方向追来；叶菏连忙下树，准备迅速离去。

桃叶姐披头散发跑进柳棵子地来，双手沾满了血。

“怎么回事儿？”叶菏大吃一惊。

桃叶姐咯咯笑道：“我杀了一条野狗。”

子弹追到坟圈子，打得柳叶飞溅，他俩不敢逗留，夺路而走。这伙国民党兵咬住不放，他们绕来绕去，一直绕到淀西岸的西南角，距离画眉郎庄二十几里了。

这里有一条小河汊子，他俩听四下枪声稀了，喊声远了，便坐下来歇歇脚。桃叶姐跑丢了一只鞋，索性脱下另一只，挽起裤腿，走下河。她洗净了手，洗净了脸，看河水碧清，像一面镜子，又梳起头，十分悠闲。

叶菏紧锁双眉，沉默不语。

桃叶姐猛一回头，眯着她那一双丹凤眼问道：“你从背后瞪得我一阵阵发冷，我怎么得罪了你？”

叶菏沉着脸哼了一声：“你把咱们暴露给敌人，误了正事！”

“我能见死不救吗？”桃叶姐跑上岸，连叫委屈，“人家打死了一个敌人的上士，你不表扬人家也就罢了，还冷言冷语给人家脸色看，人家干革命还要受你的气！”说着，吸溜鼻子哭了。

“走吧！”叶菏一挥手，“赶快跳出网去。”

他们蹚过小河汊子，钻出一片芦苇丛，路过一片野麻地，眼前是广大一片寸草不生的沙碱地，地形像是一支大牛角。而坐落在牛角尖上的一个小村，却是花木葱茏，绿树浓荫。叶菏和桃叶姐知道，那是渔村花港。

花港是桃叶姐引线、飘香建立的一个堡垒村。在这个渔村里，也有不少桃叶姐的难姐难妹，她们有的仍在北京、天津受苦，有的跟桃叶姐结伴逃回了家乡。

这个渔村有三多：孤儿多，寡妇多，坟头多。花港的渔民祖先是异乡人，不许在北运河上打河鱼，而是一去二百多里，入海打海味。他们驾驶着租赁来的破旧小船，遇到风大浪高，常常船翻人亡，所以孤儿多，而且很多孤儿还是遗腹子。女人嫁到花港，很少能跟原配丈夫白头到老，不是年轻守寡，就是改嫁几回。而葬身大海的亲人，尸骨无存，家人就在一块砖石上刻上他们的名字，代替遗体下葬，堆起一座坟头。一年年，一代代，村南村北，村东村西，坟头累累，绵亘不绝。

花港还有两大特色，一个特色是家家门口都有一棵高耸入云的大树，渔民们称之为望夫树，或是望父树：为的是家人爬上树端，观测远方的风云，眺望亲人的归帆。另外一个特色，是因为这里都是碱地，草木不易生长，所以花港的大人小孩，出门在外，都要带回一包一捧的好土，铺在院里，铺在村边，铺在坟地。世代相沿，形成风习，于是这个小小的村庄内外，也能种植蔬菜，遍地花草树木了。飘香头一趟跟桃叶姐来，就背了一大筐好土，因而受到渔民们的欢迎。

通过这广大一片寸草不生的碱地进村，又不知花港内有没有敌人，叶菏拿不定主意；桃叶姐却一个箭步跳出了野麻地，叶菏连忙一把将她扯回来。

“别冒险！”叶菏说，“先观察观察动静。”

“我饿了！”桃叶姐苦着脸儿说，“肚肠子搓成了绳儿。”

叶菏不理她，手搭凉棚张望，忽然欣喜地叫了一声，“望夫树上有人跟咱们招手！”

“我来看！”桃叶姐踺跳着，“是有人在树上摇着白羊肚手巾。”

“走！”

他俩飞跑着向村口奔去，从村口也有一颗流星似的人影跑出来。

“叶菏！”那颗流星是小丢，“香姐在望夫树上一眼就看见了你。”

他们走进村口，飘香从望夫树上下来了。桃叶姐筋疲力竭地说了声：“跑断了腿，饿断了肠，快给我找点吃的吧！”就栽到了飘香怀里。

“来，到家去。”飘香含笑说，“小丢，你在树上放哨。”

在花港，飘香有个家，这个家有三间泥棚茅舍，一围泥墙，柴门外一棵树，一眼井，井上一铺葫芦架。家里有两位老人，老头和老太太靠打鱼、织鱼网为生，膝下无儿无女。飘香来到花港，就投宿在这个家里。飘香心灵手巧，不但跟老太太学会纺线织布，也跟老头学会织网补网；她头一天住在这家里，一边跟老太太说闲话，一边拿起梭子，跟老头老太太对织起来。他们合织成一张网，也织成了深深的感情。于是，飘香就化了名，当了这老两口的女儿；小丢也跟着沾了光，当了这老两口的儿子。

这个家，还有个方便，坐落在龙蟠河河崖上，一出门就下河，浅滩上满是一人多高的水草和红皮水柳，隐藏进去，很难发现。

飘香、叶菏、桃叶姐走进这个家，老头老太太正在烧火做饭。他们等候揭锅，小丢跑了来，说：“叶菏、香姐，有一排国民党兵包围村子来了。”

飘香一点也不惊慌，笑着说：“吃咱们的饭，等他们来到门口，再走也不晚。”

他们每个人吃了两个玉米饼子。村里鸡飞狗跳，国民党兵已经进了村，四散进行搜索。他们这才站起身，不紧不慢地出后门下河。

正是雨季，浅滩上的水草丛中，水也深多了。飘香个子小，水到了她的唇边，便手扒着叶菏的肩，两脚悬空；桃叶姐虽比飘香高出半头，水也过了胸脯，呼吸困难，叶菏又用一只手搀架她。小丢没有躲到深处，在岸边一片红皮水柳里隐身，睁大眼睛看，侧着耳朵听。

村子里孩子哭大人叫，国民党兵挨门挨户搜查，翻箱倒柜，又打又骂。

“乡亲们受苦了。”叶菏看着飘香，“咱们打几枪，把敌人引走。”

"退到哪儿去呢？"

"过河！"叶菏说，"飘香，你有水性；桃叶姐，你浮得过去吗？"

桃叶姐嬉笑着说："灌饱了能漂过去。"

这时，传来小丢的嘘声，他们不敢吱声了。几个国民党兵，端着枪，沿河搜来。

"好端端一个连，大卸八块，满世界牤牛追兔子，成了散兵游勇！"一个国民党兵嘟嘟哝哝。

"我倒乐意分散活动。"另一个国民党兵说，"捞点外快，打个野食儿，都便利。"

"你是活腻了，死催的！"那个国民党兵骂道，"上士要不是色迷心窍，何至于落得个白刀子进，红刀子出？"

"牡丹花下死，做鬼也风流！"这个国民党兵打着响舌说，"听说那个小娘儿们一朵野花似的，要是落在我手里，她得乖乖地……"

桃叶姐气得咬碎了牙，她头脑一热，就要冲出去，叶菏慌忙一把揪住她，溅起了水声。

"有人！"

一阵乱枪，打进了水草丛中，子弹从叶菏、飘香、桃叶姐的耳边和头上掠过去，他们无处可躲，水草障目，也看不见岸上的敌人，不能还手。正在这进退两难之际，只听一声清脆的枪响，一个国民党兵惨叫而死，跟着又传来杂乱的奔跑声和吆喝声。那是小丢打了冷枪，又把敌人引走。

叶菏和飘香一人架着桃叶姐一只胳臂，急忙撤离险地，向对岸泅去。

敌人的子弹像下冰雹，他们也越来越吃力，眼看又要陷于困境，只见水面上翻了个浪花，露出两只圆溜溜亮晶晶的小眼睛，正是小丢。他的目光闪过一个顽皮的笑影，又一个猛子蹲了下去，抓住桃叶姐在水中的两条腿，扯下河底。

叶菏和飘香泅上岸，小丢已经在河坡下给喝饱了的桃叶姐控水。

20

黄昏，一个六十多岁的胖老头子，蹒蹒跚跚走进吴家大院，直上内院台阶。他有一张油光光的肥脸，两道稀疏的白眉，一双肉泡子眯缝眼，酒糟红鼻头儿，光秃秃老宫嘴。他头戴一顶宝蓝闪缎帽盔，上身穿一件黄铜疙瘩半大罩褂，下身穿一条大裤裆的春绸套裤，脚下是一双双道梁云头洒鞋，一手提着一只梢马，一手搓弄着两只叽里咕噜的铁球，真是奇装异服，妖形怪状。

孔水仙正身披大红羽缎斗篷，站在内院月亮门口卖呆儿，一见这个老怪物，正要扭身回去，他却紧追慢赶，大喊一声："太太万福！"然后高高拱手，又深深一揖，"久违，久违。"

"白天师，你此言欠通！"孔水仙大模大样，酸溜溜的，"我记得，你前天刚刚打过秋风。"

此人姓白，名鹤年，外号白天师，是蔦花沽龙王庙的香头。他会下神，捉妖，算卦，详梦，治病，配药，真是神通广大。财主富户，他可以穿堂入室，穷门小户，更是推门就进，吴莲池平生不杀穷人不富，不信僧道，但是到了晚年，死到临头，忽然感到万分恐惧，常常噩梦惊心，夜不能寐，于是不得不向白鹤年乞灵。白鹤年那三寸不烂之舌，两行伶俐之齿，一面给吴莲池详梦，一面敲他的竹杠。这个家伙又投吴莲池之所好，每回来敲竹杠，都悄悄塞给吴莲池一包粉红色的春药。吴莲池一生一毛不拔，可是对于白鹤年的勒索，却不敢不忍痛割肉。

白鹤年挨到孔水仙面前，嬉皮笑脸地说："太太，您挑我的字眼儿哩！前天才走，今天又来，怎么能说是久违呢？殊不知我另有批解。"

孔水仙不屑地一笑，说："那倒要领教了。"白鹤年一本正经，俨然是一副老学究的神气，摇头晃脑地说："'一日不见，如隔三秋'，可有这么一句古文？那么我自前天走后，跟太太已经三日不见，三三得九，岂不是如隔九秋，难道不算是久违吗？哈哈哈！"说着，掏出一只彩釉鼻烟壶，捏出一撮鼻烟，抹进鼻孔，眼珠一定，打出一个响如放炮，唾沫四溅的大喷嚏。

"白天师！"内院管家唤道。

"鹤年在！"白鹤年赶忙将鼻烟壶塞进怀里，小碎步走进去。

"老团董有请。"

"领旨！"白鹤年满口戏文，满身做功，跟在内院管家屁股后面，走进客厅。

本来，吴莲池一听内院管家回禀白鹤年求见，骂道："又是来敲竹杠的，叫他快滚！"内院管家正要退出去，吴宗笠忽然说："叫他进来，我想见一见他。"吴莲池忙摇头摆手，说："这个老骗子，是一块粘上就揭不下来的赖皮膏药，你别招惹他吧。"吴宗笠淡淡一笑，说："'欲将取之，必先予之'，或许他有些用处。"于是，内院管家急忙出去，传唤白鹤年进来。

白鹤年一进客厅，先热辣辣地问了一声：“老团董，贵体可安康？”然后，突然转向吴宗笠，直瞪瞪观看吴宗笠的脸色，惊惊乍乍地叫道：“哎呀，少团董！看你容光焕发，官星正旺，真乃万事亨通，上上大吉之气象也。”

“老东西，又他娘的装神弄鬼，花马吊嘴！”吴莲池笑骂道，“我也能掐会算，料定你无事不登三宝殿，不是来蒙，就是来骗。”

“冤矣哉，冤矣哉！”白鹤年指天画地说，“鹤年今日前来，货真价实是为了一桩紧要大事。”

吴莲池冷笑道：“还不是哄我出钱，你舍暑药、开粥场，好名利双收。”

“非也！”白鹤年十分拿大，故意卖了个关子。

“天师，请坐！”一直冷眼旁观的吴宗笠开了口，“请将来意，简要说明。”

“谢座！”白鹤年使了个身段，在吴宗笠对面的一张太师椅上坐下，干咳了两声，张了张嘴儿，却欲言又止。

“你倒说呀！”吴莲池性急，喊嚷道。

吴宗笠也被他逗得心痒难熬，催道：“说吧，不要有所顾忌。”

白鹤年站起身，隔着窗玻璃，溜瞅了一下外面的动静，这才踮起脚尖，走到吴莲池和吴宗笠面前，鬼鬼祟祟地说：“昨天晚上，共产党延芳淀民政助理员铁血，到龙王庙来找我，拜托我一件私人要事。”

吴莲池变颜变色，叫道：“你……你勾结共党！”

“爹，不要打岔！”吴宗笠故作镇静，“白天师，说下去，铁血拜托何事？”

“他请我代他转送一封平安家信，并且讨取回音。”

“你怎么回答？”

“我说，”白鹤年眯细着肉泡子眼，又像是面对着铁血，憨态可掬，“士为知己者用，甘效犬马之劳。”

“好你个吃里扒外的走狗！”吴莲池气得要扑到白鹤年身上，狠狠咬他两口。

吴宗笠急忙扯住他爹，纵声大笑说：“白天师，回答得好！好得不能再好。”

“知我者，少团董也！”白鹤年感叹着，“我白鹤年虽是个有奶便是娘的人癞，可还懂得一点择主而事的道理。凤凰只落梧桐树，夜猫子爱钻树窟窿，我也懂得一点择木而栖的道理。我要是一塌括子投到共产党的怀里，就不到吴家大院来请示报告了。”

“白天师真是忠义之士！”吴宗笠赞不绝口，“转送铁血家信一事，我是不是可以派人代劳？”

“鹤年前来，正是此意！”白鹤年从贴身的油污布衫里掏出一封密信，“那么，舍暑药，开粥场……”

“不成问题！”吴宗笠满口答应，“请先到客房安歇，一会儿我还要另有请教。”

龙王庙村坐落在延芳淀东南角，距离石瓜镇八九里，三十户人家，都是吴莲池的佃户，有一家租佃地主，给吴家大院收租，又当保长。村外淀边，有个小小的破庙，鹤年就在这座小庙里栖身，干他那下神捉妖、算卦详梦、治病配药，以及种种邪门歪道的勾当。

白鹤年是个江湖老油子，阴阳两张脸儿，延芳淀武工队刚刚建立，他就奉送上大包自制的丸散膏丹。说句公平话，在那药品奇缺的艰难情况下，他的这些丸散膏丹也真救了急。于是，他便有了进身的台阶，趁机跟延芳淀武工队拉拉扯扯。老滑头有一双利眼，一眼就看穿铁血是个年轻浮躁、好吹吃捧的人，很容易哄骗。他想，结交上这个小哥儿，不但可以在共产党的船上踏一只脚，而且可以打听一点共产党方面零七八碎的情况，挑选一两桩到吴莲池那里卖个好价钱，又能抬高他在吴莲池眼里的地位，大大有助于他的敲竹杠，打秋风。他在铁血身上一下功夫，铁血就落入了他的迷魂阵，两人结为忘年交。

铁血来到龙王庙村，不住堡垒户，而在白鹤年这里过夜，每晚都有酒有肉，大吃大喝。

他在外村工作了三天，今夜三更时分又回到龙王庙来。他很小心，先登高一望，看见庙里亮着灯光，再侧耳听听四外动静，然后才飞快地走到庙外。他不走庙门，一纵身扒住墙头，翻过墙去，蹑手蹑脚走到窗根下，舌尖舐破窗纸一看，只见白鹤年正在桌案上，用一支朱笔，在画驱鬼避邪的符箓。

铁血撤回身子，走到房门口，用手一推，门没插闩，吱呀开了。

“欢迎铁助理员光临寒庙！”白鹤年头也不回，仍旧画符，“敝人早已备下薄酒小菜，恭候多时。”

铁血倒吓了一跳，说：“老白，你真会装神弄鬼，怎么就猜着是我？”

“我刚才卜了一卦，”白鹤年放下笔，摘下老花镜，“算定您今夜子时，必定驾到。”

“鬼话连篇！”铁血点着白鹤年的酒糟红鼻头儿。

“千真万确！”白鹤年打开箱子，拿出一个粉红小包袱，“桂霞小姐的书信礼品，都在这里。”

“给我！”铁血劈手抢过来。

他看信。彩色的信封，右上角画着一个古装美人，坐在窗前，手托香腮，思念远行的情郎。铁血手指发颤，小心翼翼地撕开封口，捏出一张粉红信笺，开头就是一个肉麻的称呼，接下去更是如醉如痴的词句，什么“情思绵绵呀”，什么“春残梦断”呀，颠三倒四，全是从爱情尺牍上照抄来的滥调。结尾，是一大堆山盟海誓，而且满纸斑痕，也不知是洒的水，还是滴的泪。铁血看了，居然十分感动。尤其是读到“手织羊毛衫一件，衣着郎身，线连妾心”，铁血的鼻头发了酸，险些气短泪下。他打开小包裹，拿出毛衣一看，黑红交织，货色上等，就没有注意那撕去的商标痕迹。

铁血觉得全身热烘烘，心里甜滋滋。

白鹤年已经摆上一张小炕桌，先拿出一瓶原封二锅头，又端上一碟油炸花生米，一盘老腌鸡蛋，一碗卤虾豆腐，一盆炖肉粉条儿，两副镶银乌木筷子，两只翡翠绿的酒盅。

“铁助理员，人逢喜事精神爽，开怀畅饮吧！”

铁血在城里，是个酒量很大的豪饮之人，桂霞的来信赐给他无比的快乐，不禁酒兴大发，一开头就连饮三杯。

白鹤年给铁血撕了一条鸡大腿，斟满一大杯酒，说：“铁助理员年轻英俊，桂霞小姐如花似玉，真是郎才女貌，盖世无双。请！”

“请！”铁血飘飘然又灌下一大杯。

“在你们列位豪杰中，铁助理员是山中猛虎，水中蛟龙。”白鹤年抱起酒瓶，不容铁血喘气，又给满上了，“我给铁助理员相面，是个大富大贵之命，可是为什么屈居于雷响、叶菏之下，不见高升呢？我又卜了几卦，原来是命中犯小人。请！”

“请……请！”铁血的脑壳像灌了铅，酒像倒进别人肚子里，“对……对，我他妈的……命中犯小人。”

一杯一杯一杯，铁血不省人事了。

不知过了多久，铁血恍恍惚惚只觉得一阵阵脂粉的浓香，钻进他的鼻孔，钻进他的脑髓。昏迷中，他感觉有个女人趴在他的身上，嘤嘤啜泣。

终于，铁血睁开了痛涩的眼睛，发觉自己躺在蒲席上，桂霞陪伴着他。桂霞浓妆艳抹，花枝招展，却又眼泪婆娑，楚楚动人。

“我……是不是在梦中？”他喃喃地问道。

“你在吴宗笠先生的囚室里！”桂霞尖着嗓子喊道。

“白鹤年出卖了我！”铁血大叫，撕扯着头发，“我悔不该……悔不该……”

“你悔不该干这个劳什子革命！”桂霞发狠地说，“带累了我平日里担忧受怕，临了还要陪你坐牢吃官司。”

“真的，你……怎么到了这里？”铁血眨巴眨巴眼睛，这才发现，这是一间钉着铁窗，不透一点光亮的候讯室。

“我也被捕了呀！”桂霞凄然地说，“今天清晨，我刚刚起床，还没有梳洗完毕，突然闯进几个如狼似虎的汉子，扯着我的头发，架起我来就走，扔进一辆囚车，一阵旋风似的押到了石瓜镇，关进这间囚室里。我肝肠寸断，真有千言万语，想跟你倾诉，你却醉成一摊烂泥，人事不知，我又悲哀，又害怕，真不想活了……”说着说着，桂霞泣不成声。

“桂霞，叫你吃苦了！”铁血大为感动，把桂霞搂在怀里，“冤有头，债有主，他们为什么欺侮你这个弱女子？”

“一人有罪，灭门九族呀！”桂霞抽泣着，“他们知道我是你最亲的人，怎能放过我？”

“他们审讯你了吗？”

“孔姨奶奶跟我见了一面，倒是和颜悦色，温言柔语的。”桂霞掏出绣花手帕，擦了擦眼泪，“可是，细细回味，却句句都绵里藏针。”

“她说什么？”

“她说……”桂霞像触了电似的四肢哆嗦起来，“吴老团董是个虎狼性子的人，如果你不归顺他们，他就要当着你的面，剥光我的身子，命令他的亲兵们……羞死人，怕死人了。”

“禽兽！”铁血身上像着了火。

“把我糟蹋够了，还要再当着你的面，让我尝尝十六套刑具。”

“哪十六套？”

“你打开门看看，就在门外。”

铁血溜下床来，推开房门一看，不禁大惊失色，目瞪口呆了。

原来，外面是一个大通间，黑洞洞挂着几盏昏暗不明的汽灯，陈列着鞭、棍、杖、枷、竹签、烙铁、跪板、站笼、火床、热瓮、辣椒壶、老虎凳、紧箍咒、钢针刷、骑木驴、鸭浮水……整整十六样精心设计的刑具，令人毛骨悚然，头发爹立。

“野蛮！”铁血倒退回来，跌坐在床沿上。

“我怎么办呢？”桂霞摇着铁血，撞着铁血。

“我跟他们拼啦！”铁血紧握双拳，圆瞪两眼，气壮如牛。

“那不是以卵击石吗？毁了你，更害了我。”

“唉！”铁血泄了气，抱住头，“大丈夫身系囹圄，空有豪情，无能为力。”

“识时务者为俊杰！”桂霞缠在铁血身上，“孔姨奶奶还说，如果你弃暗投明，吴宗笠先生愿意给你比在共产党那边高得多的官职地位，孔姨奶奶还要认我做干女儿。”

正当他们卿卿我我，缠绵悱恻之际，大通间的铁门哐啷一声巨响，走进一伙人来，有个粗大的嗓子吆喝：“吴处长有请铁血先生！”

铁血不由得一阵战栗，桂霞忍不住嗤地笑道：“我陪你去见吴先生，咱俩同生共死！”说着，她打开小手提包，拿出小镜、梳梳、眉笔、粉扑、口红，匆匆打扮了一番，就牵着铁血的手，走了出去。

穿过陈列着十六套刑具的通道，铁血阵阵心惊肉跳。这个刑讯室的大通间两端，一端是候讯室，一端是休息室。桂霞牵着铁血，走到另一端的休息室门口，一个满脸脓疱的刑讯打手，打开休息室的房门，里面有几张木椅，一张茶几，茶几上烟茶糖果齐备，四壁粉白，一尘不染。吴宗笠一定是刚吃完酒席，满脸放光，正拿着牙签儿剔牙。他身穿长袍马褂，缎鞋丝袜，梳着乌光油亮的大背头，歪在一张躺椅上。

桂霞一进门，就学了个日本下女的姿态，鞠了个九十度大躬，奴颜婢膝地说：“吴先生，我们来聆听您的教诲。”

铁血的脊梁，也真像接受桂霞的支配，深深弯了下去，只是还羞于开口。

“不要客气！”吴宗笠欠了欠身子，抬了抬手，“铁血先生，桂霞小姐，请坐。”

“谢谢！”桂霞又深深鞠躬。

“谢谢！”铁血的舌头也接受了桂霞的支配。

吴宗笠拿起一支香烟，递给铁血，两眼射出咄咄逼人的光芒，问道：“铁先生，你听到国军在各个战场，都势如破竹，节节胜利的消息了吗？”

“听到了！”铁血拿着香烟，木呆呆。

吴宗笠又打着打火机，一边很礼貌地点烟，一边盛气凌人地追问道：“铁先生作何感想呢？”

“我们败了！”铁血突然捂住脸大哭。

桂霞急得啐道：“哭什么？惹吴先生生气！”

“让他哭一哭吧！”吴宗笠装出宽宏大量的样子，“哭一哭，心情轻松一些。对于自己的政党的灭亡，理应尽一点哀悼之情。”

铁血被桂霞一啐，不敢哭了，忙说：“吴先生，请恕罪。”

“好，那么我们就坦诚相见吧！”吴宗笠像猫戏老鼠似的拍抚了一下铁血的肩膀。“铁先生既然承认贵党已经失败，今后将何以自处呢？”

铁血垂头丧气地答道：“从即日起，正式脱离共产党，改恶从善，悔过自新，做一个守法国民。”

“守法国民？哎呀呀，岂不辱没了铁先生的宏伟志向！”吴宗笠大笑，“桂霞小姐，家母跟你的谈话，有没有转达给铁先生？”

“转达了。”

“铁先生怎么表示呢？”

“感激不尽。”

“铁先生，是这样的吗？”吴宗笠又逼视铁血。

铁血不敢仰视，低头答道：“是这样的。”

“那么，就不仅仅是要做一个守法的国民，而是要做一个效忠党国的斗士！”吴宗笠奸笑着喷出一口烟，“所以，铁先生应该把你所知道的共产党的各种情况，详细地向我做一个书面介绍。”

“可……可以。”铁血结结巴巴地答道，“不过，我一直遭受排斥，不被信任，不受重用，许多机密情况从来不让我知道，不许我过问，因而我所提供的材料，也许不能使吴先生完全满意。”

“铁先生的处境，我们知道得很清楚。”吴宗笠似乎颇为通情达理，“但是，我也想奉劝铁先生，万不可存在旧情难断，藕断丝连的念头。你应该比我更明白，共产党对于他的叛党分子，是比对于他的本来敌人还要残酷无情的。”

“我明白。”

“那就好！”吴宗笠从袖口里摸出一张表格，“就请铁先生按照这上面的提示，逐条详细回答，也请桂霞小姐从旁督促。”

“遵命。”

吴宗笠看了一下腕上的手表，两手一按躺椅的扶手，挺身起立，说：“下午三点交卷。”

“是。”

吴宗笠走了出去，向他的刑讯打手吩咐说：“好好伺候铁血先生和桂霞小姐。”

“是！”四个彪形大汉，都是粗大嗓门，就像深巷犬吠。

21

沈老闷坐在离看坟小屋不远的柳荫下，编织着大小鱼篓。这两天，延芳淀上的打鱼船，像行云流水，沈老闷十分警觉，不时手搭凉棚观看，看看有没有可疑的面孔。

忽然，水面上，从几个方向，三三两两的小船向星䀹眼驶来，船上的人，都戴着大蘑顶草帽，压到眉梢，上了岸，不约而同向沈老闷靠拢。沈老闷越看越觉得他们行径可疑，正想进屋去叫醒雷虎寅和石老硬，只见岸边小路上也走过来一伙便衣打扮的汉子，沈老闷一眼就认出了狼爪张八。他知道进屋已经晚了，便故意大声呼叫：“张八，买鱼篓吗？”

一阵乱枪，沈老闷倒在了血泊中。

沈老闷呼叫卖鱼篓，雷虎寅和石老硬就醒了。乱枪一响，他俩就跳下炕，搬开墙角落盛放干榆叶的大蒲篓，下了地道。可是，还没顾上将蒲篓拉回原处，敌人已经破门而入，向地道口开枪，他俩只得赶快离开此地。

这条地道并不长，只通到坟圈的松林里，雷虎寅和石老硬从地道口钻出来，敌人正包围松林，他们急忙奔向星䀹眼西北的大车道沟。这是一道大水冲开的沟堑，走成车道，蜿蜒曲折，坎坷不平。

敌人已经发现他俩是谁，狼爪张八狂叫：“雷虎寅，石老硬，你俩是干锅里的鱼，跑不出我的手心啦！”李狗剩也扯着脖子叫嚷：“这可是两条大鱼，一个是区长，一个是农会主任，抓住他俩连升三级，得头赏。”

李狗剩在烟村被雷响俘虏，放回以后，狼爪张八拿人头保他，吴莲池才免他一死，下令降三级，站笼示众，记一百军棍，每天打扫马粪。所以，李狗剩一心想大小立点功劳，找回面子。

狼爪张八这伙狗才，又贪财又怕死。有时是贪财心重，就一时忘了死；有时又是怕死当头，就一时撇了财，这要看情况而定。眼前，他们看见只有雷虎寅和石老硬两个人，可就来了贪财忘死的劲头，分成两股，沿着大车道的两边陡坡，一边打枪，一边追赶。

子弹在雷虎寅和石老硬头上乱飞，打得沟道冒烟。他俩只得跑跑停停，隐蔽一下，还击一会儿，再奔前跑，这一来可就被动了。而且，他俩都是上了年纪的人，跑了一阵，气力渐渐不支，而敌人却越来越逼近了。

雷虎寅抹了一把脸上的汗水，说：“老硬，你走！我掩护你。”

石老硬呼呼喘气，说：“你走，虎寅！我掩护你。”

两人谁也不肯走，敌人逼近了。

雷虎寅急得大叫：“老硬！咱俩得豁出一个，保住一个，你走吧！”

石老硬说：“那就豁出我，你走吧！”

雷虎寅大声命令：“我是上级，命令你走！”

石老硬脸红脖子粗地嚷道：“你工作重要，应该保住你。你给我快走！”

雷虎寅还想强制他服从命令，石老硬突然从腰间拔出两颗手榴弹，向左边陡坡上扔了一颗，又向右边陡坡上扔了一颗。轰，轰！手榴弹炸响了，阻止了追赶的敌人。他又抡起手中的驳壳枪，冒着硝烟，大吼着：“杀，杀！”直冲向敌人。

雷虎寅只得眼含热泪，留下自己亲如手足、情同一奶同胞的老弟兄，沿着大车道沟撤退了。

石老硬一往无前地冲杀，刚才还是贪财忘了死的狗儿们，一变而为怕死撇了财，掉转了头，屁滚尿流地奔逃起来。

狼爪张八饿狼似的叫骂：“尿种，尿种！一条干锅里的鱼，你怕他什么？”

李狗剩说：“吴处长要活口，不敢真打。”

“打腿，打腿！”狼爪张八嗥叫。

于是，李狗剩和几个狼爪张八的亲信，转过身，端起枪，向石老硬的腿部射击。

石老硬两腿连中数弹，他就像一棵被雷电殛倒的大树，倒了下去，无声无息了。

这一来，狗儿们蜂拥而上，争夺这个头赏。狼爪张八更是红了眼，跑在头一个。陡地，石老硬一声咆哮，挺身坐起，瞄准狼爪张八就是一枪。“叭！”狼爪张八跳不及，子弹穿过了他的肩胛骨，一阵剧痛，一声怪叫，疼得他两眼冒金星，暴跳不止。

石老硬正想打第二枪，死到临头的李狗剩扑了上来，压在了他的身上。石老硬张开两只打铁的手，掐住李狗剩的脖子，用力过猛，虎口都迸裂了，只见李狗剩的狗头，被石老硬的大手拧下了脖腔。

但是，石老硬也已经筋疲力竭，而且身负重伤，到底被敌人按住了。

石老硬被抬回石瓜镇，三天后，吴宗笠才审问他。

这三天，石老硬被押在地牢里，吴宗笠从兰渚请来外科名医，给他医治伤腿，每天都是大鱼大肉，二八成席。石老硬是给吃就吃，给喝就喝，吃得饱，睡得香，高高兴兴，没有一点忧伤。喜欢研究对手心理状态的吴宗笠，偷看几回。他想，石老硬不过是一介匹夫，无知愚民，很容易蒙蔽，很容易满足，很容易收买。于是，他下令提审石老硬。

吴宗笠从小在石瓜镇长大，到过石老硬的铁匠铺，见过石老硬身披火光，飞舞铁锤，力大无穷，令人震惊。所以，他对于这个顶天立地的巨人，心存畏惧；不像审问铁血，充满强者的自信，肯定能挫败对方，有一股以强压弱的盛气。

石老硬不但双手戴着重铐，而且伤腿也蹬着大镣，脖颈上还挂了石锁。他被架进刑讯室，定眼一看，一张书案后面，高背太师椅上，坐着的正是不共戴天的仇人，势不两立的死敌。他顿时两眼冒火，扎煞起胡髭，大骂道："我砸死你这个吴家小杂种！"举起石锁，就要扑上去。八个打手，慌忙箍住了他。

吴宗笠吓得失声惊叫，两腿一软，就溜了桌。直到看见石老硬被他的打手紧紧箍住，才钻出半截身子，可是心还怦怦乱跳。他擦了擦冷汗，定了定神儿，强挤出一丝假笑，说："石老硬，你口出不逊，行动无礼，我并不见怪。不过，良禽择木而栖，豪杰择主而事。共产党已经穷途末路，你何必愚忠自误呢？还是弃暗投明，归顺于我，我给你个民团团副的职位，官爵不可算不高，如何？"

石老硬两眼直勾勾，似乎颇有几分动心。忽然，他笑道：“像我这个粗鲁愚笨的草木之人，能当个刽子手，也就心满意足了。”

“那未免大材小用了吧？”吴宗笠惋惜地说，“不过，恭敬不如从命，如果你必欲如此，方觉满足，那也未尝不可。”

“你答应了？”石老硬问道。

“答应，答应。”

“不反悔？”石老硬又追问一句。

“君子一言，驷马难追。”

“好！”石老硬目光如火，怒吼着，“那么我先砍下你这个小杂种的狗头！再砍下你爹吴莲池的狗头，当球儿踢！”

吴宗笠气得撕破了喉咙，拍案尖叫：“拉下去，用大刑！”

石老硬大笑着问道：“小杂种你有多少套刑法？”

吴宗笠咬碎了牙齿答道：“十六套。”

“再加十六套，姓石的一口气过完！”石老硬像屹立高山之巅的擎天柱石，“哼一哼，叫一声，石老硬三个字倒着写。”

果然，十六套刑法一一用过，石老硬宁折不弯，刚从昏死中苏醒过来，又挑战地大叫：“狗儿们，老子要从头来过！”

吴宗笠气急败坏，面无人色，软弱无力地挥了挥手，说：“押走！听候处决。”

在石瓜镇外，延芳淀畔的沙滩上，吴宗笠强迫召开了乡民大会，当众处决石老硬。

会场外，设下三道防线，会场内，有手执大刀的巡逻队弹压，阴风愁雾，杀气腾腾。

石老硬被押进场来，乡亲们都低下了头，蒙住了脸，不忍心看一眼这个受难的亲人。

石老硬忍住两腿刻骨的剧痛，高昂着头，带着沉重的镣铐铿锵声，一步一步，走向监斩台；每走一步，身后都留下一块一块殷红的血迹。

监斩官是吴莲池。

这个枯木朽株的老贼，嗜血成性，一听杀人，就像回光返照，突然有了生气，争当这个监斩官的角色，要在进棺材之前，大出一回风头，大显一通威风。宣统三年，他花了四千两白银，买了一个四品候补道的空头官衔。谁想四品朝服刚刚缝制出来，辛亥革命就发生了，没有能够畅畅快快穿戴一番，就锁进了一个专用的樟木箱子里。这一回，他一定要穿上这套奇装异服，在万目睽睽之下，人前显贵。孔水仙银牙咬碎，硬是不许他穿，到底吴宗笠是个孝子，顺者为孝，依了他。他不仅要穿上这身前清的四品朝服，而且还要戴上民国以来，走马灯一般变换的历届军阀政府，以及日伪时期颁发给他的大大小小的各式各样的证章和奖章，有长形、方形、圆形、桃形、三角形。而最为贼亮耀眼、引人注目的是在他的胸口窝上，挂着一枚国民党的青天白日犬牙形党徽。

这一身五光十色、千奇百怪的装束，令人一见，真像是白日见鬼。

四张高桌搭成的监斩台上，铺着一块红毡，吴莲池高高坐在虎皮交椅上，身旁站立手捧鬼头大刀的狼爪张八，台下并排四名刽子手。

石老硬走到监斩台前，跟吴莲池四目相对。他被割掉了舌头，骂不出声，但是两眼像金刚怒目，喷射着两道仇恨的火光。

吴莲池手持令箭，指点着石老硬，青筋暴起，口沫飞溅，嘶叫道："你这个穷子穷孙，不愿安分守已，胆敢犯上作乱，喝了几碗共产党的迷魂汤，就妄想扭转乾坤。殊不知‘死生有命，富贵在天’，命中注定，天意使然，是反得了的吗？顺天者昌，逆天者亡；你们逆天行事，今天就叫你尝尝刀斧割头的滋味，看谁敢再造反？行刑队！”

四个刽子手举起四把鬼头刀，答应道：“有！”

一声锣，一通鼓，一阵长号呜呜响。

“刀下留人！”从高棚大台的阶梯上，走下一个三根老鼠须，两只斗鸡脚的老头子，向吴莲池连连拱手。

这个老头子，名叫程门雪，是前清的一个拔贡，民国初年以遗老自居，当过通州孔教会会长，是个腐朽透顶而又寡廉鲜耻的老顽固。如今他依附吴宗笠，当上石瓜镇高级小学校长，又是民众戡乱行动委员会的委员，其实不过是吴家大院豢养的一个帮闲清客。

“门雪兄，你想包庇共党吗？”吴莲池恶声恶气地问道。

程门雪伪装出一副悲天悯人的面孔，说：“莲池公，我想替石犯讨个人情，恳请莲池公姑念他一时被共党所骗，误入歧途。慈悲为怀，网开一面，留给他们一条自新之路。”他一边说着，一边眨动昏花两眼，连连给吴莲池递着眼色。

吴莲池会意，说：“我可以饶他一条狗命。只要他跪在我的面前，叩头发誓，痛改前非。”

程门雪拐着一双斗鸡脚，走到石老硬面前三步站定，含泪劝道：“石老硬，你本是无知愚民，只因误信邪说而误入歧途，为共产党白白送死，不智亦且不值。苦海无边，慈航普渡，只要你屈膝一跪，给吴老团董服个软儿，我就保你回家团聚，安居乐业。”

石老硬眯起眼睛，面部毫无表情；程门雪爹起胆子，向前蹭了一步，又唠叨一遍。突然，石老硬抬起带镣的右腿，一个窝心脚照程门雪踢去。这一脚并没有踢中，程门雪却吓得一声鬼叫，连打了几个滚儿，灰头扯脸地夹着尾巴逃走。

又一声锣，又一通鼓，又一阵长号呜呜响，两个团丁抬出了一口铡刀。

吴莲池将手中的令箭投到监斩台下，大喝："将匪首石老硬，开刀问斩！"

石老硬猛地从胸膛里迸发出石破天惊一般的吼声，晃起两臂千钧力，撞倒刽子手，带着当啷当啷的镣铐铿锵声，走向铡刀，仰面朝天，平躺下去。

22

通州通向石瓜镇公路的延芳淀一段，被大镐铁锹刨挖得坑坑洼洼，寸步难行。田野上横躺竖卧着被砍倒的电线杆子，又被锯得七零八落，电线打成捆背走了。武工队还常常深夜出没延芳淀四岸的村庄，保甲长都缩了脖子，吴家大院的狗腿子也不敢擅自闯入这些村庄逞凶。这些村庄，白天悄寞无声，不见人影，夜晚看不见灯光，听不见狗叫，就像一眼眼陷阱。

但是，吴宗笠不但不肯从延芳淀撤兵，而且又从通州增调两个连的人马，白天拉网，夜晚搜村，加强围剿延芳淀武工队。

不是鱼死，就是网破，延芳淀武工队必须冲破重围。

月黑夜，蒲葵带领武工队跳出延芳淀，神不知鬼不觉地渡过北运河，进入通州城下的马蜂窝。

这座贫民窟，两千多户，八千口人，地势低洼，处处杂草乱树，一簇簇棚屋随高就低，没有街巷，小路崎岖；没有电灯，没有自来水，吃水要到北运河去挑。马蜂窝的一切，比延芳淀的农村更破陋，更荒凉。

沙官印在马蜂窝，像一个播种的人，在一簇簇的棚屋中间撒下革命的火种；又穿针引线，把一个个堡垒户串连起来，形成了一个完整的地下堡垒村。

延芳淀武工队进入马蜂窝，就像鸟投林，分散到一处处堡垒户；蒲葵和雷响住在凤大姑家里。

凤大姑离开罾罟台，来到通州，丘二篙头一双手养活不了两口人，她不得不重整旧业，又烙起两面焦和荷叶饼，挎着竹篮到市上卖。

丘二篙头喜欢驾驭着大船沿河东岸行驶，因为东岸连接蔦花沽的土地。白天，他常常站在舵房上，眺望家乡的村庄、树林和沙岗，迎着扑面吹来的热风，呼吸着热风里的硝烟气味。夜晚，他躺在船舱里，思念家乡和一个个的亲人，静听着热风送来的隐隐约约的枪声，渴望着跟同志和乡亲们一起风餐露宿，出生入死。

老两口子更日夜牵挂心爱的女儿飘香和叶菏，在他们的心目中，这两个年轻人早已合成一体，都跟他们十指连心。

凤大姑的小屋下，挖了一条地道，通向马蜂窝东口的荆棘蓬蒿丛中。蒲葵和雷响，是从地道走进来的。

一见雷响，凤大姑便挨个儿问起雷虎寅、叶菏、飘香、雨梅……最后，不能不提起石老硬，这个不爱哭的人也哭了，说：“谁想得到呢？老弟兄里，顶属他身子骨儿硬实，从小没见过灾枝病叶儿，四方石块的一个人，反倒是他先走了。”

一会儿，沙官印也来了。

蒲葵盘腿坐在炕沿上，玩笑道：“老沙，在家靠父母，出外靠朋友；我们武工队离开延芳淀前来投奔你，求你指给一条明路。”

“把你的锦囊妙计，亮出海底吧！”沙官印笑眯眯地说，“我早就料到你要奇袭通州，搅一搅敌人的五脏六腑。”

“打关厢派出所！”在外屋做饭的凤大姑插嘴说，“拔了这个钉子，马蜂窝就更是咱们的天下了。”

沙官印沉吟片刻，点点头，又说：“吴莲池的粮栈，跟关厢派出所是一墙之隔，承办了不少军粮，你们也一勺烩吧！”

雷响笑道：“这一刀，可真是割了吴莲池老贼的肉！”

“也破坏了敌人的后勤供应。”蒲葵马上做出决定，“这个目标，一举两得，那就一箭双雕吧！”

雷响忙说：“城工同志都是通州的地理图，万事通，能不能带我去看看地形？”

“车千里蹬上三轮车，拉你回城跑。”凤大姑端进饭菜来。

子夜时分，雷响一行十三人，来到城西北角的护城河畔，隐蔽在芦苇水柳丛中，看城头并无哨兵走动。雷响一捅三九，三九出溜下河。一袋烟工夫，三九回来了，低低说了声：“水路畅通！”雷响一挥手，十三个人像十三只鱼鹰，前前后后，从城墙下那条石砌的水道口，潜入坐落在城墙内的公园，从荷花池中悄悄上岸。

通州城死寂无声，一团黑暗，只有几条主要街道，有稀稀落落的路灯灯光，也是昏昏黄黄。雷响他们迂回曲折，绕行小巷，躲闪过一支支巡逻小分队，到达南城十字街，关厢派出所门外。

黑漆铁门，牢牢关闭，青天白日的犬牙党徽上，有一盏门灯半明不灭。霍犷牛悄悄问雷响道：“怎么进去？”雷响命令道：“隐蔽好！我先侦察一下。”他纵身一跃，扒住门楼，魁梧的身躯竟然轻如一片鸿毛，落在了门楼上；又像一片浮光掠影，从门楼上一闪而过。

脚下一落地，雷响那锐利的眼睛四下一望，只见这是一座四合院，迎门一座影壁；北房五间，东西厢房各是三间，四间南房，留有一间门道。门道里，长条板凳上坐着一个抱枪打盹儿的警察。雷响不想惊动他，先到四处观光。北房和南房是办公室，东厢房和西厢房是宿舍；有一条窄窄的过道，通到后院。

后院是一座小花园，三间日本式小屋灯明火亮，雷响脚步无声地走到窗根下。窗帘没有拉得严密，雷响看见屋里坐着一个戴深度近视眼镜的家伙，在他面前站立着一个尖嘴猴腮的小男子。

“报告所长，马蜂窝还是一潭死水。”尖嘴猴腮汇报每日的功课，“只是自从那个叫凤大姑的女人搬进马蜂窝来，马蜂窝的娘儿们跟小妞儿，都长了行市，再也不能捅一指头了。”

派出所所长摇着头，说：“马蜂窝越是风平浪静，我反倒更睡不着觉；从明天起，你们要盯那个凤大姑的梢。”

“那么，请所长就寝吧！”尖嘴猴腮躬身告退。

雷响跟在尖嘴猴腮身后，穿过窄窄的过道时，忽然就像苍鹰扑兔，两只铁钳大手从后面掐住尖嘴猴腮的脖子，尖嘴猴腮甚至没有表现出兔子的挣扎能力，就一命呜呼了。

雷响把死尸放到地上，又回到前院，转过影壁，门道里那个守夜的警察已经睡得像死狗；雷响快步走上前去，一巴掌拍在他的天灵盖上，保他睡到天亮也不醒。然后，雷响拉开门闩，打开小门，霍牤牛和马门闩率领十名队员，鱼贯而入。雷响命令两个队员把门，霍牤牛带领五名队员到宿舍按窝掏螃蟹，马门闩带领三名队员到办公室搜索文件，他自己返回后院去抓派出所所长。

派出所所长已经扒下衣裤，摘下深度近视眼镜，揉搓着眼眶和太阳穴，正打算上床；陡地一股疾风，刮进屋来，派出所所长抬起头，只见一个手持驳壳枪的刺客，站在屋门口。他唉呀一声，眼镜落在了地上。

雷响一脚踏碎了眼镜，嘲笑道："所长，深更半夜，报户口来了。"

"你……你是干什么的？"所长一屁股坐在了床沿，张大了昏盲两眼。

"通州武工队！"雷响拉过一把椅子，跟派出所所长促膝而坐，"你在马蜂窝敲诈勒索，陷害好人，该当何罪？"

派出所所长骨碌着两颗黯淡无光的眼珠子，忽然身子一挺，假装昏厥在床上，耍起死狗。雷响抓住他的头发，正要把他拉扯起来，这个家伙已经偷偷从枕边摸出了手枪；雷响猝不及防，慌乱中挥起一拳，却忘记了斟酌轻重，打得这个被酒色掏空的所长七窍出血，来不及呻吟一声，当场毙命。

霍牤牛大步走来，捂着嘴低低笑道："东西厢房那些鱼鳖虾蟹，一个个都捆成了粽子形，嘴里塞进了他们的臭袜子。"

跟着，马门闩也来报告："办公室的文件，搜出来几大堆，该怎么处置？"

雷响想了想，说：“犴牛跟我去烧粮栈，你在这儿留守；等我在粮栈举火，你这边也要烧得片纸不剩。”

说罢，他们分头行动。

一会儿，吴莲池的粮栈大火熊熊，派出所也浓烟冲天；雷响率领武工队撤离南门十字街，一路上打散了三支巡逻小分队。通州城内大乱，“八路进城啦！”“八路进城啦！”被打散的巡逻小分队鬼叫连天；雷响命令武工队也大呼小叫：“八路进城啦！”“八路进城啦！”推波助澜。国民党的城防部队吠影吠声，枪也响，炮也响，满城枪林弹雨。

雷响他们撤到公园荷花池边，几颗炮弹落到荷花池中，炸起冲天的水柱；一支骑兵小队，翻蹄亮掌地冲进公园，十几支手电光交织成一片。雷响命令霍犴牛和马门闩：“快从水道撤走，我掩护！”他选择了一个有利的地形，隐蔽在岸坡的一棵大树背后。

“土八路，你们上天无路，入地无门啦！……”

骑兵小队的头目儿，话音未落，雷响的子弹循声而去，钻进了他的口腔，下边的话也就不用喊了。

没有尝到子弹的好些家伙，扔下手电筒，打马四散，横七竖八的手电筒在荷花池边闪闪发光。

雷响不再逗留，从容下水。

这一夜，蒲葵和雷响指挥武工队流动骚扰四门，直闹得通州城风声鹤唳，草木皆兵。

吴宗笠扔下延芳淀，仓皇撤回通州。

23

蒲葵从山里开会回来，雷响正带领武工队在星眏眼外红柳沟畔的草地上打靶。蒲葵不想惊动他们，把马拴在不远处一棵河柳上，悄悄走到里三层外三层的人群后面，找了个土冈站定，手搭凉棚观看。

红柳沟风景如画，雷响兴致很高，双手提着匣子枪，大步走进靶场，站在白灰圈中，拉开架子，瞄了瞄准儿，突然一个向后转，倒背过脸，双枪从双肩伸过去，砰！砰！不偏不差，全中红心，打靶场上一阵呐喊喝彩声。这时，天空飞来两只快似流星的小鸟，雷响一抬右手，打中左边的一只，小鸟儿的羽毛飞花似的飘散在半空；右边受惊的鸟儿，嗖地投向打靶场外的河柳，雷响左手一甩，随着一声枪响，一条随风摇曳的柳枝上又飞溅起一团羽毛，却没有落下一片柳叶。

“好个神枪手！”蒲葵鼓掌。

“蒲政委！”雷响冲出重重人围，跑上土冈。他看见蒲葵换上一身新军装，风度潇洒，满面春风，急不可耐地问道：“你全身上下，眼角眉梢，都是喜气，一定带来了好消息。”

蒲葵也按捺不住心头的激动，他把一支胳膊拢住雷响的肩膀，小声说：“……军事秘密，还是进村谈吧！”

他们走进三不管，来到武工队队部。小院里，石榴树上挂着个小黑板，叶菏在教三九和小丢识字。

“蒲政委！”三九从蒲团上蹦了起来，“雷响强迫命令，不许我练武，硬逼着我学文，武工队变成了文工队。”

雷响严肃地说："往后，三九跟小丢要常到通州城里进行侦察，为了能认得大街小巷的名字，门牌上的号码，看得懂招贴告示上的意思，我跟叶菏决定，他俩每天要学文化。"

"强迫得有理，命令得正确！"蒲葵笑着说，"过不了多少日子，我们延芳淀武工队就要改成通州武工队，通州城里变战场了。"

三九嬉笑道："我跟小丢逛过两趟通州城了。"

"我考考你！"蒲葵说。

"考吧！"

"万寿宫大街西北角，有一片羊肠子小巷，都叫什么？"

三九扳着指头，答道："炕洞胡同、拐脖儿胡同、秤钩胡同、针鼻胡同……"

"不必往下数了！"蒲葵一摆手，"我再问你，一尺大街在哪儿？"

"哪儿来的一尺大街呀？"三九搔着脑瓜儿。

"问问叶菏，有没有？"

"有！"叶菏做证，"樱桃斜街到万寿宫，有个穿堂小巷，好像一只胳膊肘儿，就叫一尺大街，只有三户。"

三九直了眼，蒲葵在他的肩上猛击一掌，说："虚心学习吧！"

雷响和叶菏跟随蒲葵走进屋去。

蒲葵坐下来说："延芳淀的斗争要进入新阶段，武工队必须争取主动，迎接军分区主力部队下山，解放石瓜镇。"

雷响眉开眼笑，说："我早就想杀回本乡本土，不愿在延芳淀四外串房檐了。"

叶菏说："罾罟台位于延芳淀中心，是通州通向石瓜镇的咽喉，我们应该控制这个小村，掐住敌人的脖子。"

当晚，几只小船把武工队送到罾罟台。

这个小小的岛村，自从柳香居关张，丘二篙头、凤大姑和飘香离去，好像荒凉起来。茂密的芦苇，密封着小岛，零乱的荷丛，栖居着一群群水鸟，坡下堤上的大树，四面伸张着枝杈，像一柄柄擎天的巨伞，罩住了村庄。

小船泊岸，大家下船，一上长堤，就看见了柳香居。柳香居的两间泥棚屋顶，丛生着半人高的青草，葫芦架没有主人照管，被风吹折了立柱，塌下横架，葫芦藤儿四处蔓延，倾倒的篱笆上开满了野花，荆条门被野花藤萝紧紧锁住。

他们在小岛上走来走去，叶菏看见了他过去那间窝棚屋，胸中一阵激荡，窝棚屋也已经被掩蔽在乱草蓬蒿中。他想起过去的说书生涯，想起离开罾罟台的那个临别之夜，隔着窗户望见迷茫月色中飘香那摇曳的身影。他正想走过去看一看他那可纪念的栖身之所，忽然天空中像掠过两道闪电，原来是一对燕子，投向他的旧居。他不想打扰这一双情侣，又收住了脚步；定神一看，他正站在那个夜晚跟飘香吐露真情的合欢树下。

蒲葵和雷响走来，打断了他的回忆和遐想。

"我们研究一下沙官印同志的来信。"蒲葵背靠着合欢树说，"吴宗笠进行清查搜捕，不少城工同志撤出了通州，充实了延芳淀的工作；老沙同志要求我们派出得力的同志，补充城工的空白。你们看，派谁去，到哪儿落脚？"

“文朝闻先生那里，是个比较安全的立足点。”叶菏说，“他是个名人，接近上层，对我们抱同情态度，却又跟吴宗笠是师生，吴宗笠也不能不以礼相待。”

“那么，派谁到文宅去最合适呢？”

“飘香。”

“为什么？”

“她为人精明，很有胆识。”叶菏红着脸，不好意思地说，“而且由于她跟我的关系，我跟文先生的关系，文先生会待她亲如一家。”

“雷响，你看怎么样？”蒲葵问道。

雷响大笑道：“我这位表姐，不管唱哪台戏，都是红角！别看我敢太岁头上动土，可从小就怕她，服她管。”

“那就决定了！”蒲葵说，“叶菏，你先去通州，跟文朝闻先生见面；如果文先生同意，你再做飘香的思想工作。”

雷响挤挤眼睛，说：“还有个难缠的桃叶姐，也得叶菏花点力气打通思想。”

叶菏满脸涨得通红。

龙门洒家坐落在南门外的中山公园旁边，一楼一底，本是个老字号的饭馆。新来的掌柜范聚德，就是当年在河神庙私塾，因为背不下《诗经》里的《伐檀》，而被文朝闻痛打手板的肥头大耳。

范聚德念了几年私塾，没有多大意思，就出外去闯江湖。先在天津狗不理包子铺学徒，以后又在几家著名饭庄当过伙计，伺候过大宅门的达官显贵，练就了一手出色的烹调技艺，腰包里也积攒了几个钱，于是便衣锦荣归。回到兰渚，盘下了这间饭馆，经过一番油漆粉刷，改头换面，重新开张。他到过大都会，见过大世面，很懂得标新立异，花样翻新；便攀附风雅，备下厚礼，请文朝闻给龙门酒家题匾。文朝闻洁身自好，从不与商贾为伍，但是范聚德跟他有师生之谊，不得不答应他的请求；不过，既不肯收下他的礼物，也不肯接受他的润笔，只要求他对待顾客公平交易，不可牟取暴利，范聚德都满口答应。为了表现自己尊师重道，同时也为了抬高自己的身价，范聚德多次想在龙门酒家宴请文朝闻，文朝闻都婉言谢绝，范聚德深以为憾，觉得没有得到十足的面子。所以，他今天接到文朝闻的电话，要他留下一个雅座单间，他真是喜出望外，马上亲自布置起来。

文朝闻喜欢外出散步，常常到通州城内的几所小学听课，也常常到书铺和文具店里闲坐。

他从通州师范出来，一路上不少行人尊敬地跟他打招呼："文先生，您好！"他都亲切地连连点头，报以和蔼可亲的微笑。走出南门外，碰见平民子弟夜校那个可爱的报童小石在，正在街头叫卖晚报。小石在一见文朝闻，赶忙站住，鞠了个躬，恭恭敬敬地叫了声："太老师！"文朝闻知道，这个小孩子称他为太老师，是在表明自己是叶菏的学生。文朝闻很喜欢这个有礼貌的孩子，走过去抚摸着他的头，说："在街上跑，要小心车辆呀！"小石在答应一声："是。"待文朝闻走过去，他便拐进一条小巷，抄近飞奔中山公园而去。

中山公园里，叶菏衣冠楚楚，打扮得像个富家公子，戴一副宽边水晶片墨镜，在一片花丛中漫步。小石在跑进公园，连喊两声："卖报，卖报！"叶菏招了招手："拿一份！"小石在跑过去，一边将报纸递到叶菏手中，一边低声说："太老师已经到了。"叶菏点了一下头，手握着报纸走出公园门口。

文朝闻朝龙门酒家走着，叶菏加快脚步，在他背后低低叫了一声：“先生！”

“啊！”文朝闻回过头，“叶……快跟我进去。”

“不要慌忙。”叶菏跟文朝闻并肩而行，“如果发生意外，我能够进退自如，您可以推脱是被我挟持到这里来的。”

文朝闻会意地点点头。

范聚德已经迎候在龙门酒家门口。他三十出头，就已经脑满肠肥，大腹便便，油光的胖脸上，一双小眼睛眯成两道缝儿；他身穿长袍马褂，胸前挂着金表链儿，手上戴着金戒指，处处表现出他是个发财得意的人。

“老师！”范聚德毕恭毕敬，“学生恭候多了。”

“你可不要过分张罗呀！”文朝闻叮嘱道，“只准备几样本地风味的小菜就足矣了，我们也不喝酒。”

“学生理当孝敬的。”范聚德在前面躬身引路，叶菏跟随文朝闻走进龙门酒家。

龙门酒家楼上四间雅座，楼下十二桌散座，每天华灯初上，顾客云集，应接不暇。不过，这时刚刚下午四五点钟，楼上楼下都很清静。文朝闻和叶菏被范聚德带上了楼，走进一号雅座，单间里一张红漆圆桌，墙上挂着临摹的名人字画，隔窗可以眺望北运河上的风景。

一个跑堂的小伙计打来洗脸水，一个跑堂的小伙计端来烟茶糖果。

文朝闻擦了一把脸，说：“聚德，你到柜上照应去吧，我这位世侄还要赶晚班客轮回省，有些话我要抓时间跟他谈一谈。”

“是！”范聚德的目光在叶菏身上停留片刻，才退了出去，带上房门。

文朝闻两手抱住叶菏，急切地问道：“你冒险前来看我，必定有所嘱托吧？”

“是为了我的未婚妻……”

“你已经有了未婚妻！”文朝闻高兴得脸上放光，“她是谁家的姑娘？”

“一个普通的农村姑娘。”叶菏轻声说，“我想把她送进城里暂住，为了某种原因，目前我还不想让她跟我的家庭发生联系；想让她以先生的亲属身份出现，以便免除许多不必要的嫌疑，不知先生方便不方便？”

“我明白了。”文朝闻含蓄地微笑，“我在家乡有个胞姊，她有个女儿。在抗日战争时期的一次大扫荡中失踪了。那么，你的未婚妻就是我的外甥女儿……”

“您的外甥女叫……”

“邵青萍。”

“谢谢您，先生！”叶菏的胸膛里一阵发热，“就让她改名青萍，做您的外甥女儿吧！”

文朝闻又说：“我在这里孤身一人，难以照看周到，我打算明天就到省城把你师母接来，安个家。”

叶菏知道，文朝闻没儿没女，只有一位体弱多病的老妻，留在省城。一面养病，一面看管他的藏书；现在为了照看飘香，竟然要把老太太从省城接来，叶菏很觉得过意不去，连忙劝阻。文朝闻把手一挥，说：“你师母早已静极思动，不愿画地为牢了。”于是，向叶菏谈起他的家乡，介绍他的胞姊的家庭情况。这一切，当然是要通过叶菏的口，传达给那个移花接木的外甥女；叶菏也向文朝闻描绘了飘香的相貌、性格和特征，当然也为的是要这位义不容辞的舅父，对外甥女儿有个轮廓的印象。

楼梯上传来紧急的脚步声，叶菏迅速地瞥了一眼窗口，伸手插进裤兜里，裤兜里有一支压着子弹的手枪。

范聚德腰里系着围裙，脸色发白地走进来，惊慌地瞟着叶菏说：“老师，政训处打电话来，半个小时之内要到这里举行便宴，您看……”

叶菏跨前一步，不动声色地问道：“范掌柜，你认识我吗？”

范聚德哈着腰，不敢仰视，说：“恕学弟眼拙，想不起来了。”

“那么，我们就心照不宣啦！”叶菏握住范聚德的一只胖手，“我相信你不会做卖人的生意。”

“天地良心，天地良心！”范聚德另一只手按住胸口，赌咒发誓，“师生如父子，我岂能忘恩负义？同窗似手足，我怎能丧尽天良？”

叶菏放开范聚德，给文朝闻鞠了一躬，说：“先生，我走了，您保重身体。”然后，他不慌不忙地走下楼。

文朝闻急忙奔到窗口，目光追踪着叶菏的身影。只见叶菏神态潇洒，从容不迫地走在街上，渐渐消失在熙熙攘攘、川流不息的人群中去了。

叶菏被调回武工队以后，雨梅接替他给桃叶当指导员。

淀西的全面工作，飘香担当了起来，她很会抽丝理线；雨梅和桃叶姐是她的左膀右臂，她很会取长补短。飘香在革命的疾风暴雨中成长，比同伴们进步都快。她立场坚定，意志顽强，学习努力，看问题尖锐深刻，工作上敏锐细致，生活上律己极严，对同志深情诚恳，因而威信一天比一天高。同志们拿她跟叶菏比较，都觉得如果她的文化水平跟叶菏相等，她将比叶菏更出色。

这几天，飘香住在莲花瓣儿的菱姑祠。叶菏和小丢来到时，村庄里家家都睡了，只有飘香的窗口，透出一小块灯光。听见脚步声，灯光一跳，飘香下了炕，走出屋，借着月光一看，见是叶菏，笑问道："跟谁来的？"

"小丢。"

"小丢呢？"飘香问道。

叶菏回头看看，四下望望，笑道："丢了。"

他们靠拢着走进屋去。菱姑祠里搭了一条窄窄的小炕，铺着一块席头，只有一床薄被，一张炕桌，炕桌上放着一本书和一本字典，书打开着，刚才飘香正在灯下看书。

叶菏从炕桌上拿起书来，原来是延安解放社出版的《共产党宣言》；那是蒲葵从盘山带来的，不知有多少人看过了多少遍，书已磨损残破。叶菏从蒲葵手里借阅，读后又转借到飘香手中；飘香精心修补，粘上了布面的封皮，又整洁一新。

"看完了吗？"

"差得远哩！"飘香笑吟吟地说，"抓睡觉前的工夫看两段儿，有些字儿还不认得我，三行两句就要查几回字典。"

"你这么爱看书，送你上学去吧！"叶菏说。

“求之不得哩！”飘香并不当真。

“打算派你到通州师范去……”

“啊呀！”飘香惊叫一声。

灯花一爆，油干灯灭了。窗外，浮云掩月，菱姑祠里一片迷蒙。

叶菏微笑着说：“不是去上学，是搞统一战线工作。”

“我不想去！”飘香扑到叶菏怀里，藤萝绕树似的箍住他，“我离不开你，不放心你。”

“那就派别人吧！”

“派谁呢？”

“你看？”

飘香扳着指头，算了又算，算一个摇一摇头，说：“想不出来。”

“有一个人比你合适。”

“谁？”

“我！”

“你不能去！”飘香急忙说，“你在敌人那边挂了号，通州城里又有不少人认识你，去不得。”

“那么，谁去呢？”

“还是我去吧！”飘香叹了口气，“只是你得叫我放得下心，我才能轻装上路。”

“我在哪些方面叫你不放心，请你知无不言，言无不尽。”叶菏坐在炕沿上，眼睁睁望着她。

飘香两眼直直地想了半晌，扑哧一笑，说：“也说不清楚。”

叶菏拉她在身边坐下，目光含情地轻声说：“想到你在敌占区牵挂着我，我更要上进。”

“还有桃叶姐，也叫我放心不下。”飘香靠在叶菏肩头，发愁地说，“她野性不改，又常跟雨梅犯口角；我的话，十句她能听六句，我一走，就怕她们二虎相争。”

“这个桃叶姐长了一身的蒿针！”叶菏恼火地说，“她一犯起性子，软的不吃，硬的不怕；又不是党员，还得跟她讲分寸，真是扎手。”

“你对桃叶姐有成见。”飘香又为这个野性不改的姐妹辩护起来，“她打仗勇敢，斗争坚决，就是打起来好玩命，斗起来爱过火。”

“我早就主张送她到山里受训。”叶菏沉思地说，“她虽是个苦人儿。可是转卖了七八处，也沾染了五颜六色的坏习气。”

“我也跟她透过这个口风，她一听就炸了锅。”飘香微微皱起眉头，“她虽然参加了革命，可是还没忘了她是打狗队女寨主；她怀疑咱们使用调虎离山计，把她跟她那些姐妹们拆开。”

叶菏烦恼地说：“看来，我得在这儿住两天，解决桃叶姐跟雨梅的团结问题。”

“你跟桃叶姐要十分耐心。”飘香叮咛说，“她对你怀着一片痴情；可是自从知道你跟我的关系，再也没有纠缠过你，咱俩都应该看重她的情意。”

叶菏玩笑着说：“你爱上了她。”

飘香笑道：“可惜我不是男人。”

飘香的行动要严格保密，临行前不能跟雨梅和桃叶姐见面。叶菏送她出村，小丢带她去见蒲葵，然后秘密潜入通州。

叶菏回菱姑祠，从月光下走进屋，两眼一片昏暗，没有发现炕上躺着一个人；那人闭着眼睛，听着他的脚步声。

“我给你做伴儿来啦！”躺在炕上的是桃叶姐，下身穿着长裤，上身脱掉了褂子，只有一条围胸。

“哎呀，是你！”叶菏慌张后退。

“叶菏，你干什么来啦？”桃叶姐跳下了炕。

叶菏答道：“我刚送走飘香，想在这儿睡个觉。”

“飘香到哪儿去啦？”桃叶姐站在他面前问道。

“你穿上衣裳说话！”叶菏闭起眼睛。

桃叶姐不去穿褂子，着急地问道：“飘香到哪儿去啦？”

“你在屋里，我到屋外去！”叶菏出了门，转到窗口，“上级调她进山去受训。”

“她犯了什么错误？”桃叶姐吃惊地问道。

“你真是胡思乱想！”叶菏说，“受训学习，是为了提高思想觉悟，增强工作能力。”

桃叶姐笑问道：“飘香走了，你又来当我的指导员吗？”

“我跟雷响要带领武工队，插到通州近郊去；上级决定，雨梅接替飘香的工作。”

“我不要她！我要你。”

“你要跟雨梅团结友爱，像跟飘香一样。”

“我知道你怕我纠缠你，才不愿跟我一起工作！”桃叶姐那火辣辣的目光，灼人地盯着叶菏，“告诉你，我早找了个丈夫，铁了心跟他过一辈子了。”

“找了谁？”

“他！”桃叶姐手托着她的驳壳枪，“夜夜搂着他睡。”

叶菏禁不住笑了，说：“祝你们白头到老，革命到底。”

他们隔着窗口，心平气和地说话，不知不觉天蒙蒙亮，露水打湿了叶菏的衣衫。

“叶菏，你怎么不进屋去跟香姐说悄悄话呀？”

叶菏回头一看，苇塘小路上，人高马大的雨梅正朝他走来，高声喊叫。

叶菏忙迎上去，说：“飘香调到山里学习去了，我隔着窗口跟桃叶姐谈工作。”

雨梅脸一沉说：“那也把我调走。”

“上级决定你接替她。”

“我跟这个女霸王犯相，没法干。”

“共产党员跟人民群众，好比鱼和水。”叶菏也沉下脸来，“人家桃叶姐是非党群众，你是共产党员。”

“你对自己的要求太低了！”叶菏笑着说。

他们向菱姑祠里走去。

24

军分区主力团包围了石瓜镇，延芳淀武工队担任突击队。

石瓜镇的圩子又高又陡，圩子下面有宽两丈深八尺的围沟。圩子上面，几丈远一座哨棚，两座哨棚之间密布枪垛。围沟里，栽满削尖的木桩，又灌了半沟水。进出之路，只有通过镇口，而每个镇口都有居高临下的炮楼，交叉火力的碉堡。

从四邻各村，抬来渡口的大跳板，扛来上房的高梯子。雷响一手提着枪，一手叉着腰，带领武工队隐蔽在柳棵子地里；只等一声令下，便跨围沟，登圩子，打开缺口。

“叭！”一颗信号弹升上天空。

“冲呀！”雷响大吼一声。

他冲在最前面，左胳肢窝夹一张梯子，右胳肢窝夹一块跳板。只见他冲到围沟岸上，一抖右臂，两丈多长的跳板搭在了围沟对岸，从跳板上飞奔过去；冲到圩子下面，一抬左臂，竖起了梯子，一步两蹬，眨眼上了圩墙。

在他后面，二十张跳板，二十张梯子，冒着雨点般的子弹，铺在了围沟上，竖立在圩子下，战士们像一颗颗流星，飞蹬上圩子。

“冲呀！”

“杀呀！”

在狂风暴雨一般的怒吼声中，团丁们鸟兽四散；军分区主力团也突破四个镇口，势如潮涌，冲进镇内。

狼爪张八在他一帮徒弟的簇拥下，向吴家大院且战且退。雷响大叫：“跟我来，不能放走张八！”霍牤牛、马门闩、三九、小丢……也投入围猎狼爪张八的战斗。

雷响等人，跟狼爪张八和他的死党，各找对手，枪刀厮杀，只见火星迸溅，刀声铿锵。雷响那口青钢刀杀得起兴，左劈右刺，前扎后砍，上下翻飞，同时眼观六路，指挥全局。

狼爪张八一直避免跟雷响交锋，只想趁虚而出，逃之夭夭。他一个人抵挡三九和小丢两个人，渐渐远离了战斗的旋涡。忽然，他使出全身功夫，想结果这两个大孩子的性命。三九和小丢才知道上了当，慌忙喊叫："雷响哥，快救我！"雷响一看，小丢千钧一发，赶奔过去已经来不及，急忙一个甩手，飞刀出去，狼爪张八的脑瓜齐脖子被削了下来，掉在地上还直打旋儿。

这时，主力团已经全歼守敌，雨梅和桃叶姐带领淀西的娘子军，搜捕溃逃漏网的团丁。

吴家大院突然起火，浓烟滚滚，烈焰腾腾。蒲葵、雷响、雷虎寅呼唤武工队，拿下吴家大院。但是，墙陡苔滑；转到前门，狼牙铁钉的大门插上铁闩，还顶住硬木门杠，手不敢碰，也推不开。

"砸开它！"雷响一声大吼，弯腰搬起把门的大石狮子，照着铁门撞去。

咣啷啷，轰隆隆！铁门砸开一个大窟窿。

武工队破门而入，只见吴莲池手持一支火把，驱赶着他的管家、账房先生和狗腿子，大桶大桶地泼洒煤油，各处点火。

"老贼，你好狠毒！"

雷虎寅像一头插翅猛虎，扑了上去。吴莲池手里还握有一把匕首，正想刺进自己的咽喉，雷虎寅双手扼住了他那两只枯瘦如柴的手腕。眼瞪着这个杀害了老爹的仇人，雷虎寅哇哇大叫："老贼，老贼！你也有了今日，你也有了今日！"一阵狂喜，一阵悲痛，突然昏厥过去。

雨梅正带队赶来，抢上一步，抱住了悲喜过度的公公。

蒲葵命令三九和小丢看押吴莲池，不许捅他一指头，留待以后发落；又命令霍牤牛和马门闩，带领武工队，会同主力团，扑灭大火。

“雷响，把胜利的旗帜插上刁斗！”蒲葵从挎包里拿出一面鲜艳的红旗，交给了雷响。

雷响身轻如燕，就像当年倒爬白杨树，哧溜溜攀登上三丈三的旗杆，红光普照延芳淀。

延芳淀有不少民间艺人，吹、拉、弹、唱，行当齐全。他们也种地、打鱼、扛长工，但是一到农闲时节，他们就聚拢一起，拉个班子，在苇花沽四岸唱野台子戏，混口饭吃。

打下石瓜镇以后，蒲葵叫叶菏把这些民间艺人请到石瓜镇来，成立一个临时文工团；又叫叶菏编一出戏，在石瓜镇上演。

叶菏花了三天三夜，以饱含着血与泪的笔墨，把雷响一家的故事写了出来，搬上舞台。

戏台就搭在河神庙外，当年悬挂雷连甲人头的旗杆下；延芳淀四岸七十二个大小村落，男女老幼从四面八方前来石瓜镇看戏。剧本写得很粗糙，大多数演员的表演更不纯熟，但是却取得了巨大的成功。

扮演雷连甲的那个民间艺人，虽然演技不佳，但是身躯高大，扮相威武，声若雷鸣，很有气魄；不少当年雷连甲的老弟兄，都激动得哭了起来，喊着：“连甲大哥显圣了！”扮演吴莲池的演员，是个唱驴皮影的艺人，有一条沙哑的大喇叭嗓子，很能表演反面人物。他长得并不像吴莲池，但是却把吴莲池的凶恶残忍，阴狠毒辣，表演得淋漓尽致，激起台下一片咬牙切齿声，愤怒咒骂声，摩拳擦掌声。后来，几个性情暴躁的小伙子，火冒三丈，跳上戏台，挥拳就打。台下观众齐声呐喊：“打！打死老贼。”看台口的霍牤牛和马门闩，赶忙前遮后挡，保护这个演员，却惹起台下观众的强烈不满，嚷叫着："牤牛，你为什么护着吴莲池！忘了你爹是怎么死的？""门闩，你家的血泪账，一笔勾销了吗？"

戏演不下去了，霍牤牛和马门闩把驴皮影艺人搀下了台。

雷响正在后台，驴皮影艺人噘着大嘴说："我不干了！吴莲池还没碰着一根汗毛，倒拿我当他的替死鬼儿。"

雷响笑着劝道："你挨打，是光荣的。"

"光荣！"驴皮影艺人扯着大喇叭嗓子喊冤，"把我打得乌眼青，我有何面目见人呢？"

"乌眼青，脸上才放光！"雷响肯定地说，"你演得像，演得好，把乡亲们跟吴莲池的旧恨新仇都勾了起来，点起了大伙儿的心火，这是给革命立了功，应该记在功劳簿上。"

驴皮影艺人好像真的感到那块乌眼青大放光彩，便忍痛重新出场，继续演出。

连演了十场戏，就像放了十把火。吴家大院的长工佃户，延芳淀四岸七十二村落的受苦人，包围了吴家大院，指名道姓，呼叫蒲葵、雷响、雷虎寅，把吴莲池交出来。

吴莲池就关押在他家的地牢里。

老贼被活捉以来，没有鸦片烟吸，没有人参汤喝，也吃不着珍肴美味，反而发胖了，强壮了。他原来被关押在养心斋，可是贼心不死，竟想越狱。他白天假装念经拜佛，作揖磕头，四起八拜，为的是活动四肢，舒展筋骨，锻炼身体。夜晚，他背靠着墙壁，偷偷在砖墙上磨着手铐，用手指撬动砖块，指甲沁出了血。后来，他的阴谋被发觉了，才被关进地牢。

又是在河神庙前的戏台上，召开了公审吴莲池的万人大会。

霍犴牛和马门闩，将吴莲池拖上了台，按着他那大架冬瓜脑壳，跪倒在台口。这时，会场陡地一片沉寂，好像空气凝固了，呼吸窒息了。上万的茑花沽民众，一时惊呆了，怔住了。难道这个蓬头垢面的老癞皮狗，就是那个从前清到民国，从皇粮庄头到七十二村镇会董，统治了延芳淀将近半个世纪的吴莲池？就是那个出入官府如走家门，脚一跺石瓜镇乱颤，杀人好比辗死个蚂蚁，害得延芳淀家家血泪、户户遭殃的吴莲池？他们不敢相信自己的眼睛。天还是那片天，地还是那片地，可是被吴莲池踩在脚下的人们站了起来，而骑在人民头上的这个人王地主，却被打翻在地，这是怎么发生的奇迹呢？

雷响振臂高呼一声："打倒反革命恶霸地主吴莲池！"像石破天惊，震醒了陷入梦境的万众。

控诉吴莲池罪行开始了。

人们惊讶地看见，第一个上台的人，是雷响娘。

烟村的老一辈人都记得，雷响娘年轻时就是个腼腆害羞的姑娘，从不抛头露面；有了儿女，上了年纪，仍然大门不出，二门不迈。而今天，就是这位沉默温顺的女性，站立在万众之前，面无怯色。她那哀伤沉暗的目光，凝视着跪在面前的仇人，沉痛地诉说婆家和娘家的深仇大恨。她诉说了公爹雷连甲的遇害，哥哥沈老闷的惨死，哀伤沉暗的目光化为悲愤交加的电火，怒指吴莲池，泣不成声地问道："吴莲池呀吴莲池！你欠了我们雷家多少血，你欠了我们沈家多少泪，你欠了我们穷人多少血和泪呀？我恨不得，恨不得……"她一阵猛烈地心痛，昏了过去，主持大会的叶菏抱住了她。

台下响起滚滚的雷声：“叫吴莲池还穷人的血，还穷人的泪，少一滴也不答应！”

吴莲池戴着手铐，蹚着脚镣，瑟瑟发抖，死闭着两眼，默祷天神地灵，保佑他逢凶化吉，遇难呈祥。

接着上台的是雨梅娘。雨梅娘之后，上台控诉的人，有在吴家大院忍气吞声五十年的老长工，有累折了腰的佃户，有家破人亡的孤儿寡妇，有雷响、霍牤牛和马门闩在吴家大院小科班的伙伴……大会从上午一直开到傍晚，晌午谁都没吃饭，谁也不觉饿。

最后，负责调查吴莲池罪行的叶菏，公布吴莲池的罪状，光是人命就有八十三条！十八个人是他亲手杀的，二十四个人是他指使团丁、狗腿子杀的，三十九个人是他送到官府和日本鬼子手里杀的。其中，为了强占何守田家的果园和鱼塘，将何守田、何柳氏和那个还没有过满月的儿子逼死，尤为惨绝人寰。叶菏念到这个惨案，眼眶潮湿，声音呜咽了。虽然他并不知道，也许永远不会知道，他就是那个被母亲藏到蓬蒿丛中，又被说书艺人和走方郎中叶明亮抱回家去的婴孩。

“把吴莲池千刀万剐！”

“碎尸万段！”

台下的受苦人，高呼着，哭喊着，就像怒涛汹涌，就像大火熊熊。

叶菏的手里，还有吴莲池的一本剥削账。他压榨长工佃户，不算他在前清当皇粮庄头的时候，自打民国元年算起，至少剥削了一百万石粮食；再加上他摊捐派款，放高利贷，这笔剥削账那就算不出数目了。

蒲葵宣布判处吴莲池死刑，立即执行。

“青天老大人！”吴莲池膝行几步，碰着响头，“我家花园假山下，埋有十坛足赤黄金，我愿孝敬老大人，求老大人饶我一命，免我一死吧！”

雷响一把将他拎了起来，断喝一声：“判处把你枪毙，已经便宜了你！”说罢，扔到了刑车上。

雨梅娘一定要当监斩官。她披麻戴孝，左手持哭丧棒，右手举一面灵幡，坐在一辆小轿车上，监押着刑车出石瓜镇口，来到延芳淀畔的沙滩上。这是石老硬就义的地方，雨梅娘焚过香烛纸马，祭告老伴的在天之灵。雷响把吴莲池从车上拖下来，吴莲池早已像死狗一般蜷缩在地上，嘴里还在喃喃哀告：“……饶命……免我一死……”雨梅娘将哭丧棒指天投地，下令：“杀！”雷响拔出枪，照老贼头上连发一梭子弹，这个罪恶滔天的延芳淀土皇上，以最可耻的下场，结束了他那作威作福的一生。

群众一拥而上，有的手持镰刀，有的手拿斧头，有的拿着剪刀、锤子、鱼叉、秤钩子，将吴莲池的死尸切割得零零碎碎，带回家去喂狗。

25

从秋收后到第二年春天，延芳淀进行了土改。

桃叶姐当上淀西乡乡长，雨梅任指导员，农会主任是王二左。

眼下，桃叶姐心满意足。土改时候，她分得四亩整块的稻田，一眼砖井和三间瓦房；母亲是干部家属，村里给她家代耕，到秋天可以坐收大囤的稻米。母亲不必下地，又喂养了一群鸡、一群鸭和两口肥猪，她家眼看就是莲花瓣儿的富户了。

乡政府设在燕窝村一个地主的花园宅院里。这天中午刚开饭，工作人员都蹲在房檐的阴凉里，吃芝麻酱拌游丝面。指导员雨梅头戴斗笠，身穿农村妇女的土布裤褂，腰间扎一条皮带，不但挎着一支驳壳枪，还挂着四颗手榴弹，大步流星走进乡政府。她到县委开了三天会，今天才回来。

“指导员，尝一尝！”工作人员一个个捧着碗，热情地招呼她。

雨梅走过去一看，面如雪，丝如缕，忍不住夸道：“咱们的炊事员换上一双巧手啦！”

“不光换了一双手，还换了一个人哩。”

雨梅没有追问，向后院走去。

后院，花树浓荫下，一张红漆雕花小方桌，桃叶姐也正吃午饭。她上身穿一件印花薄绸小衫，腕上戴着两只金镯子，这些都是从地主家没收的；下身穿一条灰布军裤，脚下却是一双抓地虎快靴，怪里怪气而又十分俏丽。她也吃的是芝麻酱拌游丝面，不过多了一碟黄瓜丝儿，一碟青蒜末儿，撒在游丝面上提味儿。

雨梅一看她那个模样儿，气就不打一处来。一冬一春，延芳淀进行土改，桃叶姐先给自家强占了头等一名，又给她的村庄莲花瓣儿抢好地，争池塘，还给她那些打狗队的姐妹们多分土地、房屋和衣物，惹得鸳鸯水怨声四起。目前，县委要对土改进行复查，淀西乡是复查重点；雨梅决心铁面无情，从桃叶姐身上开刀。

“回来啦！”桃叶姐今天胃口好，心情好，对待雨梅的态度也好，“快吃饭吧！让炊事员给你再加两个菜。”

“不必了，我到伙房去吃！”雨梅忍住气，转身到小跨院的伙房去。

工作人员已经吃完了饭，回宿舍歇晌去了。伙房里，只剩下一个女人，背着脸大吃大嚼。这个女人是谁，怎么不见老炊事员？雨梅感到奇怪。

“喂！还有饭吗？”她大声问道。

那个女人扭过脸，原来是七寸白。本宅老地主的女管家。

“指导员，您想吃点什么顺口的？”七寸白谄媚地假笑，“我在小灶上给您单做。”

“七寸白，你到这儿来干什么？”雨梅瞪起眼睛。

七寸白皮笑肉不笑地答道：“桃叶乡长雇了我来当炊事员。”

“你的罪行，都坦白了吗？”雨梅喝道。

“竹筒倒豆子！”七寸白嬉皮笑脸，“还立了功，桃叶乡长要给我奖赏。”

“土改给你订的什么成分？”

“订的是二地主。”七寸白答道，“桃叶乡长要给我改成分。”

“回家去吧！”雨梅挥着手，“你的成分也改不了。”

“我是桃叶乡长雇来的，也得桃叶乡长把我打发走！”七寸白要起赖来。

“你走不走？”雨梅拔出枪。

七寸白一声鬼叫，连滚带爬地走了。

雨梅翻了翻笼屉，翻出两个剩窝头，又找到一个咸菜疙瘩，就坐在锅台上吃起来。吃完了，拿起葫芦瓢，从缸里舀了半瓢水，咕噜噜喝下去，抹了抹嘴，又到后院去。

一进后院，只见桃叶姐叉着腰。满面怒气，七寸白蹲在她面前，呜呜哭着。

“七寸白，你怎么还不走？”雨梅厉声说，“再不走我把你押起来。”

“雨梅，打狗还要看主人！”桃叶姐冷笑一声，“你不跟我商量就赶走她，眼里还有没有我这个乡长？”

“她是二地主，难道你是二地主的主人？”雨梅喊道。

“你别骂人不带脏字儿！”桃叶姐发起邪火，“你说我是二地主的主人，难道我是大地主？难道我是反革命？”

“我不跟你鸡吵鹅斗！”雨梅气得脸白，“我要报告县委。”

“就等你请来尚方宝剑砍我的头啦！”桃叶姐对七寸白说，“你还回伙房去，没有我的命令，看谁敢把你赶走？”

七寸白像一只哈巴狗，爬了出去。

雨梅压住满腔怒火，说：“县委指示，咱们乡政府占用的这座宅院，要交给农会，分给没有房子的贫雇农。”

“乡政府到哪儿去办公！”桃叶姐板着脸问道，“是挂在树梢儿上，还是钻坟圈子！”

“搬到王二左同志那个小院去。”

“这是不是你背后出的主意！”桃叶姐柳眉倒竖地问道。

雨梅答道：“县委也要从大宅院搬出来，把房子分给贫雇农。”

“好，领旨！”桃叶姐带着怨气，拉着长声说。

“还有，”雨梅接着说，“咱们乡政府的工作人员，分好房，分好地，群众意见很大；县委要求大家自觉交出来，重新进行合理分配。你是乡长，要带个头。”

“我不交！”桃叶姐一蹦三尺高，“姐妹们参加革命，出生入死，不挣一粒粮饷，分两间好房，要二亩好地，理所应当。”

雨梅直通通地说：“革命战士应该吃苦在前，享受在后。”

“你们这是欺侮我们淀西的人！”桃叶姐胡搅蛮缠起来，“在淀东，你们就那么公平吗？”

“你提着四两棉花到淀东纺一纺！”雨梅说，“雷响一家三口，爷儿俩都是干部，才分了五亩蛤蟆坑地，没分半间房子；飘香一家三口，他们那个村地少，只分了二亩八分地，也没分到房子。”

“你家呢？”

“我家是烈属，列在头等，分到四亩好地和两间房料；我娘又把好地调换给别的困难户，房料交给村公所，盖小学用了。”

“我们党外的不跟你们党里的比，你们还比我们多着光荣哩！”桃叶姐越发蛮不讲理了，“反正我这些姐妹们不是鱼鹰子，吃下去不想再吐出来。”

“你……你手扪着胸口窝儿，想一想吧！”雨梅不想再跟她废话，一跺脚走了出来。

她去找农会主任王二左。自从叶菡跟她谈过话，她接下了飘香的担子，才懂得当家要知柴米贵，做领导工作得注意工作方法。平日，为了打通桃叶姐的思想，她一直依靠王二左从中帮忙；王二左是桃叶姐的长辈，桃叶姐多少要礼让三分。

王二左在外村。等雨梅找到王二左，一同回到燕窝村，桃叶姐连人影也不见了；存放在乡政府的衣物被抢了个一干二净，粮食也一粒不剩。

原来桃叶姐串通她的姐妹们，拉队伍走了。

雨梅和王二左，连夜在鸳鸯水两岸的村村庄庄寻找桃叶姐；半夜三更，他们来到了莲花瓣儿。

月光下，雨梅和王二左正走在独木小桥上，忽听菱姑祠里发出一声喝叫："什么人？口令！"是桃叶姐的声音。

"桃叶，是我！"雨梅大声答道。

"叭！"一颗子弹，从雨梅的头上划过去。

"桃叶，我是你二左叔！"王二左也大喊道。

"叭！"又是一声枪响，从他们身边飞过一颗子弹。

雨梅连忙拉着王二左从独木小桥上退下来，隐蔽在河边土岗后面的柳棵子地里。

"桃叶姐叛变了！"雨梅恨得浑身冒火。

"她这是耍小孩子脾气。"王二左笑了笑说，"你看她开枪，并不真打咱们，我进村去劝服她。"

"不能去！"雨梅拦道，"画虎画皮难画骨，知人知面不知心。"

"我从小看她长大，心里有数儿。"

王二左站起身，雨梅一把没有扯住他，他钻出了柳棵子地，一边向菱姑祠走去，一边喊嚷道："桃叶儿，不许你胡闹！我跟你有话说。"

"叭！"子弹又飞过来，王二左一屁股坐在了沙滩上。

"二左叔，你回去！"桃叶姐喊道，"咱爷儿俩别抓破脸。"

"好你个黄毛丫头！"王二左暴跳起来，擂着胸脯，"你打吧，打吧！打死你二左叔，你在淀西可就留下千年的美名啦！”

“叭，叭，叭！”子弹纷纷射来，不是打上天去，就是打进地下，王二左心里有底，大踏步走上前去。

雨梅紧握着枪，瞭望着王二左走到菱姑祠前，只见从屋里闯出两个人，拧住王二左的两条胳臂捆绑起来；王二左破口大骂，又被堵住了嘴。

“桃叶！”雨梅愤怒地喊叫，“你把王二左同志放回来，争取宽大处理。”

“雨梅，你听着！”桃叶姐宣告，“你回去报告县委，不撤你的职，我就自立旗号，自个儿革命，不受你们的欺侮。”

“叛徒！”雨梅大骂。

“开枪，打死这个母大虫！”桃叶姐下令。

弹如雨下，雨梅寡不敌众，只得窝着一肚了火，回淀东向县委报告。

桃叶姐命令她的姐妹们加强警戒，严密防守，然后押解着王二左，回她家去。

她家已经搬到地主宅院的青堂瓦舍里。

她走进院子，就喊她娘：“点灯，做饭，炒菜！招待我的好二左叔。”

桃叶娘醒来，点上头号玻璃罩煤油灯，屋里照得通明瓦亮。老太太一见王二左被五花大绑，嘴里被塞了一块破布，吓得叫道：“桃叶儿，你造什么孽呀？”

“二左叔敬酒不吃吃罚酒。”桃叶姐嬉笑着把王二左嘴里的破布掏出来，“侄女儿以下犯上，委屈您老人家了。”

王二左深深喘了口气，扭过脸去，不理她。

“七窍生烟啦？”桃叶姐又嘻嘻哈哈地给王二左松了绑，还屈膝打了个千，“我都给您下跪了，够面子了吧？”

王二左哼了一声，说：“桃叶儿，你真打算叛变革命吗？”

“那是雨梅给我头上扣屎盆子！”桃叶姐涨红了脸说，“就是想赶走这个冤家对头，讨回叶菏来。”

“这由不了你呀！”王二左着急地说。

“那我就自立旗号！”桃叶姐说，“我当指导员，您当乡长，再选个农会主任。”

“我不当你的乡长！”王二左梗着脖子说，“你算什么指导员？还没加入共产党哩。”

“早就该批准我入党！”桃叶姐发火地说，“不给我这个光荣，分明是雨梅背后捣鬼。”

“你不配！”王二左大怒，“你抢好房，占好地，抓尖儿咬群，人家叶菏跟飘香是你这模样儿吗？”

这时，桃叶娘端上一大盘炒鸡蛋，几大张烙饼，还有一壶酒，劝道：“爷儿俩都先把火气压下去，吃饱喝足了，轻声细语地好商量。”

“好，喝！”桃叶姐咕嘟嘟倒满两大碗酒，“二左叔，咱爷儿俩把这壶酒喝光了。”

“断头酒吗？”王二左翻着眼皮，“你要杀，要剐，我不醉着死。”

“少啰唆，喝吧！”桃叶姐嬉皮笑脸，一扯王二左的耳朵，把一碗酒灌了下去。

王二左本来好喝酒，参加革命才把酒戒了；这一大碗下肚，勾起了陈年酒瘾，索性破了戒，借酒浇愁，大吃大喝。

桃叶姐连灌了王二左三大碗，酒入愁肠，王二左眼皮抬不起来了，口水也淌下来了，醉成了一摊泥。桃叶姐也有了五六分醉意，脸红得像阳春三月的雨后桃花，解开了绸衫的扣子，跑到屋外吹风。

“报告！”一个姐妹跑进来，“七寸白带来一个叫铁血的人，要见你。说是上级派他来的。”

“把他带进来！”桃叶姐说，“叫两个人，把二左叔搀到小屋里去，不许为难他。”

一会儿，两个姐妹把昏沉沉的王二左搀架走了；又过了一会儿，两个姐妹把铁血带了进来。

铁血穿一身崭新的军装，可是形容憔悴，腰间也没有武器，两只眼睛忽明忽暗，闪烁不定。

“桃叶同志！”铁血的声调和表情，都强作热烈，“你怎么跟雨梅闹翻了？我代表县委来解决这个问题。我现在是县委副书记，也就是副政委。”

“怎么县委没下通知呢？”桃叶姐半信半疑。

“我刚到县委，就听说你们这里发生了纠纷，连忙赶来解决。”铁血拍了拍腰间，“你看，为了怕你怀疑，连武器都没有带。”

“你打算怎么解决？”桃叶姐冷着脸子问道。

“雨梅对待你的态度是完全错误的！”铁血端起一副首长架子，装出公正严明的神气，“我要撤她的职，让你当指导员。”

“我还没入党哩！”

“我介绍你入党。”

“我不配。”

“你不配谁配？”铁血发火似的大嚷大叫，“谁不知你桃叶一副铁肩膀，担起了淀西十六村？要不是雨梅排斥你，早入党了。”

这一壶迷魂汤，比一壶烧酒的劲头大，灌得桃叶姐蒙头转向，不知东南西北了。她醉眼蒙眬地说：“铁副政委，你真是个清官。”

“不敢当，不敢当！”铁血眼珠儿溜溜转了几转，“你跟姐妹们分到的好房好地，是理所应当，也不必交出来重新分配了。”

“我入了党，多着一份光荣，我那一份应该交出来！”桃叶姐慷慨地说。

“觉悟高，高觉悟！”铁血双挑大拇指，“现在，我们要把队伍拉过河去，配合雷响、叶菏带领的武工队，在敌占区并肩战斗。”

“好！”桃叶姐兴奋得摩拳擦掌，“我这支女武工队，要跟他们那支男武工队比个高低上下。”

这天夜里，桃叶姐又把队伍拉到花港；铁血想连夜过河，桃叶姐没有同意。她太激动，也太疲乏了，要睡个香甜大觉，再插入敌占区。

叶菏接到县委十万火急的通知，从通州近郊返回北运河东岸，打听到桃叶姐的下落，就直奔花港而来。

还没到村口，从一片红果树林里传来拉枪栓声，两个清脆的女声喝道：“站住！”

“大招儿，小菱儿！”叶菏站在一棵河柳下，微笑着扬手。

“叶菏同志，过来吧！”大招儿欢迎地说。

“慢！”小菱儿说，“叶菏同志，不是我们不放你进村，没有桃叶姐的命令，不许出入。”

“通报去吧！”叶菏在河柳荫凉中安闲地坐下来。

“大招儿，你去报告！”小菱儿说。

大招儿飞跑进村去了。

叶菏揪下一支三棱草，捻在手里，问道：“小菱儿，你们为什么自立旗号，赶走雨梅，打算把队伍拉到哪儿去？”

“雨梅犯了错误，县委撤了她的职！”小菱儿得意地说，“县委命令我们这支女武工队也插到敌占区，跟你们男武工队比个高低上下。”

“县委没做过这样的决定，没下过这样的命令！”叶菏惊讶地说，“我奉县委的指示，前来进行调查。”

“铁副政委早代表县委把问题解决了。”

“哪儿来的铁副政委？”叶菏抛下三棱草，霍地站起来，“是不是铁血？”

“正是！”小菱儿歪着脑瓜说，“好一个讨人喜欢的首长。”

“快把桃叶姐给我找来！”叶菏急了。

桃叶姐来了。为了过河到敌占区去，她化了妆，打扮得像一个刚下花轿的新娘子，满头珠翠，红衫儿彩裙，走起路来耳环子叮当乱响。她手提驳壳枪，脸色似笑非笑，似恼非恼。

“桃叶，你胡闹什么？”叶菏怒气冲冲向她走去。

“站住！”桃叶姐变了脸，满面杀气，“你来干什么？”

“你上了当，犯了错误！”叶菏气得脸白，并不停步。

桃叶姐手里扳着枪机，恶狠狠地说：“你站住不站住？再往前走一步，我就响枪。”

“那你就是革命的叛徒！”叶菏面无惧色，直逼上来，“你没有镜子，也对着河水照一照，你还像个革命战士吗？还像个贫雇农出身的姑娘吗？你像个地主家的小姐，官僚的姨太太，我替你害臊！”

“叶菏，你……你骂人！”桃叶姐把枪插进木套里，一头撞过来，“我跟你拼啦！”

叶菏被撞了个趔趄，喝道：“你疯啦！”

“我跟你拼啦！”桃叶姐又撞了一头。

一连撞了叶菏三个趔趄，叶菏忍无可忍，左手挽住桃叶姐那乌黑浓密的头发，抡起右手给了她个满脸开花的大嘴巴。

“不要脸！”叶菏脸白如纸。

大招儿和小菱儿见桃叶姐挨了打，拉着枪栓跑过来：“叶菏，你敢打我们姐姐，我们饶不了你！”

“滚回去！”桃叶姐大发其火，“我跟叶菏的事，不用你们管。”

“不管就不管！”大招儿和小菱儿嘟哝着扭头往回走，“天生的贱骨头。”

桃叶姐忽然发出一串银铃似的笑声，拍着手说：“叶菏，过去我小瞧了你，没想到你这个文墨书生，也会动手打人。”

“你逼得我！”叶菏呼哧喘气。

“来，咱们到河边说话儿。”桃叶姐含情脉脉，目光温柔而调皮。“别生那么大的气，气死了，我可哭不活你。”

叶菏只得跟她到河边去，不远处一棵翠柳上，两只黄鹂在啼叫。

桃叶姐刚在翠柳下坐下来，叶菏却抓住她的胳臂，压低声音说：

“咱俩先不忙吵架，你赶快带我进村，把铁血抓起来。”

“为什么？”

“他是个骗子！”叶菏说，“什么铁副政委？分明是从县城伪装出来的。”

“你跟铁血相尅，就像雨梅跟我犯相一样！”桃叶姐的脸色又阴暗起来，“你们是一奶同胞，把我跟铁血当拖油瓶子。”

“桃叶，你真是鬼迷心窍呀！”叶菏急不得，恼不得，摇头叹气，“你被人贩子骗到省会，转卖了几回，虽然保住了清白的身子，可是你的头脑在大染缸里浸了又浸，泡了又泡，就不那么干净了。”

“你压根儿就瞧不起我！”桃叶姐委屈地说，“我参加了革命，飘香讲定不拿白眼珠儿看我，你心里可还是把我当成脸上有黑的女人。”

“是你给自个儿脸上抹黑，是你瞧不起自个儿！”叶菏气恼中充满感情地说，“你痛恨那些官僚、地主、恶霸、流氓、把头，为什么你一当上乡长，也学他们的霸道作风？你死也不肯当姨太太，为什么却喜爱姨太太们的衣裳首饰，穿戴起来不觉得丑，反觉得美？”

桃叶姐一赌气扯下满头珠翠，摘下耳环，褪下手镯，扒下红衫，脱下彩裙，卷成一团，投下河去，问道：“行了吧？”

“看着顺眼多了！”叶菏脸上微然一笑，“可是做出事来，也得叫人顺眼。”

“你是不是指我抢好房，占好地？”桃叶姐惭愧地低下了头，“我也知道乡亲们背后戳我的脊梁骨，可就是贪心太重，舍不得交出来。”

“你参加革命，连命都舍得扔，怎么就舍不得扔掉这一点私利呢？”

桃叶姐点着头说："我交出来，也劝姐妹们都交出来，重新分配。"

叶菏忍不住握住她的双手，紧紧地握着，说："桃叶，我单枪匹马前来，就相信能说服你。你的心，好比浮云掩月，风吹云散，又是皎洁明亮。"

"我这一辈子，总算有你跟我知心！"桃叶姐哭了。

"桃叶，进山去学习吧！"叶菏又劝道，"学习几个月，变成一个识大体，顾大局，心明眼亮的新桃叶，我亲自去接你回来。"

"我听你的。"桃叶姐泪光晶莹地说，"往后，我什么都依着你。"

"好，咱们进村吧！"叶菏给桃叶姐擦干了眼泪，"把铁血押送县委。"

桃叶姐一跃而起，就在这时，她发现蓬蒿丛里有两只阴森森的恶眼和一个黑洞洞的枪口，那是铁血瞄准叶菏，扣动了枪机。她一声惊叫，猛扑到叶菏身上。

枪响了，一股鲜血从桃叶姐的胸膛喷出来。

叶菏开枪还击，铁血搡出了七寸白；叶菏的子弹把七寸白打得翻了几个滚儿，身子扭曲得像一只蜘蛛，伸伸脖子断了气。铁血却像一条蛇，趁势钻进水草丛中不见了。村里姐妹们赶来，乱枪齐发，像暴风骤雨。

叶菏抱起了桃叶姐，扯开她的围胸，只见鲜血染红了她那白璧无瑕的乳峰。叶菏从挎包里掏出裹腿，想给桃叶姐包扎，桃叶姐已经眼神黯淡了，眼角噙着两大颗泪珠，惨白的嘴唇喃喃地说："叶菏，我……我错了！”

“桃叶，你为了救我一命，牺牲了自己！”叶菏热泪滚滚，洒在了桃叶姐胸上，血泪交流。

“别忘了我……”桃叶姐那微弱的目光，充满无限留恋，可怜地凝望着叶菏。

“我忘不了你！”叶菏哭着说，“你刻在了我的心上。”

“我的亲人啊……”

桃叶姐含笑闭上了眼睛。

26

叶菏埋葬了桃叶姐，几天后又回到马蜂窝，凤大姑正关门闭户，在灯下缝补衣裳。

“你们把我蒙在鼓里！”凤大姑小声埋怨说，“原来飘香那丫头进了城。”

“您怎么知道？”叶菏坐在岳母身边，拿起缝补的衣裳一看，是小石在的。

“我在街上碰见过她一回，打扮得像个女学生。”凤大姑生气地说，“我想跟她说两句话，她可是冷着脸子，正眼也不看我这个亲娘，真是铁石心肠。”

“她这样做，是对的。”叶菏委婉地劝道，“她这个人拐孤，是个‘东边日出西边雨，看似无晴却有晴（情）’的脾气，跟我更是这个样子，您别恼她。”

凤大姑又欢喜起来，低声说：“那丫头从小就心眼子重，长大了心机更深；她不显山露水，不像我雨小雷声大。”

凤大姑泼辣大胆，能说会道，又精通拳脚，动口动手都无所畏惧；在她周围，还有二三十位敢跟她上阵冲杀的女将。有谁遭到警察、国民党兵和地痞流氓的欺凌刁难，她们就群起而攻之，啐的啐，骂的骂，打的打。有一回，一伙土混混儿窜到马蜂窝来，挨门串户，跟年轻妇女挤眉弄眼，满嘴下流言语；凤大姑一声呐喊，这二三十位女将都从家门里跑出来，把这帮家伙团团围住，凤大姑上手就打，那个外号净街王的土混混儿，被凤大姑打掉了两颗门牙，脸肿得像猪头相公。小石在是马蜂窝的孩儿王，他的身边也追随着几十名穷孩子，呼啦啦一拥而上，七手八脚，拉的拉，扯的扯，踢的踢，撞的撞。这一伙土混混儿被打得落花流水，抱头鼠窜。从此，马蜂窝真成了马蜂窝，连警察跟国民党兵都不敢单人到此地走动了，凤大姑因而扬了名。

小石在自从生活在凤大姑身边，凤大姑疼爱他，规整他，穿得干干净净，脸蛋胖得发圆。他一见叶菏，就悄悄问道：“您是来看萍姑吧？”

飘香在文家化名邵青萍，小石在给她当交通员，管她叫萍姑。

叶菏脸一红，说：“不是为了看她，而是为了工作。”

“她工作得很好。”石在笑嘻嘻，“就是为人厉害。”

“她跟你发脾气啦？”

“没有！”石在笑着摇头，“可是她的杏子眼一瞪你，由不得你不怕她。”

“她跟文先生和文师母瞪不瞪眼呢？”叶菏又微笑着问道。

“萍姑跟爷爷和奶奶笑眼说话。”石在模仿飘香的神态，“姑姑的杏子眼里含着笑，笑得又甜又亲，胜过千言万语，由不得爷爷和奶奶不看她眼色行事。”

这几个月，文朝闻的生活发生了重大变化，甚至连他那淡泊自守，落落寡合的性格，也一扫而光，判若两人了。过去，他忙于校务和教课，致力于文字训诂的研究，生活内容很单调。现在，他已经跟那些线装古书封存告别，喜欢与人交往；每天晚上，尤其是星期日，宾客满座，大谈国事。跟他家往来最多的当然是叶明亮老两口，此外便是通州师范的师生；最近，连教会中学的某些教员，以及许多小学的教师，都经常出现在文朝闻的书房里。于是，小小文宅，逐渐形成通州知识界的聚会中心。

文朝闻和文师母也越来越喜爱小石在这个聪明的孩子，就向飘香提出，要收养小石在做孙儿，不再卖报，正式上学读书。小石在婉言谢绝了，他说对于上学并无很大兴趣；然而，他愿拜认两位老人做自己的祖父祖母。

“明天我要见你萍姑。”叶菏低低地对石在说，“时间随她的便。”

第二天一早，小石在挎着帆布书包，奔跑在大街小巷，卖报送报；最后才到常年订户的文朝闻先生家去，通知飘香，跟叶菏相会。

这天，正是星期日，小石在一进文宅门口，就看见飘香和文师母正忙着生火、淘米、洗菜、切肉、刮鱼，文朝闻在扫院、浇花，他就知道今天的客人一定很多，而且要留客吃饭。他喜兴兴地叫道：“爷爷，奶奶，姑姑！”

“石在来得实在好！”文朝闻手拿喷壶，浇洒一盆万年青，“你姑姑今天给咱们做家乡饭吃。”

“那一定是姑姑想念家乡了！”小石在走过去，帮助飘香倒掉洗鱼水。

飘香瞪他一眼。

小石在却没有吓得咬住舌头，反而笑眯着眼睛注视她。只见她上身穿一件短袖的花绸小衫，下身穿一条黑绸裤，脚上穿一双家做的布鞋，杏子眼明亮而柔和，又清新，又秀丽，又文静，神采动人。小石在觉得，姑姑今天太好看了，叶老师见到她，该有多高兴啊！

“老家的人来了。”小石在声音很轻，“时间你定，在马蜂窝。”

飘香沉吟一下，说：“晚上。”

飘香晚上一出门，正碰见叶明亮和叶师母到来。这老两口，每星期六或星期日晚上，都到文宅来串门，一坐就是两三个钟头。当然，这是因为叶明亮和文朝闻已经结成志同道合的好友，叶师母和文师母也很投脾气；但是，还有一个心照不宣的原因，那就是老两口的前来，也为的是看望自己的儿媳。

老两口无比疼爱自己的儿子，对于叶菏所喜爱的一切，哪怕是一本书，一片纸，都精心地珍存着，更何况他所心爱的未婚妻！他们越是思念儿子，越是要把全部的深情倾注在儿媳身上。而在他们同飘香的接触中，也越来越感到这个延芳淀的水乡姑娘，美好而出色。现在，在这老两口的心目中，已经分别不出究竟是儿子可爱，还是儿媳更可爱；他们究竟是更爱儿子，还是更疼儿媳。

飘香一见叶明亮和叶师母，脸就红了。想到她就要去会见的那个人，那个跟自己两心一志、两身一体的人，正是这老两口的爱子。在这之前，她在家里，或是偶尔在街上，跟这老两口相遇，态度都很自然，称呼他们是叶伯父和叶伯母。可是，今天，此时，她的心里却感到奇异的激动。她知道，这二位老人有多么思念她即将会见的那个人，多么想听到一点点叶菏的消息。她很想告诉他们，他们的儿子来了；也很想把他们对于儿子的思念和叮咛，带给叶菏。但是，严守秘密是地下工作的铁则，她不能透露，也不能暗示，只能隐瞒这个喜讯。她是多么不忍心，又是多么不得已啊！她应该如何向自己的公婆表达儿媳的歉意和衷情呢？

“萍侄女儿，干什么去呀？”叶明亮和叶师母同声问道。

“上街买点东西。”飘香的神情，很不自然。

老两口说：“快去快回，好陪着我们说话儿。”

“那么……”飘香无限柔情地望了望这二位老人，羞涩地叫了一声：“爹，娘！我走了。”说罢，低着头，赶紧离去。

老两口可发了怔。叶明亮愣怔怔地看着叶师母，叶师母痴呆呆地瞧着老伴。“爹，娘！……”他们不敢相信，可是耳边却萦回着飘香的袅袅余音。

飘香早已乘车而去。

车行如风，飘香来到马蜂窝，家家刚上灯。

凤大姑一整天都心情激动，盼望这个铁石心肠的女儿大驾光临。她尽其所有，做了很多好吃的，放在净盘净碗里，等着看女儿欢欢喜喜吃下去。

飘香像一片缥缈的云影，轻盈地跨进凤大姑这个真正是巴掌大的小院门口；凤大姑马上掩了门，扑过来抱住女儿，颤声儿说："想死了我！你可来了，我给你留着好吃的哩。"

"我不饿！"飘香一扭身子，挣脱母亲的怀抱，"他呢？"

凤大姑大失所望，真想骂她一句："没良心的！"可是，革命工作为重，她忍住了气，冷冷地说："在屋里，我给你们看门。"

飘香走进屋门槛，叶菏正从里屋迎出来，两人撞了个满怀，全都打了个愣怔，面面相觑。

离别几个月，他们好像生疏了。难道在他们一人独处，入睡之前，深夜梦醒的时候，没有过缱绻的相思，炽烈的渴念？有过的。然而，每当情思在心灵上稍一闪现，他们却又慌忙将它驱走。在艰难险恶的斗争中，他们觉得，爱情的冲动，是可羞愧的，必须将它密闭封存起来。而且，他们一见之下，也确实感到各自的面貌大变。叶菏身上的书生气淡薄了，飘香却已经完全是城市女学生的仪态，因而两人都觉得对方似是而非，产生了陌生之感。

"让我进屋去吧！"还是飘香先开了口，推了一下当门而立的叶菏。

叶菏忙闪开身，飘香反掩上门，走进里屋，在炕沿上坐下来，瞟了叶菏一眼，又低下头去，拍了拍炕沿，示意叶菏在她身边坐下。

恍惚之间，叶菏只觉得仿佛又回到当年的柳香居，他们刚刚悄悄地相爱，有时凤大姑不在家，他们不期而遇在豆棚下或堂屋里，两人羞颜难开，也是这一幅情景。

叶菏向飘香面前跨了两步，飘香把头埋到胸前，等待叶菏捧起她的脸儿，把她拥抱在怀里。不想，叶菏却只把两手搭在她的双肩上，说：

"我来向你传达县委的工作指示。"

"快说！"飘香抬起头，目光不再是含情脉脉，而是庄严冷峻了。

"区党委决定，通州县委重新分工，由蒲葵同志任书记，沙官印同志任副书记，雷响、雷虎寅同志和我任委员；我分工负责宣传和统战工作，你协助我。"

"分配任务吧！"飘香坐直了身子。

"蒋军全面进攻已经被我们粉碎，我军即将举行战略反攻，通州解放为时不远，我们要筹建县人民政府。区党委的意见，准备请文朝闻先生出任县长，沙官印同志任副县长；因此，我们必须加强统战工作。"

"这几个月，我通过舅舅——文先生，团结了不少教育界人士，也团结了像爹那样有好名声的人。"

"谁？"

"我的公公！"飘香说罢，脸红得像搽上了胭脂。

"啊！"叶菏不好意思地笑了笑，"蒲葵同志和虎寅大舅，打算把他老人家请到石瓜镇，开一所公立医院。"

"正合爹的心愿。"

"我们的工作范围还要扩大，比如盛青蚨、盛千翠……还有文萃斋书铺掌柜凌九霄，都是我们的统战对象。"

飘香笑道："那我可就不能老是躲在舅舅背后，也得抛头露面了。"

"不！你要在几天之内转入地下。"

"为什么？"

“铁血叛变了，逃进了通州。”

“这个狗东西！”飘香咬紧银牙，“我早就看出了他的坏瓤子。”

“他还……”叶菏吃力地说出口，“杀害了桃叶姐。”

“什么……什么……”飘香像挨了一棒，头嗡耳鸣。

“铁血杀害了桃叶姐。”

飘香一阵晕眩，从炕沿上一栽，叶菏急忙抱住她，她在叶菏的怀抱中昏厥了过去。

叶菏掐她的人中，摩娑她的胸口，轻轻唤她；飘香悠悠地缓过气来，哇地一声刚要哭出来，自己又捂住了嘴，强压下哭声。

“她是……一个苦人儿，比我们……苦得多的人儿……”飘香声音微弱，涕泪涟涟。

“她是为我而死。”叶菏含泪叙述了桃叶姐的牺牲经过。

“救命之恩，你不能忘；她对你的一片痴情，也不能忘呀！”飘香挥去眼泪，提高了声音，“你要把她当作自己的妻子；等我见到她的老娘，说明这桩亲事。”

“这……这……”叶菏只当飘香悲伤过度，神智迷乱了，“使不得，使不得。”

“只有这样，你才对得起她。”

“可是你……”

“也只有这样，我才心安一点儿。”飘香的杏子眼闪着火光，“我还要亲手杀掉铁血，才算报答了她的深重情义。”

27

这些天，叶明亮和叶师母老两口，尤其是叶师母，沉浸在无比幸福的陶醉中，就因为在文宅门口，飘香羞涩而柔情地叫了他们一声："爹，娘！"

再也没有比叶师母更善良的人了。她是个贫农的女儿，十八岁那年，家乡大旱，禾苗都枯死在田里，龟裂的土地上没有一点绿色。她的父母急得病倒在炕上，一个吃奶的小弟弟，饿死在母亲的怀里，几个大一点的弟弟和妹妹，也都瘦成了皮包骨。可是，地主家催逼租谷，却急如星火，不容拖欠。呼天天不应，唤地地不灵，她咬了咬牙，一狠心在发辫上插了一根谷草，到人市上自卖自身。一个已经有了十一个小老婆的退隐归田的老官僚，十八吊钱买下了她。她拿回身价钱，交上地租，老官僚已经打发一乘花轿等在门口，她怀里揣上一把韭镰上了轿，轿夫们抬起她就走。走到半路，她突然掏出韭镰，割裂脖子，血溅花轿而亡。老官僚气得发了狂，命令他的奴才打手，将她扔在荒野上喂狼。谁想绝处逢生，年轻的说书艺人和走方郎中叶明亮，身背梢马，手持哨棒，从这里路过，发现一具女尸，走过来一看，摸了摸还有微弱的脉息，便运用他那神奇的医术，从九死中救活了她。又折杨柳，割蒲苇，搭起一座窝棚，看护了她几天；见她已经完全脱离险境，便打算把她背回家去。她怕再落入那个老官僚的魔掌，只是哭着央求叶明亮收留她。叶明亮是个心肠很软的人，就答应了她的请求，并且严守古老的礼俗，撮土为台，插草为香，在荒野上拜了天地。从此，她就伴随着叶明亮，萍飘各地，忍饥挨饿，最后在兰渚定居下来。

所以，二十几年前，当叶明亮从北运河畔抱回一个弃儿，含着泪放在她怀里的时候，她哭得比叶明亮更难过。因为，她从这个弃儿的身上，想起了饿死在母亲怀里的小弟弟，也想起了自己被扔在荒野上喂狼的悲惨命运。她比叶明亮更疼爱叶菏，因为她充满巨大而深厚的母性。

儿子走了一年多了，到那游击队神出鬼没的延芳淀去了，投身到行军、奔袭、隐蔽、出击、枪声、硝烟、时时处处进行着生死搏斗的革命生涯中去了。只有这么一个儿子的叶师母，是多么日思夜想，牵肠挂肚，不能放心啊！她这一年多，明显地衰老了。

可是，自从她知道儿媳飘香，秘密来到通州，住在文宅，她那思念儿子的拳拳的心，便一天比一天舒展了。她看到飘香的品格是那么美好，心思是那么灵秀，模样儿是那么俊俏，言谈举止是那么可爱，老太太真是不但非常满意，而且十分满足。她觉得，自己虽然吃尽了千辛万苦，可是却遇上了一个好丈夫，拣来了一个好儿子，又订下一个好儿媳，也算是个三全其美的有福气的人了。

“娘！……”这些天，她的耳边，老是萦回着飘香那羞涩而柔情的声音。

这时，她正坐在小院的花木荫凉里，绣一个兜肚。叶师母是个绣花的能手，年轻的时候，叶明亮养活不了一家三口，她常常为了贴补家用，揽些刺绣的活计；教会中学的外国人，都雇她绣过枕套、窗帘和台布。直到叶菏长成，也能挣钱养家了，她才收起了绣花绷子。现在，她又从柜底里把绣花绷子找出来。戴上老花镜，拿起细小的针，穿上五彩的线，一针针，一线线，用心绣着这个白绫兜肚。她在贴心窝的地方，绣了两枝并蒂开放的红梅，一对绕着红梅枝头比翼而飞的翠鸟。

这么精心刺绣的礼品，是送给谁的呢？她的耳边，又回响起那个羞涩而柔情的声音：“娘……”是的，这是她送给可爱的儿媳妇飘香的礼物。

当她绣完了最后的一针，捧着绣花绷子，观赏着自己一生中最感到得意的这幅杰作，她无比幸福地笑了，笑出了声。她相信，飘香一定能够明白，这两枝并蒂开放的红梅，两只比翼而飞的翠鸟，是什么意思。而且，她觉得，飘香穿上这个兜肚，那么针针线线，就把她和儿媳的心，紧紧地缝在一起了。

忽然，街门吱地一声，她转过脸去，探进一个女人的头。

“谁呀？”叶师母摘下老花镜。

“叶伯母，是我，嘻嘻！”那个女人，装得像个女顽童，一吐舌头，嗞溜钻了进来。

“呵，是桂霞呀！快来坐下。”叶师母热情地拍着一个小板凳儿。

这个不但出卖了皮肉，而且也出卖了灵魂的无耻女人，这条有着美丽花纹的毒蛇，爬进了叶家干干净净的院子。

桂霞的家，也住在鸡鸣巷，叶师母看着她从小长大。她生长在那个肮脏丑恶的家庭里，就像泡在五颜六色的染缸，一年年学坏了。有一天，天色已经很晚，叶菏脸色气得发白，一进门就跟叶师母说：“娘，今后不许桂霞再登咱家的门。”叶师母发慌地问道：“怎么啦？”叶菏只说了一句：“她下流！”叶师母就明白了，从此就对桂霞关上了门户。去年夏季的一个早晨，忽然来了一辆警车，跳下几个彪形大汉，如狼似虎地闯进桂霞家，绑架桂霞而去。后来叶师母才听说，桂霞是因为她的男朋友到解放区去参加革命，受了连累，于是叶师母又同情起她来。前些日子，桂霞突然出现在鸡鸣巷，脸色蜡黄蜡黄的，她一回到家，就到叶家来串门，一见叶师母，便投到叶师母的怀里，大放悲声。叶师母最怕看人家落泪，当时就感动得搂住了她，问道：“孩子，他们把你放出来啦？”

“放……放出来啦！”桂霞抽抽噎噎，“叶伯母，我真是下了阴曹地府又还阳，没想到还能活着回来，看见您老人家。”

“他们究竟为什么抓你，把你抓到哪儿去了？”叶师母给她擦泪。

“把我抓到了北平！”桂霞漫天撒谎，“他们逼迫我，劝我那个男朋友投降他们。”

“那怎么又把你放出来了呢？”叶师母问。

“我那个男朋友被枪毙了呀！”桂霞干号起来，“好人不长寿，为什么不让我替他死呢？”

“唉！”叶师母也陪着心酸。

“他是共产党游击队的一个政委，在一次战斗中身负重伤，不幸被俘。”桂霞扯起连篇谎话，“在监牢里他受尽毒刑拷打，就是宁死不屈。后来，一个大官儿，亲自到监牢拜访他，许他当团长，封他当县长，他还是不投降。他们就把我抓去，想利用我们的爱情，沤软了他。我一见他的面，就心疼得哭昏了过去。他看见我来了，就明白了特务们存心不良，拼命把我摇醒过来，两眼冒着火，恶狠狠地瞪着我，说：‘你要是来替他们当说客，那就赶快滚出去！我是革命不怕死，怕死不革命！’伯母，您看他够多么坚决。”

“后来呢？”叶师母提心吊胆地问道。

“后来，他们就把我关在他的牢房里，让我们同床。”桂霞的脸上，浮漾着淫邪的微笑，“他给我说故事、讲道理，我的心里一天比一天豁亮，也想参加革命去。杀害他的那天晚上，他跟我说：‘我牺牲了，你一不要寻死，二不要悲伤，要踏着我的血迹前进！’后半夜，特务们把他押走，在监狱后院的操场上枪毙了他。我肝肠寸断，三天三夜昏迷不醒，人事不知。”

“多好的人，叫他们害死了！”叶师母也淌下眼泪，“往后，你的日子打算怎么过呢？”

“找共产党去！”桂霞两眼像锥子似的盯着叶师母的面部表情，“我要当女八路去，为他报仇。”

“这话可不能乱说呀，”叶师母惊慌地捂住她的嘴，“特务、警察、保甲长听见，又要把你抓起来。”

“我这是在跟您说知心话儿，您是革命家属呀！”桂霞一转眼珠儿，“我那个男朋友，还认识叶菂兄弟。”桂霞编瞎话，就像顺口溜，“他跟我说，叶菂兄弟又聪明，又能干，有学问，没架子；上司喜欢，下属佩服，如今当上了比区长还大的官儿。”

“你那朋友没说我们叶菂的身子骨儿好吗？”叶师母最关心的是儿子的身体。

“就是身子不壮实，常闹病！”桂霞故意惹起叶师母对儿子的牵念，“到了那边，吃喝不好，担惊受怕，叶菂兄弟病过好几回；要不然，他早升上正县长了。”

叶师母眼泪汪汪，说：“那孩子从小缺奶，身子本来就单薄，真叫做娘的操碎了心。”

“儿行千里母担忧呀！”桂霞说，“叶伯父应该悄悄到那边走一趟，看望看望儿子，一定药到病除，妙手回春。叶菏兄弟身子强壮了，革命革得好，升官升得快，您也放了心。”

叶师母点着头说：“要是行动方便，我就劝你叶伯父走一趟。”

“那得告诉我！”桂霞抢着说，“我跟叶伯父搭个伴儿，投奔叶菏兄弟去，在他手下革命，我才有兴致。”

这一天，叶明亮出诊回来，叶师母忙把桂霞那天花乱坠的鬼话，学说了一遍。叶明亮虽然也跟叶师母一样善良，却不像叶师母那样轻信，他对于桂霞抱怀疑态度，说：“这个女孩子，品行很坏，一个真正的共产党，怎么会跟这类女人交朋友？”

第二天，桂霞又来串门，叶师母便问道：“你跟你那个男朋友，是什么时候认识的，我怎么没见过这个人呢？”

桂霞知道叶师母起了疑心，她早有准备，对答如流地说：“那还是前年夏天的一个深夜，野玫瑰餐厅已经关门落灯，我正在我的房间里卸妆，忽然听见几声枪响，一个年轻英俊的美男子跳进了我的窗户；我这个人最是侠肝义胆，就把他隐藏起来，从此我们就结下了海枯石烂不变心的爱情。他是个地下工作者，不能公开露面，您怎么能见过他呢？”

“可是，特务们从哪儿知道你跟他相好？”

“他身上是带着我的照片呀！想我了，就掏出来看看，被俘的时候，特务们从他身上把我的照片搜了出来，怎么能不抓我？”

叶师母又问道：“你在监牢里，也吃了不少苦吧？”

“您看！”桂霞解开玫瑰红的衬衫，只见胸前背后青一道、紫一道，遍体鳞伤。

叶师母又心酸了，抚摸着桂霞的累累伤痕，说：“可怜的孩子！”

没有再比叶师母更善良的人了，也就没有比叶师母更容易上当的人了。善良的同情心，蒙住了老太太的眼睛；门户开放，桂霞随便出入。

这时，桂霞嬉皮笑脸地跑到叶师母的面前，发现叶师母刺绣的红梅翠鸟白绫子兜肚，夸张地尖叫道：“叶伯母，您的两只手真是巧夺天工，绣得多美呀！”

“我也觉得挺好看的。”叶师母平生没有自夸过，今天真是有点情不自禁了。

“卖给谁？”桂霞问。

“不卖！”叶师母摇头。

“送给谁？”桂霞又问。

“谁也不送。”叶师母平生头一回说谎。

“那就送给侄女儿我吧！”桂霞动手就抢。

“不！”叶师母慌忙把绣花弓子藏到身后，“我要留给自个儿看。看着它，心眼儿里甜，心眼儿里乐。”

桂霞眼珠儿滴溜溜乱转，忽然拍手叫道：“我一猜就中，您是给叶菏兄弟的未婚妻绣的！”

叶师母的脸色，一阵红、一阵白，说：“不……是……”不会说谎的善良人，感到有口难分了。

“哈哈，没错儿！”桂霞的笑声尖厉刺耳，“叶伯父呢？”她又冷不防问道。

“出诊去了。”叶师母将绣花弓子揣在怀里。

“去哪儿？”桂霞叮问。

“他说是……”叶师母想了想，“说是到城西的一个村子。”

“城西的村子！”桂霞惊叫，“叶菏率领的武工队，就在城西活动。”

“你怎么知道？”叶师母吓得拉扯桂霞的胳臂，“快进屋去，草上说话路人听。”

“他什么时候回来？”桂霞甩开叶师母的手，大嚷着。

“谁？”叶师母一见她这发狂的神态，惊慌失措了。

“你那老头子！”桂霞凶相毕露，龇着红口白牙，“他还回来不回来？”

“你……你怎么这个样子跟我说话？”叶师母气得浑身乱颤，“出去，你给我出去！”

桂霞疯狗似的跑出门外，失了火似的尖叫：“跑啦，老家伙跑啦！”

一群贼头贼脑的便衣特务，破门而入。

领头儿的是个打扮得像花花公子的年轻人，头戴一顶压到眉梢的巴拿马凉帽，鼻梁上架着一副深黑宽边方形墨镜，身穿黑红两色运动衫和白咔叽布西装裤，脚下一双溜尖的米黄色皮鞋，手里还玩弄着一根小小的文明杖，十足的街头小霸王神气。

“老太太，叶大夫呢？”这个家伙假和气。

“出诊了。”

“去哪里？”

“城西。”

“什么时候回来？”

“不知道。”

“老太太，我们请叶大夫给长官治病，您告诉我们他到城西哪个村子去了，我们好派车去接他。”

“不知道！”

“老东西，你想皮肉吃苦吗？”桂霞从那个家伙的屁股后面蹿出来。

叶师母怒视着这个利用她的善良心肠，蒙骗她引狼入室的无耻女人，照着那张可憎的面孔，“呸！”狠狠地啐了一口。

这时，街坊四邻的男女老少，街上的过往行人，都挤进叶家的院里来，愤愤不平，质问这些狗男女。人越聚越多，声浪一阵比一阵高，手里玩弄着文明杖的家伙慌了手脚，拔出手枪，对空打了一发子弹，押着叶师母，冲出重围。

叶师母被押上停放在胡同拐角的警车，那个手里玩弄文明杖的家伙，挽着桂霞的胳臂，钻进了另一条小胡同。

“你太笨了！”这个家伙埋怨桂霞，“我不是一再嘱咐你，一定要拐弯抹角，套出老太婆的真情实话吗？怎么三言两语就炸了锅。”

“我只学会了盯梢、窃听、偷开房门、私拆信件，哪里比得了你，专会扮演盖世无双的革命角色！”桂霞话里带刺儿，嘟嘟哝哝。

“唉，只好我去恭候叶明亮那老头子了！”这个家伙急不是，恼不是。

他摘下墨镜，掏出手帕擦了一下脸上的汗污，这才露出了真面目，原来是叛徒铁血。

叶明亮从城西归来，他在城西的一个小村，秘密会见了雷响和叶菏，约定明天他带着叶师母出城，到延芳淀去。他走在西大街的人行道上，正要拐过街角，抄近走一条小巷，忽然从垃圾堆后面，闪出一个陌生的人，彬彬有礼地叫了一声："叶大夫！"说着，掏出一个银质镂花的烟盒，敬上一支烟。

"谢谢，不会！"叶明亮一摆手，"你先生……"

"您不能回家去了，"那人打着火，吸了一口烟，"保安司令部政训处的特务，已经在您的家门口进行监视。"

"啊！"叶明亮的心一沉。

"您不是刚从叶菏同志那里回来吗？还请原路而回。"那人用斜视的眼角，觑着叶明亮的脸色，"至于叶师母，我负责掩护她老人家脱身；您告诉我先送到谁家去躲避一两天，再悄悄转移。"

叶明亮的眉尖跳动了一下，猛抬起头，仔细盯了这个家伙一眼，暗暗思忖道：这个人是谁？

"您见到雷响跟叶菏同志了吗？"那人一双贼眼，不住地打转转儿，"他们在城西的村庄，很快就扎了根，真了不起。"

这个家伙的气味，不对头！叶明亮又盯了他一眼。只见他头戴一顶压到眉梢的巴拿马凉帽，鼻梁上架着一副深黑宽边方形的大墨镜，身穿红黑两色的运动衫和白咔叽布的西装裤，脚下是一双溜尖的米黄色皮鞋，手里玩弄着一根小小的文明杖；举止动作，神态表情，都不像是化装的城工同志，倒像个十足的歹徒。

"不能迟疑了，您马上原路而回！告诉我，叶师母先到谁家躲避两天，我好掩护叶师母脱离险境。"这个家伙还在啰唆个没完，可是已经流露出对叶明亮的不耐烦了。

“这个家伙是谁？”叶明亮越来越感觉他形迹可疑。

忽然，他的耳边响起雷响的声音：“有个叛徒叫铁血，从延芳淀逃到通州城里，充当敌人特务……”

于是，他的眼睛里闪烁着捉弄人的光芒，问道：“看来，你是共产党里的人吧？”

铁血手掩着嘴，悄悄地说：“我是刚刚调进城来的地下特支书记。”

“巡逻队，这里有个共产党！”叶明亮忽然大叫。

正在马路上巡逻的一个小分队，吹着哨子，包围上来。

“哪个是共产党？”少尉军衔的分队长问道。

“他！”叶明亮怒指铁血。

那个巡逻分队长是一只傻狗，不问青红皂白，扑到铁血身上，揪住脖领子，左右开弓，劈劈啪啪，连抽铁血的嘴巴。

“我……我不……”铁血的脸憋成了猪肝色，两眼冒金花儿，摇了摇，晃了晃，倒在地上。

那个分队长又跨到他身上去，拳打脚踢。

几个便衣小特务跑了来，连声喊道：“少尉，别打，别打啦！他不是共产党。”

“谁说不是？”那个分队长瞪着牛眼，“你们一定也是他的同党。”

“我们是政训处的特工人员！”这几个小特务卖着字号，“他叫铁血，过去倒是共产党，如今已经归顺党国，荣任通州三青团总干事，政训处青年先锋行动队队长。”

“原来是个共产党的叛徒呀！”叶明亮手指着铁血，放声大笑，“当了婊子还要树牌坊，恬不知耻！”

人山人海的看客，一阵痛快淋漓的哄笑声。

28

一辆疾驰而来的吉普车，沙地一声在路边停住，从车上跳下两个手持冲锋枪的士兵，一面大声吆喝着：“铁队长，抓谁？”

铁血向那两个手持冲锋枪的士兵打了个手势，两个家伙架起叶明亮，拖进吉普车。

吉普车疾驰而去，左旋右转，陡地一个紧急刹车，那两个手持冲锋枪的士兵，又将叶明亮架下车去。叶明亮四下一看，只见高高石墙，电网严密，包围着一座座灰褐色的牢房。他被押进一座牢房的进口，扑面一股潮霉腐臭的浊气，呛得他几乎呕吐。过道里，漆黑一团，一盏昏黄的马灯飘浮而来，两个满脸横肉的看守，一人拧住叶明亮一支胳臂，推搡着往前走。曲曲弯弯，绕来绕去，他被带到牢房深处的一间囚室门口，一个看守摸出钥匙，打开牢门，一个看守猛地一推，把他搡了进去。

借着一朵鬼火似的灯光，叶明亮看了看这间囚室。宽不过六尺，高不过八尺，长不过丈二，活是一口棺材。地面上，扔着一张湿漉漉的草垫子，墙壁上血迹斑斑，爬满鼓溜溜的长脚蚊子，嗡嗡叫叫的苍蝇打成一团。

忽然，屋角落一声呻吟，一个气息奄奄的声音叫道：“孩子他爹……”

“孩子他娘！”叶明亮跪倒在叶师母的身边。

叶师母被毒刑拷打得衣衫破碎，满身鲜血淋漓。叶明亮老泪纵横，悲愤得气噎；他跳起来，踢着牢门，高叫着：“畜生！”牢门山响，过道上响起隆隆的回声。

“孩子他爹！”叶师母吃力地挣扎起半个身子，“别上火，为了儿子千刀万剐我也心甘情愿。”

叶明亮又回到叶师母身边，拿起叶师母的一只冷冰冰的手，按在自己那灼热的胸口上，哽咽着说：“孩子他娘，你有一副铮铮铁骨，我这根脊梁也宁折不弯，绝不会给咱们的儿子脸上抹黑。”

牢门的监视孔，闪过一道鬼影。那两个手持冲锋枪的士兵，闯进囚室。

“孩子他娘，再见了！”叶明亮脱下长衫，轻轻盖在叶师母身上，“咱们有个好儿子，你不愧是他的娘，我也要不愧是他的爹。”

“去吧，我信得过你！”叶师母的目光，已经游离散乱，但是仍然笑了笑。

文朝闻出面，到保安司令部营救叶明亮和叶师母；他没能保出还活着的叶明亮，只领回了叶师母的遗体。

叶师母的灵柩，停放在文宅小院儿的花木荫中。

飘香眼含着泪水，向文朝闻说：“舅舅，您进屋休息一下吧。”

文朝闻问飘香道：“你看，叶师母安葬在何处呢？”

飘香轻声说：“我看，把她老人家安葬在北运河边；古有望儿楼，今有望儿墓，那儿离她的儿子近一点儿。”说着，她落了泪，哽咽难语。

盛千翠也正在文宅，文朝闻又问盛千翠：“你能不能在河边找一块墓地？”

“我能想办法。”

“那么，你就去吧！明天安葬。”

盛千翠一走，飘香就说：“天一黑，我就离开通州，拿起武器，讨还血债。”

文朝闻强忍住伤感，说：“你放心走吧！我觉得，今日之我，较之昨日之我，年轻得多，勇敢得多，明白得多了！”

飘香说：“您帮我打开棺盖，我想瞻仰老人家的遗容。”

文朝闻和飘香将棺盖小心翼翼地抬开，飘香双手按在棺口，俯下身子，低下头去。只见叶师母平躺着，闭上了慈爱的眼睛，灰白的头发有一绺搭在前额，前额上有一道伤痕，但是她的面容恬静，并无痛苦的神色。老人家心地善良，品格高尚，一生清白，淡泊如水。对待人生，对于生活，她无所多求，也不存奢望。她只知道吃亏让人，从来不会占人便宜，为了别人，甚至忘我。而她疼爱儿子，体贴丈夫，就更是完全无我，失去了自己的存在。她觉得，自己是一个影子，一半跟随着儿子，一半跟随着丈夫；这一年多，儿子走了，丈夫还在身边，她又觉得自己的身子跟丈夫在一起，心可是在儿子身上。这位受苦受难的平凡的女性，像一片泥土，像一株芦根，既无光华，也无色彩，然而在她遭到高压，面临死亡的时刻，却表现出强大的精神力量，迸发出瑰丽的生命火花。她死了，死得并不轰轰烈烈，但是她留给人们的印象，将是深刻而难忘的。

一阵摧动肺腑的悲痛，一股势如潮涌的辛酸，剧烈地冲击和震荡着飘香的身心。她叫了一声："娘！"伤痛地哭泣起来。

飘香是个从小就不爱掉眼泪的人。挨了打、扎了手、受了欺侮，都不哭；只是小脸儿像白菜叶子一样惨白，薄薄的嘴唇咬出了血，眼睛黑沉沉发暗，像是愤火的化身。不爱哭的人哭起来，那是伤痛深深割裂了她的心，来势很猛，剧烈无比。飘香并不放声长哭，只是低低啜泣，也并不边哭边诉，而是心中默祷："娘呀！您是为了儿子，也是为了革命，无罪而死的。我是您的儿媳，也是您的女儿，只可惜在您生前，我不能跟您生活在一起，没能服侍您一天；我跟叶菏，都没来得及报答您的恩情。可是，娘啊！您的儿子儿媳，都是革命战士，他们一定要打倒蒋介石，解放全中国，让天下穷人翻身，为您老人家报仇……"她哭着哭着，泪中有了血，血泪交流了。

文朝闻知道她内心沉痛，也想让她哭一哭，解除一下心头的痛苦；可是一见她如此过度地悲伤，又慌张起来，怕她哭坏了身子，走过去抱住她的双肩，劝道："孩子，你要忍痛节哀，以大局为重呀！"

飘香渐渐收住了哭，又和文朝闻小心翼翼地合了棺。

忽然，小石在出现在通州师范隔壁的墙头上，像一只灵敏的小松鼠儿跳了下来，低低叫了一声"爷爷！"，又叫了声"姑姑！"，走到叶师母灵前，鞠了三个躬，然后用手一抹满脸泪水，向文朝闻和飘香说："爷爷，姑姑，跟我进屋来。"

文朝闻拉着小石在的手，进屋问道："出了什么事？"

"特务已经严密监视您家，我是绕到学校西墙，爬墙进来的。"小石在神情紧张，焦急不安，"家里送来紧急命令，姑姑马上出城；叶奶奶的丧事不要有大举动。”

文朝闻问飘香道：“你怎么走？”

飘香十分镇静，说：“您出去镇唬一下那些狗东西，我让小石在给千翠打电话，叫她开汽车来。”

小石在从墙头翻到通州师范，文朝闻开了街门走出去。

在他家对面的路边上，铁血带领他的三青团先锋行动队，正探头探脑，东张西望。一见文朝闻走出来，铁血忙一挥手，那伙小特务鬼影子似的钻了胡同；他却装得像个有点身份的人物，迎着文朝闻走出，点头哈腰地说：“文先生，我来吊唁叶师母，并向您表示衷心的慰问。”

“你是什么人？”文朝闻怒目而视。

“学生铁血，过去跟叶菏曾是……”

“你是残害叶师母的凶手！”文朝闻戟指铁血的无耻嘴脸，“你这个丑类，你这个猪狗，滚，滚，滚！”

“文老师，您……您……再见！”铁血连连倒退。

盛千翠的汽车正好开来，险些把他辗到车轮子下面。他打了个滚儿，带着满头满脸的灰土和一身惊吓出来的冷汗，落荒而去。

盛千翠身穿银灰色旗袍，肩披一块黑纱，走进文宅。飘香采摘了院里的鲜花，编成了一只小小的花环，端端正正放在叶师母灵前。

文朝闻喝退铁血，也回到院里，盛千翠问道：“是您要车吗？”

文朝闻说：“你送青萍到码头去。”

“青萍，你上哪儿？”盛千翠疑惑地看着飘香。

“老家拍来一封加急电报，我要赶这一班船回老家。”飘香平静地说，“你这一身衣裳，带有哀丧的色调，我想换穿一下，以表示我对叶伯母的伤情，答应吗？”

“我也早想跟你换衣裳。”盛千翠说，“你的衣裳有一种天然之美，散发着紫丁香的芬芳。”

到屋里，飘香穿上盛千翠的旗袍，披上黑纱，盛千翠换上飘香的家常衣裳。两人的个子一般高矮，只是飘香虽然娇小，却不像盛千翠瘦弱；所以穿上她的旗袍，更显得体态窈窕，身姿优美，很觉得不好意思。

飘香跟文师母告别，文师母抱住飘香，难舍难离。文朝闻跺着脚，发急地说：“放开吧，什么时候！”

盛千翠和飘香，一前一后，上了汽车。汽车一出胡同，只见铁血面目狰狞，正跟他那一伙小特务指手画脚，飘香咬着牙骂了一声“这条狗！”盛千翠有所醒悟，命令司机：“加大马力，快！”汽车像一阵旋风，穿过大街，驶出南门，直奔东关码头。

东关码头栅栏门外，有持枪荷弹的士兵站岗，汽车远远停住。飘香低声说：“千翠，我哭得头晕脑涨，想定一定神儿，你去给我打票。”盛千翠答应一声，跳下了车。她身穿飘香的家常衣裳，走进栅栏门去，从背影看，跟飘香一模一样。

突然，铁血乘坐一辆摩托车赶到了，他瞄见盛千翠的背影，摩托车直冲进去。飘香知道后面还得有特务随之而来，赶快下了汽车，钻进一片乱树棵子里。

盛千翠正在售票室的窗口打票，肩头猛地被人一抓，只听脑后一声断喝：“你跑不了啦！”

盛千翠疼得一跳，回过头，见是铁血，张手就是一个嘴巴，骂道：

“瞎了眼的，你敢抓我！”

“啊！”铁血就像烫了手，满脸惊慌，“盛二小姐，是您？……误会，误会。”

“是吴宗笠派你来抓我吗？”盛千翠大嚷大叫，“我跟你去投案！”

“不，不……”铁血磕头虫似的连连鞠躬，“我是追踪一个女共匪，一时眼差了，冒犯了您。该死，该死！”说着，急急溜走。

摩托车又冲出栅栏门，后边骑自行车的小特务们也到齐了。一个自作聪明的家伙搜查汽车，汽车里只有司机一人，吹着口哨儿。问他：“人呢？”司机一抬下巴颏儿，从鼻子眼里答道：“进去打票了。”“还有一位穿锦灰旗袍的小姐呢？”“随后也进去了。”

铁血眼珠儿一转，下令道：“两个人跟我上船等她，其他人四处搜索！”

可是，飘香这时已经深入青纱帐中奔城西去了。

第二天上午，八名杠夫抬着叶师母的灵柩，没有任何装饰，没有一件响器，只在棺盖上，放着一只小小的鲜花编成的花圈；文朝闻独自坐在三轮车上，护灵送葬，默默地向河边墓地走去。盛千翠没有来，她被盛孔方和盛老太婆锁在了闺房里，盛青蚨搬了一把椅子，坐在门外哀求她。她又哭又闹，反正是飞不出这间牢笼。

送葬的只有一个人，一个非亲非故的人，没有哭声，没有哀乐，但是却感召了成百上千的通州百姓，他们汇成一支送葬的队伍，一直送到墓地。而一路上，街头巷尾，不知有多少人洒下同情的眼泪。

叶师母被安葬在一块草地上。当天夜晚，叶菏跟飘香来到墓前，悼念九泉之下的慈母，但是没有哭。他们用铁锹给母亲的坟墓培了土，又采集了大抱的野花，覆盖在坟头。第二天，一支国民党的巡逻小分队，大白天就遭到武工队的伏击，没有一个逃活命。头上蒙着黑纱的飘香，一个人就打死了五名匪兵。

她的威名，很快就传遍了通州城内，吴宗笠下令，严密捉拿戴黑面纱的青年女子。而盛千翠却像佩戴最高的勋章，每天都头蒙黑纱，从家里步行到学校去，穿街过巷，引人注目。她觉得，自己的勇敢，跟飘香也不相上下。

29

吴宗笠又兼任通州县长，很有点苏秦佩六国相印的骄色。他来到盛公馆门前一下车，盛青蚨急忙从楼里跑出来，迎接到大门口。吴宗笠命令汽车停放在门外，四个卫兵布下岗哨，然后在盛青蚨的陪伴下，昂首阔步，趾高气扬，进入前楼。

“爹，娘！”盛青蚨向楼上喊道，“宗笠看望您们来啦！”

胖得像一篓油的盛老太婆，瘦得像一根芦柴的盛孔方，争抢着迎到二楼楼口。

“宗笠，你瘦啦！”盛老太婆拉着吴宗笠的手，装出一副慈母面孔。

“为党国大事，废寝忘食，怎能不瘦呢？”盛孔方唉声叹气。

走进大客厅，盛老太婆又将吴宗笠拉在身边坐下，唠叨着：“这一阵子，我跟你岳父哪一天不惦记你，你怎么就分不开身来看看我们呢？”

“这也是公而忘私，国而忘家呀！”盛孔方又给女婿拍马。

“今后，我一定要常来给二位大人请安。”吴宗笠说着，目光忽然牢牢地盯在盛孔方和盛青蚨身上，“而且，在公务上，也要请岳父和青蚨兄，甚至千翠小妹，多多参议。”

“我看，在公务上，还是实行你的公而忘私，国而忘家吧！”盛青蚨十分警觉，他觉得吴宗笠的话里，设有圈套，“不然，被人讥为‘家天下’岂不有损你的政声？”

“古往今来，哪朝哪代不是家天下？”吴宗笠哈哈笑道，“我不过上行下效而已。”

盛孔方茫然地问道：“我年老力衰，头脑落伍，如何能为你效劳呢？”

“您是商界名宿，可以代表商界，担任民众戡乱行动委员会副主任委员，以壮声威。”吴宗笠又向盛青蚨转过脸去，“你倒不一定公开露面。不过，你的足谋多智，我是五体投地的。只要你在幕后多多给我出谋划策，我就好像卧龙、凤雏得其一了。”

盛孔方骨碌着昏花双眼，问盛青蚨道：“你看呢？”

盛青蚨的脑瓜里，也在紧张地转着念头。跟吴宗笠暗中合作，利用吴宗笠的金钱和权势，也许可以挽救他的破产命运。但是，他对于这位豺狼妹夫，并不信赖；而且，尤其使他不能信赖的，是当前的形势。全国的战局，国民党已经走了下坡路，通州的局面，也不大美妙。他是个商人，投机取巧，唯利是图，是他的本性；然而，在吴宗笠身上投机，是否能够取巧，是否有利可图？他觉得要画一个大大的问号。

“宗笠，你怎么拿炭篓子往我头上扣呢？”盛青蚨滑头一笑，“我们盛家的祖训，是经商不做官。我是个商人，你要跟我合伙做生意，那真是珠联璧合；至于你要拉我跟你一起搞政治，我这个一窍不通的外行，可就无能为力了。”

“是呀，是呀！你可不要把我这个老朽的名字，拿去当商标使用。”盛孔方一向是儿子的傀儡，所以也连忙改口，“什么民众戡乱行动委员会呀！戡乱是大兵的勾当，何必要草民行动呢？”

“你们跟我是骨肉至亲，竟不肯助我一臂之力，难道还能指望我帮助你们大发横财吗？”吴宗笠眼放凶光，“青蚨，你不必强作欢颜，京津商战一败涂地，你已面临倒闭破产的危机，要想起死回生，只有跟我全面合作。”

盛青蚨被他说中痛处，面孔一阵痉挛，强笑了一下，说：“山重水复疑无路，柳暗花明又一村。”

吴宗笠识破盛青蚨外强中干，正想进一步逼他屈膝投降，仆役们进来摆设酒席，他只得等一会儿再发动进攻。

盛千翠不得不到前楼吃饭，所以也算是出席奉陪。

“小妹越发花容月貌了！”吴宗笠虚情假意，“叶菏投匪以后，只靠小妹一双玉臂支撑平民子弟夜校，堪称女中文杰，可钦可敬。”

“谢谢大人关心！”盛千翠冷着脸儿，“只求今后少刁难我们，就算皇恩浩荡了。”

“我赞助你们，支持你们！”吴宗笠煞有介事。

“我不敢相信你还能实行德政。”

“我是通州人，总得办几件好事，免得祖坟被人骂裂呀！”

“你惯会骗人！”盛千翠撇了撇嘴。

“当真！”吴宗笠郑重其事地说，“我资助你们办学，你们协助我戡乱。”

“你……你……”盛千翠气得脸白如纸，“原来你想利用我们充当你的走狗爪牙呀！”

吴宗笠尖厉地笑起来，说：“我不利用，有人也要利用，但不知小妹甘愿被谁利用？”

盛千翠倒吸一口冷气。一刹那，在她眼前出现一个幻觉，这个家伙不是人，而是一只披着画皮的狼。

这顿饭，吃得很不痛快。席间，吴宗笠含沙射影，旁敲侧击，威胁利诱，软硬兼施，耍尽了手段。盛青蚨极力保持镇静，也只有招架之功，并无还手之力，脸上一块青，一块白，身上冷汗不止。

吴宗笠带着几分醉意，在岳父岳母的挽留声中告辞，盛孔方和盛老太婆又送到二楼楼梯口，盛千翠却一动不动。盛青蚨一直陪他下了楼，出门口，上汽车。

“宗笠！”盛青蚨低首下心，一副可怜相，“不知你愿不愿意互相提携，把你手中的那些现款，一部分在茂达存定期，一部分在兴通入股份？”

“对不起！”吴宗笠的眼珠子布满血丝，像一条吃死尸吃红了眼的恶狗，“谁不跟我讲情义，我也就跟他六亲不认！你还是把兴通、茂达这两个空壳子盘给我吧！免得你被宣告破产，身败名裂。”说罢，钻进汽车，呜的一声开跑了。

“豺狼！”盛青蚨咒骂了一句，愤愤地上了楼。

“还是不要跟他抓破脸吧！”盛孔方劝道，“千方百计，把他的资金弄到手，渡过难关，才是上策。”

“您难道看不透他的狼心狗肺吗？”盛青蚨惨然地说，“他是趁我之危，落井下石，吞并兴通、茂达，置我于死地而后快。”

“其实……何必……”盛孔方吞吞吐吐，“你就答应他那个条件，换取……”

“鼠目寸光！”盛青蚨呵斥他爹，“您老眼昏花，看不清当前形势。共产党已经占了上风，如果我只图眼前快乐，跟吴宗笠实行政治姘居，一旦城破，共产党岂能饶我？今后对他避之唯恐不及，怎能自寻无穷后患？”

“是呀！”盛千翠头一回给哥哥帮腔，“别看吴宗笠张牙舞爪，其实好景不长。”

“千翠，你让共产党迷了心窍！”盛老太婆怨怒地叫道，“我不许你胡说八道，我不许你疯疯癫癫。”

盛千翠从来不把她娘放在眼里，小嘴一噘，柳眉一竖，说：“我愿意，您少管！”

盛老太婆悲悲切切地哭起来了。

盛青蚨拉着盛千翠的胳臂，说：“别惹娘伤感了，到我书房去。”

来到盛青蚨的书房，盛千翠抿着嘴儿一笑，说：“你是不是又要临时抱佛脚？”

“我想跟那边做生意。”盛青蚨急切不安地说，“可是我在那边又没朋友，找谁接洽呢？”

盛千翠故意拉着长腔儿，说：“你有一张厚脸皮，还不会见庙就烧香，见佛就叩头吗？”

“小妹，你能不能给叶菏……？”

“算了吧！”盛千翠厉声打断他的话，“我已经接受你的劝告，下了狠心，将情丝一刀两断。”

“小妹，你不能见死不救，帮一帮你这个不成器的哥哥吧！”盛青蚨跺着脚，哭起来，“我已经赔了个精光，如果能在共产党地区打开市场，就可以避免倾家荡产的灾难；你怎么能无动于衷，袖手旁观？”说着说着，涕泪交流。

盛千翠被她哥哥的眼泪软化了，更被她家面临的破产危机吓坏了，答应说：“我只好低声下气给叶菏写封信，向人家开口行乞。”

“我马上给你开个货单，都是他们求之不得的物资！”盛青蚨又转悲为喜，“那些想逼我盛某人跳楼投江的官僚买办，瞎了他们的狗眼！我盛某人并非无能鼠辈，不会坐以待毙；盛某人神通广大，生财有道，前途不可限量。”

侦察员小丢身穿教会中学的夏季校服，上衣兜口插了两支自来水钢笔，一副十足的洋学生派头儿，出现在盛公馆门口。

从门房里，跨出一个粗眉暴眼的大块头，上上下下，打量了小丢有两分钟，才瓮声瓮气地问道：“找谁？”

“盛千翠！”小丢扬着下巴颏儿，十分傲慢。

“你怎么认识我们二小姐？”大块头口气软下来。

“朋友！”小丢仍然大模大样，两手插在裤兜里。

“贵姓？”

“无。”

“台甫？”

“名氏。”

“捣乱吗？”大块头圆瞪二目，“世界上有叫无名氏的吗？你到底是干什么的？”

“少见多怪！”小丢轻蔑地耸耸鼻子，“我是口天吴，日月明，‘学而优则仕’的仕，开窍了没有？还不赶快通报去。”小丢这几句话，是临来之前跟叶菏讨教的。

大块头转身进屋，一个头戴瓜皮小帽的听差，急急忙忙奔后楼跑去。

后楼阳台上，盛千翠正跟文萃斋书铺少老板、教会中学的优等生凌鸿鹄凭栏赏花。

“回禀二小姐！”瓜皮小帽哈下腰去，“有一位您的同学求见。”

“叫什么？”

“吴明仕。”

“放屁！”

“口天吴，日月明，‘学而优则仕’的仕。”

“我压根儿就没有叫吴明仕的同学！”盛千翠嚷道，“一定是个流氓，叫大块头给他点颜色看看。”

“可是，看那穿着打扮，很像个富家公子哥儿。”瓜皮小帽当了大半辈子听差，是个老油子，他觉得来客必有背景，不可怠慢，“听他的口气儿，跟二小姐也不是泛泛之交，您是不是赏他个脸，出去看看。”

“也不知从哪儿冒出来的讨厌鬼！”盛千翠气咻咻地走下楼来。

转过前楼，瓜皮小帽一指当门而立的小丢，说：“就是那位。”

“你是什么人？”盛千翠走到小丢面前，怒目而视，“我不认识你！”

大块头从门房里蹿出来，将小丢看住，只等二小姐一个眼色，就要动手。

“请看我哥哥的信！”小丢掏出叶菏的短笺，扔给盛千翠。

盛千翠一看叶菏的笔迹，就明白了。她强作镇静，说：“吴学弟，恕我一时有失礼貌。请！”

“请！”大块头和瓜皮小帽同时屈膝打千。

小丢跟盛千翠转过前楼，见四下无人，笑嘻嘻低声说：“我奉命来见盛青蚨先生，办理那笔交易。”

“我马上带你去见家兄！”盛千翠像要摆脱千斤重担，把小丢带进盛青蚨的书房。

盛青蚨跟任何人都能见面八分熟。他跟小丢紧紧握手，请小丢在沙发上落座，烟、茶、糖、果，摆满了小丢面前的茶几。

小丢吸了一口烟，喝了一口茶，不慌不忙地说：“盛先生，咱们谈公事吧！”

盛青蚨坐在转椅上，转动着位置，观察着小丢，说：“正要请教你先生光临舍下，有何贵干？”

“我奉通州武工队指导员叶菏的命令！”小丢弹了弹烟灰，“前来同盛先生约定地点，商定日期，双方会面，做成那笔生意。”

盛青蚨陡地一按桌面，挺身起立，板起面孔说：“朋友，我看你一定是认错了门儿，找错了人儿。盛某人经商多年，金字牌匾，从不违法乱禁。兴通商行和茂达银号，与本城和外埠几百家商号贸易往来，可没有一家的字号叫武工队。”

小丢一惊，定了定神，便看穿了盛青蚨的花招儿。他一不失望，二不着急，慢腾腾从沙发上站起来，伸了个长长的懒腰，说：“那么，我就不打扰了。如今的天气一天比一天热，盛先生的存货搁久了，可不要馊在手里。”说罢，就走。

盛青蚨上前一步，张开双臂，拦住小丢，变换一副笑脸儿，说：“老弟，不管我们之间做不做生意，可是三教九流，五行八作的朋友，我都喜欢攀交。请赏光，吃顿便饭，再走不迟。”

陪客的却换了盛千翠。

盛千翠的慌乱心情，已经完全镇定。她像个大姐姐，不停箸地给小丢布菜，不停口地问长问短。

“叶菂身体好吗？听说他高升了，是吗？”

“革命工作，不分高低。”

“他在你们那边……”盛千翠欲言又止，脸上红了又红，“一定选中了一个美丽而又革命的意中人吧？”

小丢喜欢恶作剧，故意捉弄她，说：“革命太忙，顾不得在这方面花心思。不过，仿佛有个人儿牵着叶菂的心。他这个人心又深口又紧，谁也别想侦察出他的秘密。”

盛千翠的脸儿大放光彩，说：“我哥哥不改奸商心理，他想抬高行市，多赚几个钱，我反对他发不义之财。”

退到幕后，正在门外偷听的盛青蚨，一见他妹妹又堕入情网，连忙推门进来，堆着笑脸说：“这位朋友，招待不周，请原谅。”

小丢抹了一下嘴巴，说：“我是吃了人家的山珍海味也不嘴软。咱们当面鼓，对面锣，把话说明白：做成的买卖，讲定的价钱，就得钉是钉，铆是铆，不能拉出屎来再坐回去。”

“误会，天大的误会！”盛青蚨指天画地，“君子一言，驷马难追；人而无信，不知其可也。但是，物价飞涨，瞬息万变，请转告叶菏指导员，尚乞体念我的苦衷。”说着，他那本来眉飞色舞的面孔上，也变化多端，一会儿苦相，一会儿哭相。

小丢一言不发，就向外走。盛青蚨杀鸡抹脖儿似的给盛千翠连递眼色，盛千翠无可奈何地叹了口气，追到门口，紧紧扯住小丢的胳臂，柔声儿说：“好朋友，替我捎句话儿，请叶菏来一趟，我……有很多话，想跟他说。”说罢，低下头，眼圈儿红了；猛一转身，跑回楼去。

30

盛千翠在家里，可就不那么平民化了。她的房间，真是珠光宝气，富丽堂皇；镂花床栏的钢丝床，高大的穿衣镜，精巧的梳妆台，天鹅绒的沙发，玻璃砖的茶几，古色古香的书橱，花梨木的书桌，墨绿色的地毯，而且弥漫着高级脂粉香水气味。她身穿苹果绿的衬衣，咖啡色的毛料西装裤，深棕色的鹿皮拖鞋，手腕上的金表在灯光下闪闪耀眼。

叶菏弹了弹门，盛千翠一边问了声：“谁呀？”一边走过来开了门。叶菏摘下压到眉梢的礼帽，笑着向盛千翠伸过手去，说：“千翠，你好！”然后跨步进屋，反锁上门。

“叶菏，我是不是在梦里？”盛千翠扑到叶菏的肩上，抽泣起来，“我想你！自你走后，我的灵魂就失去了主宰。”她那病弱瘦削的身子，像一朵惨白的小花，在寒风中颤栗。

叶荷轻轻扳开她的胳臂，说："我来跟令兄谈生意，也是来邀请你到我们那边去做客。"

"做客？"盛千翠一下子冷却了她那如火如荼的冲动；别看她有时狂热到沸点，甚至幻想叶荷把她带走，但是共产党这三个字，在她的头脑里仍然是一个游荡的魔影，十分可畏。半晌，她才从惊呆中苏醒，发冷似的问道："为什么邀请我去做客？"

"我们希望你做革命的友人。"

"好，我去！"盛千翠似乎下了决心，其实仍然心存恐惧，"路上危险吗？"

"我以我的生命，保障你们的安全。"

"还有谁？"

"凌鸿鹄肯去吗？"

"只要我肯去，他就得去！"盛千翠发了一会儿怔，忽然噘起小嘴儿，"可是，我又不想带凌鸿鹄同行。"

"为什么？"

"因为他……"盛千翠的脸颊上浮起红晕，"他对我……产生了令人不快的爱慕之情。"

"难道他是个品德卑劣，对你存心不良的人吗？"

"不！他是个很善良很有学问的人。"盛千翠又觉得似乎不妥，忙补了一句，"当然，比不了你。"

"那么，还是请他做你的旅伴吧！"叶荷不愿再扯这个题目，"时间不早，带我去见令兄。"

盛千翠只得带叶菏下楼。

盛青蚨这几天正陷入没顶的苦恼中，好几个晚上没有到跳舞厅去寻欢作乐了。这时，他关在书房里，枯坐在写字台前的弹簧椅上，聚光台灯照着他那蓬乱的头发，灰白的长脸，呆滞的眼睛，满是胡茬的下巴，一点风度翩翩和神气十足的影子也不见了。

盛千翠推门进去，盛青蚨的眼珠动了动，有气无力地问道："小妹，还没睡？"

"哥，你看谁来了？"盛千翠一闪身，跟在她身后的叶菏跨前一步。

盛青蚨直了直眼，忽然欢呼一声，扑上去紧紧握住叶菏的双手，说："叶君，日盼夜盼，恭候你的光临；青蚨望眼欲穿，千翠早已望穿秋水了。"

叶菏笑笑说："我们很了解盛先生的心情。"

"非常高兴，十分荣幸！"盛青蚨挽着叶菏的胳臂，坐在沙发上，"不过，青蚨邀请叶君前来，不仅仅是为了谈生意，更主要的是为了向贵党一表我的衷心。"

"欢迎盛先生与我们合作。"

盛青蚨越发神气活现，说："叶君当然知道，吴宗笠是我的妹夫，但是我跟他势如水火，断然拒绝跟他同流合污。"

"盛先生的政治态度，我们很清楚。"

"我是左派！"盛青蚨双手捧着心口，表白自己，"我虽然看似脚踩两只船，重点可放在贵党这一边。我跟国民党打交道，是为了赚他们的钱，而我跟贵党的交往，则是重义轻利的。"

叶菏掏出货单，拍在茶几上，说：“那么，我们一定会很容易就把这笔生易谈妥。”

“是的，是的。”盛青蚨先从上衣兜里掏出金丝眼镜，架在鼻梁上，然后又像变魔术似的，从裤兜里掏出一个袖珍小算盘。

盛千翠一向自命清高，听他们要谈生意，便道了一声失陪，上楼去了。

叶菏含笑看着盛青蚨手中的小算盘儿，说：“开始吧！”

于是，这位重义轻利的左派商人，便展开了言语婉转而又分文必争的讨价还价。不过，他也感到惊奇，想不到这个初出茅庐的年轻书生，竟然颇为精通生意经，任凭他使出浑身解数，说得口干舌焦，也不为他的天花乱坠所迷惑，拆穿他一个又一个精心设计的圈套。最后，他迫不得已，只得同意按照叶菏提出的价码和条件成交。

“叶君对于做生意，称得起是呱呱叫的内行！”盛青蚨掏出手帕，擦着脖子上的汗水，连连赞叹不已。

“盛先生过奖了！”叶菏笑道，“其实，对于做生意，我还是有生以来第一次。但是，我们的政策和策略，既有原则性，又有灵活性，我只不过是按照党的政策和策略办事。”

“公道，公道！”盛青蚨尝到了叶菏的厉害，“听君一席话，胜读十年书，我对贵党的政策，有了深刻的认识；今后，青蚨必定以信义为重，为贵党效劳。”

“希望盛先生说到做到！”叶菏从沙发上站起身。

“请留步！”盛青蚨表情亲密，声调柔和，“关于舍妹和叶君的婚事，我祝愿你们结成美满良缘。”

“革命尚未成功，何以家为？”叶菏淡淡地说，“革命生涯，出生入死，我不能一心二用；千翠还很年轻，也应该专心学业。”

本来，叶菏想跟盛千翠见个面再走，现在却不想上楼了。

叶菏走了，盛千翠的热情顿时退了烧，只剩下一片空虚之感。她觉得，刚才好像不是叶菏来过又走了，而是一个幻影，在她的房间里游荡了一回，飘然而去，转瞬即逝。她感到惴惴不安，心烦意乱，对于是不是到那边做客，也动摇起来了。她迫切想找个人，给她出出主意。

在这个家庭里，能够跟谁倾诉衷肠呢？只有她哥哥。她虽然看不起盛青蚨的投机取巧和厚颜无耻，可是内心却不能不承认，她这个哥哥是个阅历丰富，颇有远见，必要时敢于当机立断的强者。于是，她走下楼，到盛青蚨的书房去。

盛千翠推门一看，只见盛青蚨埋头在聚光台灯下，清脆而紧张地拨弄着小算盘，连盛千翠的开门声和脚步声也没有听见，完全沉浸在袖珍小算盘演奏出来的轻音乐中。

盛千翠心情沉重地缓缓走到写字台前，站立了很久，才引起盛青蚨的注意。盛青蚨抬起头，嘻嘻一笑，说：“小妹，你这一封信，使我起死回生了！”

“可是我得付出代价。”盛千翠失神地说，“叶菏要我到他们那边去做客。”

“你答应了吗？”盛青蚨眼睛闪闪发亮。

“答应了，又有点后悔。”

“我替你去！”盛青蚨自告奋勇，“就说你偶感风寒，不能成行。”

“你去干什么呀？”盛千翠咯咯发笑，“人家请的是青年学生代表，并没有请著名奸商。”

“什么著名奸商！”盛青蚨不爱听，“人家共产党尊称我为民族资本家，是统一战线对象。”

“反正你不能替我去。”

“那你就去吧！”

“我怕他们把我扣留。”

“根本不会！”盛青蚨很懂行，“共产党不抓壮丁。扣下的人，一不自觉，二不自愿，靠不住，成事不足败事有余。”

“我又怕人身被侵犯。”

“难道叶菏对你有过非礼的行为吗？”

“他是一块不通灵性的顽石！”盛千翠哀怨地说。

“那么，你对他已经感到失望？”

“有点儿！”盛千翠含泪点了下头。

“早该横下心来！”盛青蚨说，“他不是你的理想伴侣，不是能够给你带来幸福的丈夫。”

“为什么？”

“就因为他是共产党！”盛青蚨冷冷地说，“共产党人的爱好、趣味、情调、生活方式，总而言之，所有的一切，跟咱们这个家庭的人，是格格不入的。”

“我愿为了爱情，牺牲我的爱好、趣味、情调、生活方式，以及一切。”

“梦呓！”盛青蚨嚓地划着火柴，点着一支香烟，“你姐姐失之于轻浮，需要严肃；而你又过于任性，需要的是实际。你只要把头脑冷静下来，就会发现，理想的伴侣不是叶菂，而是另外一个人。”

“谁？”盛千翠明知故问。

“凌鸿鹄。”

“呸！那个银行迷，乏味死人。”

“正是这个银行迷，有可能给你带来一生享用不尽的财富和幸福。”

“奸商观点！”

“不必假充清高！”盛青蚨激怒了，“人和人之间的亲与疏，爱与仇，都为利害所决定。”

“市侩哲学！”盛千翠打了个哈欠，“我困了，不想听你臭嚼了。”说罢，转身就走。

凌鸿鹄家的文萃斋书铺，自从被县党部、保安司令部政训处和邮政局搜查、没收、扣留了大批书籍杂志以后，只能经营一些文具纸张和表报账册，以求苟延残喘。店员都被解雇了，老板凌九霄一生以“谈笑有鸿儒，往来无白丁”的高等风雅人士自命，现在也不得不抛头露面，站到前柜，对只买一支铅笔一块橡皮的顾客笑脸相迎。而在家里，包月车取消了，老妈子打发走了，处处呈现出破落颓败的景象。凌九霄已经是花甲之年，重振家业，光耀门楣的希望，只能寄托在爱子凌鸿鹄的身上了。他祈愿凌鸿鹄能考取著名的燕京大学，毕业后又能考取洛克菲勒基金会奖学金留洋。然而，读书虽能升官发财，却要先花大笔本钱；这个，他已无能为力了。于是，他只有指望儿子巴结上盛千翠，娶到这个金钱化身的女子，赚取锦绣的前程。

这一切，都深深影响凌鸿鹄的心理，支配他的行动。为了投考燕京大学，他日夜都埋头在书堆里；虽没有悬梁刺股，身边却放着一盆冷水，以便不时拧一个冷凉的手巾把，擦一擦灼热的额头。

盛千翠走进凌鸿鹄的卧室，凌鸿鹄全神贯注在书本上，一点没有察觉。盛千翠突然一巴掌拍在书桌上，喊道："博士，抬抬头，关心一下窗外事！"

凌鸿鹄抬起苍白的长脸，木然微笑，惶恐地说："想不到……想不到你肯屈尊光临寒舍。"

"你这间屋子发了霉！"盛千翠耸了耸鼻子，皱起眉头。

"我去点一支薰香！"凌鸿鹄急忙到他父母房间去。

趁这工夫，盛千翠观察了一下这间小型图书馆似的屋子，几架古色古香的书橱，装满精装的外文书籍，一切都井井有条，十分整洁。她的目光又落在了书桌上，忽然发现在面对座椅的案头，有一个小小的玻璃镜架，剪贴着一幅她的彩色照片。那本是她跟小学时代一个女同学的合影；那个女同学现在教会中学读书，原是凌鸿鹄的女朋友，凌鸿鹄能到盛公馆做客，还是这位女同学引路。眼前，这位女同学从合影中被剪掉了，只保留着盛千翠那充满傲气的脸儿。盛千翠不禁脸上发烧，心儿狂跳。

凌鸿鹄擎着一支薰香走进来，面带歉色地笑了笑。

盛千翠却脸 沉，厉声质问道："你为什么偷窃我的照片，又不经允许而摆放在你的书桌上？"

凌鸿鹄低下头，垂着手，发窘地说："照片不是我偷来的，是被剪掉的那个人转送给我的；出于对你的崇拜，才庄严地供奉在案头。"

盛千翠听着很受用，满心欢喜，却仍然装得气鼓鼓地说：“你把我的好同学，你的女朋友的倩影剪掉了，是什么意思？”

“因为我不喜欢她。”

“为什么？”

“她……她……”

“她没钱，是不是？”盛千翠冷笑道。

“不，不！”凌鸿鹄慌乱地说，“我是不喜欢她的柔媚无骨。”

“那么，我有骨？”

“是的，你是一副秀骨、仙骨……”

“我是金骨！”盛千翠刻薄地说，“我们家那一根根金条，支起了我的骨头架子；你不是崇拜我，而是崇拜黄金！”

“千翠，你为什么如此轻蔑我，污辱我！”凌鸿鹄哭了，“我发自内心深处，像赤子一样纯洁，崇拜你这个人。”

“那你就是瞎子！我真正是一个软骨头。”盛千翠神经质地发笑，“你难道看不见我对叶菏是多么低三下四吗？”

“那不是软骨，而是痴情。”

“如果叶菏能像你这样知心，那有多好！”盛千翠自怨自艾，“痴情女子薄情郎，我是何苦呢？”

“我虽然在你的心目中，不配荣获叶菏那样的地位，”凌鸿鹄向盛千翠投去乞怜的目光，“但是我要做你最知心的朋友。”

“好，最知心的朋友！”盛千翠握住他的双手，“陪我到延芳淀走一趟。”

最知心的朋友踌躇了，吞吞吐吐地说：“我……我还要……准备功课……考大学。”

“你是书虫子，你是冷血动物，你是时代的落伍者！”盛千翠激昂地叫道，“如果你不同我做伴到延芳淀去，我今后就不再理你。”

“我去，我去！”凌鸿鹄屈服了，“可是，我的功课……”

“你带着书本去呀！”盛千翠笑眯眯地说，“水乡之夜，万籁俱静，孤灯为伴，草堂读书，多么富有诗意。”

“好吧，我全依你。”凌鸿鹄满脸可怜的怨气，“可是，你又依过我什么呢？正像《圣经》中说：‘我乞讨的是面包，她抛给我的是石块’。”

盛千翠感动了，她用一只软绵绵的小手，温情地揉弄凌鸿鹄的长发，悄密声儿地说：“我的最知心的朋友，跟我做伴到那边走一趟吧！到那边我清理了旧债，也许会把面包给你。”

“呵！”凌鸿鹄双手交叉在胸口，“我像是一个饥渴的沙漠旅人，在我的眼前，出现的是一片绿洲，还是海市蜃楼？”

两天之后，盛千翠放出风去，她跟凌鸿鹄到省会去游玩，离开了通州。

31

延芳淀口，飘香驾一叶扁舟，迎候他们。

“萍姐，是你！”盛千翠惊叫一声，就像堕入梦境，投进飘香的怀抱。

“她在这儿叫飘香。”小丢驾另一叶扁舟驶来，“香满延芳淀。”

“你怎么在这里？”盛千翠偎在飘香的怀抱里问道。

“说来话长，等以后再给你捅破这层窗户纸。”飘香牵着她的手上船，“坐稳。”

小丢请凌鸿鹄上他的船。

“走！”飘香的篙头轻轻一点，小船离岸，像惊鸟乍起，向延芳淀飞去。

“天！”盛千翠恐惧地尖叫，“萍姐，你可不要淘气呀。”

“别害怕，相信我！”飘香咯咯笑，“我五岁就在延芳淀上玩船，是个老把式。”

她站在船头，手持富有弹力的竹篙，娇小的身子一俯一仰，两臂一张一弛，就像风吹芦苇，杨柳轻飏。两只小船，两个撑篙人，你追我赶，寸步不离，争先恐后，互不相让，将小船划得像脱离水面，在花香水气中飞行，吓得盛千翠胆战心惊，魂不附体。于是她干脆闭上了眼睛，听天由命，只觉得耳边风声呼呼，身上冷汗涔涔。

“到岸了！”

飘香一声呼唤，盛千翠睁开眼睛，如梦方醒。但是，腿麻了，站不起来，飘香把她抱上岸。这时，后面小丢那只船，也咬着尾，赶到了。

他们靠岸的这里是烟村。小丢带凌鸿鹄到车平安家去，飘香带盛千翠去雷响家。

雷响娘从窗眼里望见，飘香陪着个女学生走进柴门，忙出溜下炕，迎到屋门口，笑问道：“他香姐，你带来的是什么贵客呀？”

“舅妈，自家人。”飘香把盛千翠推到雷响娘面前，“她叫盛千翠，跟叶菏是同学；千翠，这是我舅妈，武工队长雷响的母亲。”

雷响娘捏着盛千翠那十指纤纤的玉手，亲热地说："一路上劳累了，快进屋歇歇吧。"

盛千翠一进这间小屋，目瞪口呆。小屋破陋，四壁乌黑，窄窄的小炕，还堆放着坛坛罐罐，破席上只有一床单薄的旧棉被；跟她那间富丽堂皇，满室生香的闺房相比，真有天壤之别，这叫人怎么住呢？

"千翠，上炕躺一躺！"飘香笑着说，"舅妈，您给千翠做饭吃。"

盛千翠一想到她那金玉之体挨在土炕破席上，肉皮子有如芒刺，起急地说："萍姐，我想马上见到叶菏！"

飘香笑道："本来他打算亲自去接你，偏巧今天他正忙得分不开身，让我一见你的面，先替他道个歉。"

"忙，忙，忙！"盛千翠发起小姐脾气，"难道就忙得不屑于跟老同学打个照面？"

飘香连忙说："你先休息、吃饭，我去找他。"

等飘香到石瓜镇把叶菏找来，走进雷响娘的小屋，却不见了盛千翠，忙问道："客人呢？"

"这位小姐跟咱们不是一个阶级'姓'！"雷响娘失望地说，"我请她坐，她的身子不敢沾炕沿；我给她做得了鸡蛋面条汤，她皱着眉头吃了两箸儿，就咽不下去了。刚才，车平安带着那个男学生，风风火火把她叫走了，也不知有什么变故。"

叶菏看了飘香一眼，说："只怕车平安搬弄是非。"

飘香搡着叶菏说："你快去找她谈谈。"

车平安过去在通州拉车为生，曾给盛千翠的爸爸拉过好几年包月车，后腰上常常被盛孔方的文明杖戳得青一块紫一块，吆喝他快跑。后来，盛青蚨当了家，买了汽车，把他解雇，他又给凌鸿鹄的爸爸凌九霄拉了两年。对于盛、凌两家，他仍然留存着辛酸的回忆，但是他这个人虚荣心很重，颇有点阿Q习气，不喜欢提起过去的寒酸，觉得丢面子。这几年，他过上了温饱的日子，在烟村也算个出头露面的角色，眼睛就更向上，一心想攀高枝儿。他很想当烟村村长，可是他这几年光做小买卖，没有种过地，而且还有一个女儿嫁给了一个小地主，所以连个委员也没选上。车平安很不满意，满腹牢骚，态度消极。他想，雷响为人大度，叶菏办事公道，只有飘香性情刁钻，必是飘香从中作怪，才把他扔在了脖子后头。于是，他把一肚子的不满，都集中在飘香身上，背地里飞短流长。土改以后，家家户户都比过去手头宽裕了，他的货郎担生意很是兴隆；他已经盘算，打算把分得的土地，趁热卖个大价钱，然后到石瓜镇开个小杂货铺。

凌鸿鹄到他家来住，称呼他车大叔，车平安感到十分体面。又听说盛千翠也来了，忙亲自到雷家小院看望这个小女主人，热呼呼地说：“二姑娘，还记得吧？你小时候，我还抱过你，学猫叫狗叫，哄你玩哩！”他打算开小杂货铺，想到盛、凌两家都是通州的巨商富贾，博得盛千翠的欢心，等于是打通了两条生财之道，所以一定要在盛千翠和凌鸿鹄身上大下功夫。

盛千翠很想打听飘香的底细，一进车平安家，就问道：“老车，那个飘香在城里化名邵青萍，她到底是什么人？”

“蒲政委的红人儿，叶菏的情人儿！”车平安尖酸刻薄地说。

盛千翠大惊失色，按住心跳，颤声问道：“她跟叶菏是……？”

“多年的……哈哈！”车平安挤着眼睛，“虽说并无三媒六证，可是飘香的手段高明，反正叶菏是关进她的鸟笼，钻进她的鱼网了。”

叶菏跨进车平安的门槛，车平安正指手画脚，眉飞色舞，说得口沫飞溅。他一见叶菏进了门，急忙咬住舌头，干笑了两声，说：“你们谈工作吧！我就别在一边碍手碍脚了。”说罢，拔腿溜走。

“谈什么呢，这么热闹？”叶菏微笑着问道。

“我请老车当个月下老人！”盛千翠充满敌意地盯着叶菏的眼睛，射出挑战的目光，“请他用一根红线，把我拴在凌鸿鹄的脚下。”

凌鸿鹄惊喜过望，真想跳起来欢呼，他没有想到盛千翠突然如此急转直下，满足了他梦寐以求的奢望。

“祝贺你们！”叶菏不动声色，平静地说，“希望你们今后沿着进步的道路，携手向前。”

“谢谢你的祝贺，无限感激！”凌鸿鹄抓着叶菏的手，连连紧握，“车大叔给我们牵了红线，而你则是最有权威的见证人。”

“鸿鹄，你是怕我过后不认账吧？”盛千翠一阵神经质地发笑，“不光请叶菏见证，还要请青萍作保，我给你立下卖身契！”

叶菏正色说：“千翠，我们书归正传，谈正题吧！”

“我要见你们的首长！”盛千翠歇斯底里大发作，“你的官儿太小了。”

说罢，她趴在炕上，放声大哭。

蒲葵亲自来到车平安家，看望盛千翠和凌鸿鹄。

盛千翠趴在车平安家那雪白的苇席上，还在嘤嘤啜泣，口中呢呢喃喃：“爱情……爱情……”

“翠，不要伤感吧！”凌鸿鹄手按心口，无比多情，“忘掉那个扔给你石块的人，我愿做你忠实的奴仆。”

盛千翠抽噎着说：“我怕……我怕……”

“不要怕，我守卫在你的身边。”凌鸿鹄掏出手帕，给她浸掉腮上的泪珠儿，“我们在此地不可久留，还是赶快回到温暖的家庭去吧！想到我们这一次的历险，我们将永远珍惜在共患难中缔结的爱情。”

正在这时，蒲葵走进院来，喊了一声：“盛千翠、凌鸿鹄同学，欢迎你们的光临！”

凌鸿鹄连忙迎出去，一见蒲葵那雄姿英发的风度，就知道是个重要人物，连忙深鞠一躬。

“不认识我了吗？”蒲葵含笑问道，“我在通州停战监督小组工作时，你给我送过书。令尊身体可好？”

“啊，您是……蒲葵先生！”凌鸿鹄感动地说，“家父常感惭愧，那一次您采购大批图书，本来已经索价甚高，后来您却又派人送来加价，家父于心极感不安。”

“不要谢我，我没有那么高的眼力！”蒲葵笑道，“我是为区党委资料室购置图书，以备研究参考之用。这批书转运到区党委，发现其中有几册珍本，决定公平加价，以酬谢令尊访书之劳。”

盛千翠连忙从炕上爬起来，她只不过犯了一阵神经质，并没有把两眼哭成桃子；掏出小手帕，抹了抹脸庞，换上了一副笑脸。

“蒲先生，我也认识您，您不记得了吗？”盛千翠不让凌鸿鹄独享这份荣光，“去年，有一回吴宗笠请您吃饭，我正到他家去为平民子弟夜校募捐，曾经一睹您的风采；只是因为讨厌吴宗笠，所以没有奉陪您，十分失礼，应该向您道歉。”

“不，我应该称赞你。”蒲葵和蔼可亲地说，“你不与你的姐姐和姐夫同流合污，是难能可贵的。希望你不断进步。”

盛千翠很高兴，说：“我一定不辜负蒲先生的期望。”

“那么，要把我们留下？”凌鸿鹄变了脸色。

“这要取决于你们的自愿。”蒲葵笑着说，“如果你们不想留下，我们来时欢迎，走时欢送。”

蒲葵走了，凌鸿鹄仰面朝天躺在炕上，说：“我们上了当，被软禁了。”

“怎见得？”盛千翠也慌了神儿。

“这是叶菏以爱情为诱饵儿把你钓了来，你又钓了我！”凌鸿鹄在炕上痛苦地抱着头，“千翠，你去求一求那个萍姐，请他们放我们回去吧。”

“我……我不敢去。”盛千翠心虚胆怯，六神无主，“我跟她已是情敌，情敌是可以化为仇敌的。”

“那么，我们就束手待毙吗？”凌鸿鹄抓着头发，“我还要考大学，考大学呀！”

“我害了你，害了你！”盛千翠扑到他身上。

外屋一阵吃吃笑，车平安嘻嘻叫了声：“盛二小姐，凌大少爷！”

“车大叔！”凌鸿鹄吓得发抖，“别告发我们。”

“姓车的，是他们派你监视我们吗？”盛千翠反而十分镇定，撒泼地说，“你去告发吧，拿我们的人头请赏吧！”

“岂敢，岂敢！”车平安诡秘地笑道，“等打下通州，我老车做买卖，还要请青蚨少东家跟凌老板多多关照。你们两家的残羹剩饭，也能撑破我的肚皮。”

盛千翠眼珠儿一转，说：“你送我们走，我们忘不了你的好处。”

“等天黑吧！”车平安忽然又打了个冷战儿，“我这可是豁出了身家性命呀！”

盛千翠脱下了手上的金戒指，说：“老车，你把我们平安送走，这个戒指给你。”

凌鸿鹄也摘下腕上的手表，说：“再搭上这个。”

车平安赶忙双手接过金光闪闪的戒指和手表，说：“我老车万死不辞。”

天黑以后，趁着夜色，车平安带领盛千翠和凌鸿鹄溜出了烟村，沿延芳淀畔的蓬篙小路，落荒而逃。

走没多远，就听背后传来飘香的呼叫：“千翠，千翠！你们站住。”

“我的娘，这个丫头追来啦！”车平安一听飘香的声音，惊得像一条泥鳅，嗞溜不见了。

“老车，你不能扔下我们！”盛千翠喊道。

“车大叔，救命吧！”凌鸿鹄哭起来。

但是，车平安早已不知去向。

“快跑！”盛千翠扯起软弱无力的凌鸿鹄，深一脚浅一脚地跑起来。

后面，飘香一边追一边呼叫，越来越近了。他们正想钻进一片柳棵子地里，忽然一棵河柳后边闪出一个人影。

“千翠，鸿鹄！”是叶菏的声音，“我送你们回去。”

“叶菏！”凌鸿鹄瘫在了地上，“不要杀我们，我们……我们留下……革命。”

“杀吧！”盛千翠却迎着叶菏走去，扯开身上的汗衫，裸露出苍白消瘦的胸脯，“我热恋过你，如今死在你的手里，也是罪有应得。”

叶菏长叹一声，说：“千翠，你是多么不了解我，不了解我们！你跟凌鸿鹄回去之后，只要不投靠吴宗笠，我们仍然是朋友。”说着，他从地上扶起凌鸿鹄，给凌鸿鹄拍打身上的泥土。

“我们……受了车平安的骗。”凌鸿鹄找个借口，给自己遮羞，“他还讹诈了我们的戒指和手表。”

“小丢！”叶菏向黑暗中下令，“抓住车平安，把戒指和手表找回来。”

“是！”小丢像一颗流星而去。

这时，飘香也追到了，她给盛千翠扣上了汗衫，温和地责备说：“千翠，你走得太匆忙了，咱俩还来不及深谈。”

“萍姐！”盛千翠趴在飘香的肩头，“宽恕我吧！”

飘香抚摸着她那瘦骨伶仃的肩膀，说：“我跟叶菏，都不会忘记你跟我们的友情。”

小丢回来了，把戒指、手表归还盛千翠和凌鸿鹄，叶菏和飘香带领几名武工队员，一直送他们到通州郊外。

盛青蚨刚刚喝完牛奶，吃过早点，正坐在沙发上浏览当天的报纸，然后到银号和商行去接受职员们的朝见。突然，盛千金像一头火牛闯进来，劈头盖脸问道：“你打发千翠那小蹄子到哪儿去啦？”

这真是当头一棒，打得盛青蚨懵了头，一时张口结舌，连连眨巴眼睛。他从盛千金的态度和声调里，感到事情不妙，强作镇静地说："她带着她的男朋友，到省会去玩，也不是我打发她去的；难道我愿意她挥金如土，浪费钱财？"

"撒谎！"盛千金手指着她哥哥的鼻子，"你主使她通共。"

盛青蚨跳了起来，一掌把盛千金搡在沙发里，恶狠狠地说："胡说八道！你怎么给自己的亲哥哥和亲妹妹头上扣红帽子？"

他跟盛千金，在投机倒把做生意上，是合谋同伙；但是很清楚，盛千金的脑瓜子浸透了反共毒汁，所以关于他跟共产党方面的暗中往来，却要对这位同伙绝对保密。

"你指使千翠向共产党分子叶菏卖身！"盛千金仍旧气势汹汹，一口咬定。

"住嘴！"盛青蚨挽起了雪白的袖口，"你再敢疯言疯语，我就打死你这个娼妇。"

这个刁泼暴戾的女恶棍，骨子里最怕盛青蚨，也只怕盛青蚨一个人。这是因为，不但她的一切丑事和隐秘，完全掌握在盛青蚨的手里，而且由于她头脑简单愚蠢，遇事全无一定主见，要靠盛青蚨的指点，所以已经习惯于接受盛青蚨的主宰。

盛青蚨舒了一口气，点起了一支雪茄，问道："发生了什么事儿，急得你就像中了邪似的精神失常？"

盛千金有气无力地呻吟着说："吴宗笠刚刚接到一份情报，千翠到延芳淀投奔了共产党。"

"这怎么可能呢？"盛青蚨也好像受到意外的震惊，"她明明是到省会去了呀！”

“你怎敢保她不从省会兜个圈子，绕道而行，进入匪区呢？”

“真急死了人，气死了人！”盛青蚨又搓手，又打转儿，“吴宗笠打算怎么办，他不会找我的麻烦吧？”

“他就是怀疑你暗中主使呀！”盛千金从眼角瞟着哥哥，“所以我才敲山震虎，诈你一下子。”

盛青蚨一声哀叹，说：“看来，你跟吴宗笠夫唱妇随，暗算起我来了。”

“你看，怎么你也如此量窄？”盛千金咯咯笑起来，“我跟吴宗笠讲定，你跟千翠若是当真通共，那就是跟我无情无义，我也就不再念骨肉之亲，手足之情，抓也好，杀也好，我都不管。可是，如果他听信谗言，或是无中生有，陷害我的兄妹，我绝不答应。”

“谢谢你的有情有义吧！”盛青蚨冷笑道，“像我这个身为县长内兄的人，即使很想通共，共产党又岂能信得过我？以此类推，小妹的身份与我相等，共产党难道就会相信她吗？依我看，吴宗笠不过是吞并茂达和兴通之心不死，捏造罪名，加害于我，迫使我无条件投降。”

“说得是！”盛千金从沙发上一弹而起，“吴宗笠这是给咱们盛家扣屎盆子，把你打下马去，也杀下我的威风。”

盛千金又风风火火地走了。

盛青蚨可真的焦急起来。他必须想方设法，通知盛千翠不要回城，但是又并不心甘情愿把盛千翠留在延芳淀。正在他束手无策，想不出两全之计的时候，盛千翠和凌鸿鹄却在不适当的时间，不适当地回来了。

“天哪！”盛青蚨连连叫苦，“吴宗笠正要抓你们，你们怎么回来自投罗网？”

凌鸿鹄吓得呆若木鸡，全身血都凉了。盛千翠却并不显得过分惊慌，惨然地自嘲说：“让他来抓吧！谁叫我通共不坚决，又从那边回来了呢？这才是自作自受。”

“小妹，现在不是怄气的时候！”盛青蚨哭丧着脸，“如今最紧要的是想出个两全之计，渡过这道难关。”

“世上难得两全。”盛千翠苦笑着说，“一个是我还回那边去，一个是我向吴宗笠投案。”

“不能回那边！”盛青蚨断然地说，“也不能投案。”

“不能回那边，也不能投案！”凌鸿鹄随声附合。

“那么，还有一条路。”

“哪条路？”

“死！”

“这是从何谈起！”盛青蚨急不是，恼不是，“现在只有请千金护送你们到北平，继续念书。”

正在这时，电话铃响了。盛青蚨摘下电话，就听见盛千金气咻咻地嚷道：“一点不错！千翠那小养汉精投奔了共产党。”

“证据！有什么证据？？”盛青蚨叫嚷，“你请吴宗笠跟我谈话。”

那边，吴宗笠接过话筒，开口就说：“我的王牌特工人员亲眼看见，你的妹妹现在延芳淀。”

“如果我的妹妹不在延芳淀，怎么办？”

“那就是我的特工人员谎报不实，我要严惩不贷。”

“好得很！”盛青蚨欢叫，“千翠跟她的未婚夫刚从省会旅行归来，就在我的身边，请她跟你说明。”说罢，他给盛千翠递了个眼色，握了握拳头，示意盛千翠沉着大胆，勇敢顶住。

盛千翠拿过电话，恐怖、悔恨、委屈、悲哀，以及她特有的极端任性的小姐脾气，都一齐迸发出来，又哭又闹地叫道：“吴宗笠，你抓我来吧，快抓我来吧！你说姓盛的姑奶奶通共，姓盛的姑奶奶就是通共！你把我拉到十字街头，当着通州百姓的面把我枪毙，不把我枪毙你就是王八蛋，龟儿子！”

盛千翠的突如其来，夹枪使棒地叫骂，把吴宗笠闹得蒙头转向，盛千金劈手夺过电话，骨肉之亲，手足之情，油然而生，含泪说：“小妹，好小妹！别难过，委屈了你；姐姐向你赔礼，姐姐给你出气。”

“你少跟我老虎挂念珠儿！”盛千翠又骂起姐姐，“你跟你的汉子一个唱白脸儿，一个唱红脸儿，狼狈为奸欺侮我这个弱女子，我没有你这个姐姐！”

盛千金忽然像母狼似的一声嗥叫：“吴宗笠，我跟你拼了，你把我妹妹逼疯啦！”

盛千翠扔下听筒，倒在沙发上歇斯底理地大哭起来。

电话没有挂上，从听筒里传出厮打的声音，吴宗笠哀求着：“千金，我混蛋，我混蛋！”又像着了火一样呼救：“青蚨兄，你快来吧，快来呀！”

盛青蚨一块石头落了地，挂上了电话，目光凌厉地射到凌鸿鹄身上，厉声说：“凌鸿鹄，我因为看你可能有点出息，才不嫌你门第寒微，把我这个金玉之身的妹妹给了你，并且还要不惜工本，把你造就成材。可是，如果你忘恩负义，亏待我的妹妹，我们盛家不大好惹，你也是知道的。”

“尊敬的兄长，你在我身上的投资，绝不会蚀本。”凌鸿鹄奴颜婢膝地说，“至于千翠，她是我终生的主人；我将像虔诚的教徒顶礼膜拜他们的圣母一样，忠顺地服从她，侍奉她。”

“你叫我恶心！”盛千翠尖叫着跳了起来，照凌鸿鹄那苍白的长脸上啐了一口，“你这个猫样的男人。”

她跑回自己的卧室，哐啷关上了门，颓然地倒在了床上，干枯的眼睛一动不动地大睁着。

今后，她将如何生活呢？难道她真的要剪断同叶菏的感情丝缕，熄灭叶菏在她心灵上点燃的尽管虚幻但却美妙的理想之光，遁离山雨欲来风满楼的通州，到陌生的古都北平去过一种半小姐半少奶奶式的生活吗？她对求学不感兴趣，凌鸿鹄那枯燥乏味的爱情也刺激不起她狂热的兴致，她该怎么打发那些沉闷无聊的日子呢？难道也像她姐姐那样，另外去找一些有趣味的男人，看戏、跳舞、下馆子……沉醉于灯红酒绿，纸醉金迷？

想到这里，她的心突突乱跳，血涌上脸，恐惧地用手捂住了嘴，很怕这些可耻的念头，化成语言，泄露出口。

盛千翠啊，珍惜你这最后一点羞耻心吧！也许，在你这最后一点羞耻心里，保留着未来的生机和希望。

32

这天清早，文朝闻打开校门，从门外走进两个人来，一个是身穿藏青色中山装的县教育科长，一个是长袍马褂的程门雪。

“文主任，我来介绍一下。”教育科长皮笑肉不笑，打着官腔儿，“程门雪先生已被任命为通州师范校长，今天正式就职。”

“他不配！”文朝闻张开双臂，禁止入内。

这个腐朽透顶和臭名昭著的教育界败类，文朝闻早在教私塾的时候，就跟他势不两立，最后被他排挤出通州。抗战胜利以后，文朝闻来到通州创办师范学校，县政府竟又委任在日寇占领时期当过伪通州新民会会长的程门雪，为师范学校副主任。文朝闻大怒，向法院提起诉讼，检举程门雪投敌附逆，要求依法惩办。经过倪立人出面调停，把程门雪打发到石瓜镇当小学校长，劝文朝闻收回起诉。但是，每逢县教育科开会，有程门雪出席，文朝闻必定退场。不想，事隔二年，程门雪今天竟然以校长的身份，出现在他的面前。

“程先生怎么不配呢？”教育科长阴阳怪气，“谁不知通州名儒程夫子，服务教育界四十余载，论资望，论学问……”

“论人格，他不配！”文朝闻打断他的话。

“你配，你配！”程门雪扯着太监嗓子尖叫。

文朝闻逼上前去，怒喝道：“恬不知耻的衣冠禽兽，你还有脸为人师表！”

程门雪吓得掉头就跑，教育科长拦住文朝闻，说：“二位老先生都是学界名宿，素为青年学子所敬仰，理应抛弃前嫌，精诚团结，和衷共济……”

“我拒绝与猎狗为伍！”文朝闻气得发抖。

教育科长冷笑道：“那就不勉强文先生了！”

文朝闻走进门房的工友室，拿出铜铃，摇了起来。正在上早自习的学生们，莫名其妙地走出教室，文朝闻挥着胳臂喊道：“到操场去！”

每天，下了早自习上早操；早操完毕，文朝闻训话。今天，文朝闻不等体育教员发布早操口令，抢先登上司令台。

“同学们，同仁们！”文朝闻的声音十分苍凉，“当局倒行逆施，委派人格卑鄙、劣迹昭彰的教育界败类程门雪，来当我们这所培育为人师表者的学校的校长。程门雪在前清时代，出卖参加同盟会活动的学友，用人血染红顶子。民国以后，他依附军阀恶势力，鼓吹尊孔读经，反对新文化运动。日寇占领时期，他更奴颜婢膝，变节附逆。至于他嫖妓、纳妾、捧戏子、诬良为盗、充当阔人叭儿狗，种种丑事秽行，不胜枚举。我虽不才，但誓不与衣冠禽兽为伍；因此，我已宣布辞职，这是我与诸君临别一面。同学们，同仁们！我与诸君相处两载，情深谊重，临行之际，我愿恳切赠言：放眼未来，切莫目光三寸；洁身自爱，万勿同流合污！”说罢，他深深鞠了一躬，走下司令台。

教员们围拢上来，挽留道：“文先生，您不能走。”

不少学生哭出了声，喊道：“老师，您别扔下我们不管！”

但是，铁血指挥他的特务，蜂拥而入，挥舞手枪、皮鞭和棍棒，号叫：“准敢捣乱，格杀勿论！”文朝闻从特务们的鼓噪中凛然走出校门，头也不回。

教育科长蹿上司令台，吼叫道：“文朝闻窃踞通州师范主任二年，把学校办成了共匪干部养成所，通州重要共匪分子叶菏，即为其最得意之学生。文朝闻办学失职，通共嫌疑严重，我代表当局，宣布将其撤职论处；凡执迷不悟，继续同情、追随文朝闻者，开除公职、学籍！”

文朝闻辞职以后，搬到城东南角落的一家小客栈暂住；铁血手下的特务，白天盯梢，夜晚蹲门，文朝闻陷入了罗网。

距离这家小客栈不远，有个一间门面的小杂货铺。小杂货铺的掌柜，是个徐娘半老、风韵犹存的寡妇，雇了一名伙计，这个伙计就是金桂题。

原来，金桂题带领演剧队到烟村演出，全军覆没，逃回通州，被吴宗笠抓了起来，毒刑拷打，体无完肤；多亏他老婆小桃红，卖身给吴宗笠，讨价还价，金桂题立下一张转让文书，连同房屋财产全数奉送才换回一条狗命。金桂题出了狱，像一条丧家之犬，无处栖身；正巧这个小杂货铺的老板娘死了男人，就拿他补了缺。

这一天，铁血忽然出现，大摇大摆走进小杂货铺，长驱直入，闯进内宅。

这个内宅，只有一间火柴盒似的小屋；一块小院，方桌面大，只能二人转。

“桂题兄，老朋友前来拜望你啦！”铁血张口大笑，手里掂着左轮手枪。

“铁血！”金桂题像看见了拘命的无常，一屁股坐在地上，“你……来抓我的？”

“说哪里话？”铁血把他从地上扯起来，“咱们一块革过命，共过患难，我岂能无情无义？今日登门造访，不过是为重叙旧谊而已。”

金桂题强笑一下，说：“你离开那边，来到这边，可真是飞黄腾达起来了。”

“是呀！‘乘肥马，衣轻裘，与朋友共’，我就想起你来了。”铁血扔给他一支雪茄，像给癞狗扔过一根骨头，“我不忍看你潦倒终生，扎在娘儿们的裤裆里过日子，所以想拉你一把，到我手下吃一份钱粮。”

“不，不……”金桂题摇头又摆手，“我两边不沾，只求活着有口窝头吃，死后落个整尸首。”

“孱头！”铁血骂道，“实话告诉你，目前形势紧张，吴先生要重新拘审你这个可疑分子，我是来给你通风报信的。”

金桂题惨叫：“铁血兄，看在老交情上，救救我！”

“我倒想替你美言，可是拿不出货真价实的东西，怎能在吴先生面前张口？”

“我可以具结。”

“一纸空文，不顶屁用！”

“那么要什么呢？”

“不要你的金，不要你的银，只要人换人。”

“拿谁换呢？”

“一个共产党。”

“我上哪儿去找呀？”

“来人！”铁血变了脸，向门外呼叫，“把金桂题押走，杂货铺封门。”

“铁队长，开恩吧！”老板娘跑进来，跪在铁血脚下，“我让桂题给您当差，您别封我的铺子。”

铁血看了这个女人一眼，见她颇有几分姿色，龇牙一乐，说：“好个识时务的老板娘！桂题，愧煞你这个须眉浊物。”说着，弯下腰去，将老板娘搀扶起来，顺手在她的乳房上捏了又捏。

老板娘忸怩作态，贱声浪气地说：“铁队长，您高抬贵手吧！”

金桂题耷拉着耳朵，问道：“我能干些什么呢？难道叫我去生擒雷响，活捉叶菏？”

铁血在他的肩上拍了一巴掌，说：“不必下龙潭，也不必入虎穴；只在通州城内一显身手，立功受奖如探囊取物。”

“您快吩咐吧！”老板娘谄笑着说。

铁血从牙缝里说道：“把文朝闻老头子干掉。”

“杀人！”金桂题失声尖叫。

“不杀人就不能洗掉你的罪名！”铁血恫吓，“不杀人就赎不出你这条命。”

“可是杀人要偿命呀！”金桂题呻吟连声。

“我们掩护你顺利逃走。”铁血的声调十分诱人，“你带着嫂夫人腰缠奖金，先到外埠避一避风头。等风声过去，开一个大杂货铺，坐享一辈子清福。”

“奖金给多少呢？”老板娘为之心动。

“黄金二十两。”铁血在老板娘面前翻着巴掌，趁势拧了拧她的脸蛋儿。

“可不能许愿不还愿呀！”老板娘半信半疑，不大放心，“能不能先给几两订金？”

“一手交货，一手交钱。”铁血跟老板娘挤眉弄眼，“嫂子每天都做买卖，难道不懂这个规矩？”

“可是……”金桂题仍然胆怯心虚，“万一我要躲闪不及，被抓住呢？”

“那也容易开脱！”铁血拍着胸脯担保，“军法处跟咱们穿的是连裆裤，你咬定出于一时冲动，盛怒之下失手误伤人命；军法处借口案情重大，解送省会办理，途中把你释放，就说被共产党劫走，不了了之。”

“我到哪儿去领奖金呢？”老板娘最关心的是那二十两黄金不能落空，金桂题的生死倒在其次。

“兄弟亲自给嫂子送来。”铁血的下流模样，丑态十足，“白天引人注目，黑夜行走方便。”

金桂题并不把黄金二十两放在心上，只问道：“我立了这一功，此后是不是就不再找我的麻烦了？”

“当然！”铁血跟金桂题击掌为信，“此事办完，我们就把你从账上一笔勾销了。”

飘香从延芳淀来到马蜂窝。

凤大姑跟女儿又有一个多月没见面了，一见面还是老脾气，叨唠着说：“你再不跟我照面儿，我就收拾箱笼包裹，回老家了。”

“回老家有何公干呀？”飘香逗笑地问道。她觉得，这一年母亲见老了，嘴碎了，像个小孩子。

“延芳淀贫雇农都分了房子分了地，难道就没有我跟你爹的一份儿？”凤大姑沉着脸，“我回家种地打鱼，过舒心日子，不在这儿憋屈了。”

“那您就请回吧！”飘香冷冷地说，“刘邓大军过了黄河，大反攻开始了。上级指示，武工队先把马蜂窝秘密解放，配合主力部队攻打通州的战斗，您远远地站在延芳淀上看风景吧！”

“死丫头，刚怄你两句，你就跟我翻脸呀！”凤大姑满脸堆笑，“大军什么时候过来，给我什么任务？”

正说着，丘二篙头从船上回来了。现在，南北航行的大小船只，都已经被强征军用，大船一天装运十四个小时；船工们累得筋疲力竭，工钱又少，物价飞涨，一天的工钱不够吃三顿饭。丘二篙头不但苍老，而且衰弱了；每天回到家，腰酸腿疼，躺倒就睡，睡梦中常常哼出声来。可是，今天一进门，看见了女儿，老船夫的疲惫气色，一阵风吹跑了，喜在心头，笑在脸上。

“爹！”飘香赶紧接过蓑衣和风灯。

“刚来呀？”丘二篙头抚摸着女儿的头，笑得满脸的皱纹都平展了。

丘二篙头是个性格粗放的人，疼女儿，爱女儿，可是不会表达。飘香长这么大，他没有捅过一指头，也没有发过一句火。飘香儿时，又顽皮，又刁钻，又任性，可是不管怎么磨他，他都非常有耐性。飘香喜欢到船上玩，他一只手抱着女儿，一只手撑篙，乐呵呵，很情愿，很快活。飘香喜欢花花朵朵，他就从水面上和旱地上采摘各色各样的野花，用两只粗大的手，给女儿编织十分精巧的花圈、花环和花镯，戴在女儿的头上，套在女儿的脖子上，戴在女儿的手腕上。为了给女儿买一件花袄，他每年夏天都光着膀子，只穿一件蓑衣。为了给女儿买点零食小吃，他常常出船饿着肚子。飘香跟爹最连心，比跟娘还亲。

飘香坐在爹的身边，给爹捶着腿，说：“爹，主力部队快要攻打通州了，我们明天夜里就进驻马蜂窝。”

“好呀！”丘二篙头被女儿捶得通身舒畅，“你爹的身子骨儿硬硬朗朗，解放以后，还能在这北运河上，撑二十年革命大船。”

飘香跟爹亲热了一会儿，便转上正题，说：“攻打通州，拿下东关码头才算决定了胜负，我们要跟沙官印大伯会面。”

“码头进不去，老沙也出不来。”丘二篙头摇着头，“吴宗笠下了命令，单身的船工不许离开码头，只怕再紧一步，连有家的人也不放出来了。”

“能不能从水下到您船上去呢？”

“每条船上，都派了匪军监视；我是头船，格外‘优待’，派了四个。”

“那么县委的指示，就不能传达了？”飘香急躁起来。

“你怎么忘了？”丘二篙头有点羞涩地笑了笑，“你爹是船运分支书记，难道不能传达给你爹吗？”

飘香这才猛然想起，她这个老实巴交，粗大憨厚的爹爹，已经是一个意志顽强的地下党员，在船夫和码头工人中间，威望很高。

“爹，怪我有眼不识泰山呀！”飘香咯咯笑，在丘二篙头耳边嘁嘁喳喳起来。

忽然，院外有人敲门，飘香正要下地道，院门开了，小石在一片光影似的闪进来。灯光下，他扑扇了一下眼睛，看见飘香，一头扑到飘香怀里，说：“萍姑，国民党把爷爷撤职了，还要处罚他老人家，快把爷爷接出城来吧！”

“敌人先下手了！”飘香脸色陡变，“我们本来准备在攻城之前，把舅舅接出来，现在是一时片刻也不能等了。”

“我去找交通员！”凤大姑急忙走出去。

一会儿，凤大姑把交通员带来了。凤大姑的小屋门框低，他的个子高，哈着腰走进屋来，喜眉笑眼地问道：“飘香同志，好日子要来到吗？”他的声音低而又轻，充分表现出城工人员的特点。

“快了，高声说话的日子快到了！”飘香笑着，“不过，现在得想方设法，把文朝闻先生接出城来，全靠您了。”

“这得钻敌人的空子，两人配合得巧妙。”交通员沉思着说，“你给文先生写封信，先让他信得过我。”

“信里口气要重，”小石在对飘香说，“爷爷才肯听。”

飘香正在写信，地道口响起了暗号，雷响和叶菏也来了。

“你们来得好！”飘香停下笔，“文先生被国民党撤了职，困在了城里；我正给老人家写信，把老人家接出来。叶菏，这封信还没写完，你接着写，写上咱俩的名字。”

“只怕敌人要下毒手！”雷响的脸上布满阴云，“我要进城去，保护文先生。”

“不可冒险！”交通员劝阻说，“吴宗笠下令关闭西、北、东门，只留南门出入。城门口，保安团站岗，警察搜身，特务相面；进城难，出城更难。”

“哪怕是上天开路，入地凿门，我也要进城！”雷响在地上焦躁地走来走去。

“可是怎能混进去呢？”大家都犯了愁。

“我有锦囊妙计！”地道口，又钻出了小丢。

“快说！”

“搭国民党的军车。”小丢嬉笑道，“每天一开城门，都有从码头到城里去的军车开来，一字长蛇阵，走马灯似的；跳上去，藏在苫布里，到城门不受检查，睡着觉就进了城，出城也是照方抓药，一个样。”

“就是这个主意！”雷响决定了。

33

虽然离开了通州师范，困居在小客栈里，文朝闻仍然黎明即起，顶着星星到荷花池公园去散步。

小小的公园，几池碧水，红莲满塘，亭台楼榭笼罩在晨雾中。文朝闻沿着柳暗花明的小路，走上位于公园中心点和最高处的畅观亭。

老人深深呼吸了一口花香水气，活动一会儿四肢，做完一套五禽戏，便站立亭上，放声吟诵古文古诗。

他正沉浸在发思古之幽情的意境中，不提防从他背后爬上来一个恶贼。等他发觉呼哧呼哧的喘气声，转过身去，只见那个家伙戴一副假面具，左手执匕首，右手持手枪，向他扑过来。

“你是什么人？”文朝闻厉声喝道。

那个家伙两腿哆嗦了一下，被文朝闻的凛然正气威慑住了；假面具的两个小孔里，目光闪烁不定。

“是谁主使你来干这种卑鄙的勾当！”文朝闻逼上前去。

那个家伙吓得连连倒退，向四外溜瞅。

“揭下你的假面！”文朝闻戳指这个不敢见人的东西，“露出你那丑类的嘴脸。”

那个家伙狗急跳墙了，凶恶地将匕首向文朝闻的胸膛刺来。

“叭！”

突然飞来一颗子弹，那个家伙应声而倒。一个身穿工装的魁梧大汉，跑上畅观亭，撕下那个家伙的假面具，原来是金桂题。

“叛徒！”这位大汉像抻死狗一般扯起气息奄奄的金桂题，“是谁主使你来暗杀文先生，说！”

金桂题睁了睁目光昏乱的眼睛，恐怖地大叫了一声：“雷响，饶命！……是铁血……”喉头咕噜一声，断了气。

“幕后牵线的是吴宗笠！”文朝闻气得脸发青，“我要当面揭露他。”

这时，交通员的三轮车飞驰而来，喊道：“文先生，快上车！跟我走。”

“爷爷！”车上跳下小石在，小石在跑上畅观亭，“我带来叶老师跟萍姑给您的信。”

文朝闻展信一看，不禁泪下，说：“我跟你们走！请你们再把叶明亮先生搭救出来。”

“您放心！我们另想办法。”雷响把文朝闻从畅观亭上搀下来。

文朝闻坐上交通员的车向东，小石在挎着帆布口袋向西，北面是城墙，雷响向南。

迎面，小丢一溜烟而来，向雷响连连招手：“铁血的特务来了！”他们钻进花木丛中，一眨眼无影无踪了。

铁血带领他那一帮子特务，刚从他的巢穴来到万寿宫大街，正要分散到各处去，就听见荷花池公园里一声枪响，他命令先不要散去。听了听，等了等，再没有第二下枪声。

“金桂题得了手！”铁血急忙命令一个小特务头目，“你带一名弟兄，把金桂题打发掉，手脚要干净利索，不许留下痕迹。”

“是！”两个特务跑走。

铁血靠在他的摩托上，悠闲地吸着烟，面带狰狞而得意的奸笑。交通员驾着车，昂着头，挺着胸，姿势优美，神态自若，从他面前一阵清风而过，也没有引起他的注意，他只顾两眼望天，自我陶醉地喷吐一串串烟圈儿。

“看报呀，看报！”一个小报童挎着大帆布口袋，胳臂上抱着一大摞报纸，蹦蹦跳跳地吆喝，“看看过了黄河的共军，流窜到大别山的消息！”

铁血的身子一震，把手中的香烟扔在地上，喝道：“卖报的，过来！”

“先生，您要几份？”小报童跑上前来。

“你他妈的刚才吆喝什么？”铁血瞪着恶眼。

“报上的消息，不是我瞎编的。”说着，小报童递过一张报。

铁血惊慌地打开报纸，一眼就看见了头版头条的大字标题，不由自主地念出声来：“中央社八日电：六月三十日偷渡黄河之共军刘伯承、邓小平部，已在黄泛区被我军击溃，残部正向大别山流窜……华中剿匪总司令白崇禧已下令所属精锐部队，加强武汉江防……”

“看报呀，看报！看看……”小报童不等铁血给钱，又向前跑去。

铁血把手中的报纸扯成碎片，大喝道：“报童，站住！”

但是，小报童已经汇入熙来攘往的人流中去了，只听见他那高入云霄的童音：“……过了黄河的共军，流窜到大别山的消息！”

“来人！”铁血气急败坏地大叫。

一个小特务上前打了个立正：“请队长吩咐。”

“拦住那个小报童，把他的报纸全部没收！”

“是！”小特务追赶小报童去了。

铁血的心乱跳，手打着颤儿，掏出烟盒，抽出一支香烟，叼在嘴上，连划了几根火柴，也点不着火。

“队长，队长！”到荷花池公园去的小特务头目，惊慌失色地跑回来。

铁血连忙打起精神，强自镇定，问道：“怎么样？”

“金桂题不知被谁打死了！”小特务头目上气不接下气，“文朝闻生不见人，死不见尸。”

“还不赶快满城去搜！”铁血狠狠打了这个小特务头目一记耳光，跨上摩托车。

这时，万寿宫人山人海的上空，飞舞着一团团报纸，像翱翔在天空的鸟群。

铁血陷入精神错乱的状态，睁着眼就看见死亡的阴影正在吞没他。有一回他喝得酩酊大醉，抱着桂霞放声大哭，说要带着桂霞跑到桃花源去隐居，或是双双逃到峨嵋山上出家。跟他同床异梦的桂霞，急忙向吴宗笠告密，吴宗笠勃然大怒，命令桂霞把铁血带到他的书房，予以申斥。

铁血一走进吴宗笠的书房，发烧的头脑就冰冷了。吴宗笠满脸阴沉沉的怒气，半坐半仰在躺椅上，雕花茶几上放着一把匕首，一个纸包，一条绳子。在他身边，坐着打扮得像美人蕉似的孔水仙，背后站立着凶神恶煞似的郎化之。

“处长，县长！”铁血垂手直立，躲闪着吴宗笠那凌厉逼人的目光。

“听说你最近患了神经衰弱症，我来给你根治一下。”吴宗笠说着，把匕首、纸包和绳子扔到铁血脚下，“用匕首抹脖子，打开纸包服毒，拴了绳子上吊，都可以‘药’到病除。”

“处长！”铁血眼睛恐怖地睁大，面孔痉挛着，“我是过河卒子，并无退身之地，只有报效处座，死而后已。”

“花言巧语！”吴宗笠拍得茶几山响，“你忽然神经衰弱，病因何在？”

“县长！”铁血抓挠着胸膛，“我对县座一片忠心，绝无二志。”

“狡辩！”吴宗笠跳上前去，左右开弓，一连赏了他几个嘴巴，“进了我这座庙，只能走着进来，躺着出去；你想溜之乎也，我会把你放生吗？”

“宗笠，捉拿石老硬，铁血立了功，将功折罪，宽恕他这一回吧！”孔水仙见吴宗笠打得够火候了，才慢腾腾站起，将吴宗笠扯回座椅上。

“吃了这碗杀人饭，那就别想庆八十！豁出这一百多斤盛血的皮囊，杀一个够本，杀俩赚一个，杀人如麻才死而无怨。”桂霞掏出香喷喷的手帕，轻轻给铁血擦着嘴角的血迹，数落着说：“吴县长看重你，抬举你，待你恩重如山，你怎么就不长出息，下坡子溜呢？吴县长打你，是正该打的！就像对那些不要强的儿女，亲爹老子不能不严加管教。打是疼，骂是爱，你还不快说：‘谢谢管教，谢谢疼爱’。”

“谢谢管教，谢谢疼爱。”铁血这只恶狼，在主子面前，连一点狗性也没有，像一只媚态的猫。

“回去吧，振作起精神来！”吴宗笠完全是老子口气了，“桂霞，你要多多鞭策他。”

铁血和桂霞给吴宗笠和孔水仙行了礼，转身刚刚要走，吴宗笠忽然又厉声唤道：“等一等！”

铁血连忙站住，躬着腰，惶恐不安地问道：“县长还有什么训示？”

吴宗笠沉着脸，手指嗒嗒地敲击着茶几，一阵比一阵紧，好像在弹着一支古筝。陡地，他停止了敲击，又霍地站起身，说：“马蜂窝不能不捅！你率领一个小队，勒令居民全部迁入通州城内。”

“遵命！”铁血硬着头皮，高声答应。

铁血已经看见自己的一只脚踏进了阴司界，他要在死亡之前，疯狂破坏，血腥屠杀，恨不得马蜂窝跟他一同毁灭。他上身穿一件鹿皮夹克，下身穿一条细管马裤，脚下高筒马靴，腰间斜插两支驳壳枪和一把银鞘匕首，鼻梁上架着一副玳瑁宽边大墨镜，胸前挂着一副高倍望远镜，率领特务小队，闯进了马蜂窝，封锁了各条通道。

联保主任迎接铁血，点头哈腰，笑嘻嘻开言问道：“铁队长大驾光临，来到我们马蜂窝，有何见教呀？”

“少他娘的跟我面带三分笑，心藏一把刀！”铁血横眉怒目地骂道，“我奉命勒令居民疏散，棚屋拆除。”

“天呀！”联保主任大惊小叫，“这男女老少几千口，搬到广寒宫去吗？”

“全部迁入城内。”

“可怎么着落呢？”

“给你们盖摩天大楼。”

“墙上画烙饼，馋人不解饿呀！”

“废话！你马上通知各家各户，立即搬家，抗拒不搬的就地活埋。”

“得令！”联保主任找来一面铜锣，噔噔噔地敲打起来，“各家各户洗耳恭听，吴县长派来铁队长，勒令马蜂窝居民疏散，棚屋拆除，抗拒不搬的就地活埋！奉劝各家各户马上收拾箱笼包裹、锅碗盆勺，先到城内暂住一时，等吴县长给咱们盖起摩天大楼，那就满福齐天啦！”

锣声在一条条弯弯曲曲的乱巷子里回响，但是却听不见响应的人声，马蜂窝一片沉寂，好像是荒原上的一座空山。

联保主任转悠了一遭，磨磨蹭蹭回来了。铁血问道：“怎么不见动静？”

“铁队长，谁家没有坛坛罐罐，总得收拾一阵子呀！”

他跟铁血是老交情了，陪着铁血吸烟，东拉西扯。联保主任会扎纸花，捏泥人儿，扎纸花能扎出百花争艳，彩蝶纷飞，蜜蜂采蕊；捏泥人儿能挂出一台大戏，孙悟空三盗芭蕉扇，铁扇公主千姿百媚。他挑到街上去卖，满街的孩子追着他跑。铁血从小不是东西，追着关老二的挑子，不是明抢，就是暗偷。联保主任就描着他的模样儿，捏了个人头狗身子的小妖，被孙悟空的金箍棒打得夹着尾巴逃窜，包在粉红纸包里送给他。谁知这个当年的戏谑之作，竟为今日的铁血做了写照。

铁血看了一眼手表，四点了，还没有一家动身，不耐烦起来，说：“老东西，再给我敲锣催一催。”

“催一催就催一催！”联保主任提起铜锣，噹地敲了一声。

这一声锣响，引起了马蜂窝人声鼎沸，成千上百名妇女，冲出家门，包围了那些封锁各个路口的特务，大吵大闹。铁血喊了一声：“马蜂炸窝啦！”拔出枪来，就要开枪杀人。联保主任忙拦道：“铁队长，一打死人，事可就闹大了；我看不如放把火，吓唬一下就得了。”

“好主意！”铁血觉得先放火，再杀人，真是作恶齐全，“老东西，你替我传令，火烧马蜂窝。”

“我可不敢去！”联保主任货郎鼓似的摇着头，“马蜂窝的人最恨吃里扒外的叛徒贼子，谁当叛徒贼子就把谁碎尸万段。”

“你骂我！”铁血觉得联保主任是在指桑骂槐。

“我哪年月骂过你呀！”联保主任装傻充愣，“我看还是你放头一把火，这叫举火为号。”

“好，你给我扎一支火把去。”

联保主任回到他的棚屋，撕开他那破棉袄的棉絮，绑在一根棍棒上，浸透一盏灯的煤油，拿来交给铁血，说：“我可不能奉陪你。你往前一直走，拐弯看见一家墙头花红柳绿，就烧那一家。”

“为什么烧那一家呢？”

“枪打出头鸟。那家住着马蜂窝的女寨主，烧了她一家，千家不烧也起了火。”

“好！”

铁血点燃了手中的火把，充满歹徒作恶的快感，摇头晃脑地向前走去。

这一家是马蜂窝堡垒中的堡垒，为了保守秘密，便于隐蔽，四面砌起了一人高的泥墙，还安装了两扇街门。凤大姑喜欢种树养花，从河边移植了两棵高大的河柳，种在泥墙下，河柳上又爬满了五颜六色的喇叭花，挂在了墙头上，远远一看，十分悦目。

铁血一拐弯，就发现了这一家，叫道：“女寨主毕竟与众不同！”说着，挥舞着火把跑过去。

忽然，一阵河风吹来，黄泥墙头柳摇花动，花红柳绿中闪露出一张俏丽的脸儿。在这张俏丽的脸上，有一双乌黑明亮的杏子眼，在这一对杏子眼里，燃烧着复仇的火焰。

“飘香！”铁血手中的火把，惊吓得失手掉在了脚下。

他想开枪，手麻了；他想逃跑，腿木了。

飘香柳眉倒竖，咬牙切齿地骂道：“你这个无耻的叛徒，今天就是你的末日！”说着，举起了枪。

“哎呀！”铁血这才从麻木中苏醒，正想卧倒，飘香的子弹已经打进了他的脑壳，并且在脑壳里炸开来。

丑恶的尸体，倒在了燃烧着的火把上，把这个无耻的叛徒烧成灰烬，不让他的腐臭，污染这清清白白的大地。

飘香的枪声，就是战斗的号角。从马蜂窝四外的坟旁、树后、茂草中，迸发出天崩地裂的喊杀声，蒲葵和雷响指挥武工队，狂风暴雨一般也围上来。

半夜时分，吴宗笠在孔水仙的怀里睡得正酣，突然一声天崩地裂的巨响，震得他从床上滚下来，迷迷怔怔坐在地上，仍然昏头昏脑。

这是东关码头一间钢骨铁筋的地下室，竟也被震得吱吱作响，沙沙落土。

孔水仙披头散发，赤身裸体，鬼叫连天，抱起她的宝贝儿，往床下钻。不久前孔水仙生了个儿子，这个儿子的生日，距离吴莲池的死日相差不到十月，也算墓生。吴宗笠原名承祖，这个孩子便叫承宗，却又一语双关。

门外，卫士嘭嘭擂门，劈着嗓子喊道："县长，共军发动进攻啦！"

吴宗笠瘫倒下来。

吴宗笠的内室，一向严禁外人入内，此时沈吟也顾不得许多，哐啷一声，破门而入。

"死……死……死守……"吴宗笠挣扎着爬起来，摇摇晃晃站立不定。

"你不能撇下我们娘儿俩！"孔水仙又从床下钻出半截身子，伸出一支胳膊扯住吴宗笠的腿。

"穿上衣裳，恬不知耻！"吴宗笠一脚踢开她，奔上指挥所。

枪炮子弹像潮水般涌来，杀声阵阵，解放军逼近了。

吴宗笠在指挥所里暴跳，狂叫，大骂，撕碎了桌上的纸，折断了手中的笔，踢倒了茶几，从楼窗口扔出椅子。他丧失了理智，神经错乱，活像一只被猎人打断了腿的狼。

东关码头的战斗，进行到最后一幕了。

解放军主力逼近敌人的最后一道防线，沙官印和雷响率领的护港队也开了火，里应外合，前后夹攻，敌人这道防线不到五分钟就崩溃了。

郎化之像狗血喷头，跌跌撞撞闯进指挥所，大哭道：“宗笠，咱们完了，跑吧！”

吴宗笠换上码头工人的破烂服装，又抹了满头满脸的焦烟污泥，打算偷偷逃命。但是，他撇不下孔水仙母子，更舍不得拿在孔水仙手里的金银珠宝，于是又到地下室去。一进地下室，却见孔水仙把孩子绑在背后，跟卫士两人腰缠累累，正准备双宿双飞。吴宗笠猛醒，自从他就任以来，也把孔水仙带到身边，在公馆中另设一宅，卫士对孔水仙彬彬有礼，从没有引起他的怀疑；谁料出其不意，乘其不备，这一对狗男女早已勾搭上了。他一腔妒火，不容分说，开枪打死了卫士。孔水仙哭叫道：“宗笠，我冤枉呀！是卫士逼迫我跟他逃走。”吴宗笠骂了一声：“烂货，母狗！”忽又想到，他这个儿子怕也是卫士的孽种，又一枪打死了孔水仙母子俩。

吴宗笠从卫士和孔水仙身上解下全部金银细软，披挂在自己身上，从黑暗和混乱中溜出港口；只见有一只大木船正停泊在码头上，慌慌张张跳上船去。

船上，躺着四个匪徒的尸体；一个受伤的老船夫背靠着舱壁喘息，这是丘二篙头。他跟船上的几名船工，杀死了派在船上监视他们的匪徒，腰上受了重伤；他打发那几名船工上岸参加战斗，自己看守大船。

吴宗笠偷偷拔出佩剑，冷不防刺穿了丘二篙头的后背，砍断缆绳，大木船向河上漂去。

天边闪现出一痕曙色，雷响发现大河上有一只大船打旋。他叫了一声：“有敌人逃跑！”跳下水急浪高的入河口，泅水就追。

眼下正是雨季，河面开阔，雷响在浪尖上颠簸着，抛掷着，万分惊险。看看接近了打旋的大木船，雷响却被一个巨大的旋涡吞没了。

但是，眼前却出现了奇迹。雷响就像鲤鱼跳龙门，从旋涡的浪花中一跃而出，跳上了大木船的船面。忽然，船上一声枪响，雷响跌倒了；却又听他怒吼一声，冲进了船舱。

雷响只是左臂上被子弹擦破了一块皮，他冲进船舱去，吴宗笠还想开枪，雷响一个虎扑，将吴宗笠骑在胯下，抓住他的手腕子一扭，子弹打在了舱壁上，吴宗笠的一支胳膊被他折断了。

他站起身，把吴宗笠踩在脚下，扯过一根棕绳，将吴宗笠紧紧捆住；然后，他走过去看丘二篙头。丘二篙头倒在血泊中，紧闭双目，呼吸艰难。

“姑父，姑父！”雷响连连呼唤。

丘二篙头吃力地、吃力地睁开眼睛，目光迷离散乱；吃力地、吃力地凝视着，终于认出了雷响。

“我盼到了……看见了……这一天！”丘二篙头含笑闭上了眼，眼角挂着两颗泪珠，“往后……往后……这江山……全靠你们了。”

一九七一年十月十九日夜至一九七五年三月十九日凌晨，写于北京儒林村；一九九三年十二月二十六日改于红帽子楼蝈笼斋

后　记

以上，长篇小说《地火》初稿，跨越五个年头，终于完成。

我写完最后一个字，放下这支跟随我已有二十年的钢笔，看了看桌角上的台钟，时间是一九七五年三月十九日凌晨四时四十三分。

我的肩上感到一瞬间的轻松，但是跟着心情却又沉重起来。

我想起鲁迅先生在《野草·题辞》中的话：“当我沉默着的时候，我觉得充实；我将开口，同时感到空虚。”

是的。在我构思和动笔之前，我曾觉得充实；在我动笔和写成之后，我感到了自己的空虚。现在，初稿以它粗糙的形状，展现在我的面前，它是“根本不深，花叶不美”的野草。

虽然，我不满意它；但是，我仍然珍惜它。因为它不仅凝聚着我的数年心血，而且凝聚着许多人——天南与地北，相识与不相识者，对我的期望。

我尤其要感念在我的写作过程中，直接给我输送光、火、力、热的人。

因此，对于这株野草，我将继续倾注血汗，浇灌它成长，促使它茁壮，或者能够培育得根本深一点，花叶美一些。

修改将比创制更费力，更艰苦，更繁重；我愿奋发心志，知难而进。

无论是对于这部小说，还是对于我这个人，我都仍须努力。

“过去的生命已经死亡，我对于这死亡有大欢喜。”我的生命，我的创作，都愿从废墟上重建起来，而开始一个新纪元。

一九七五年三月十九日儒林村寒舍

后记之后记：事过十八年又九个月零七天，五易其稿的《地火》从四十五万字删改到二十二万字。小说仍然年轻，我可老了。

一九九三年十二月二十六日红帽子楼蜩笼斋

一九八一年十月和一九八五年一月，曾由黑龙江人民出版社和北方文艺出版社出版。

一九九五年三月群众出版社重新出版。

图书在版编目（CIP）数据

地火 / 刘绍棠著. — 北京 ：北京十月文艺出版社，2018.5
（刘绍棠文集）
ISBN 978-7-5302-1750-4

Ⅰ. ①地… Ⅱ. ①刘… Ⅲ. ①长篇小说—中国—当代 Ⅳ. ① I247.5

中国版本图书馆 CIP 数据核字（2017）第 263948 号

地火
DIHUO
刘绍棠 著

出 版 北京出版集团公司
北京十月文艺出版社
地 址 北京北三环中路 6 号
邮 编 100120
网 址 www.bph.com.cn
发 行 新经典发行有限公司
电话（010）68423599
经 销 新华书店
印 刷 固安县铭成印刷有限公司
版 次 2018 年 5 月第 1 版
2018 年 5 月第 1 次印刷
开 本 850 毫米 ×1168 毫米 1/32
印 张 10.125
字 数 231 千字
书 号 ISBN 978-7-5302-1750-4
定 价 35.00 元
质量监督电话 010-58572393
如有印装质量问题，由本社负责调换。

刘绍棠

中国乡土文学作家。一九三六年二月二十九日生于北京通州大运河畔的儒林村。一九四八年参加革命。一九四九年开始发表作品。一九五三年加入中国共产党。一九五四年考入北京大学中文系学习。一九五六年加入中国作家协会，从事专业创作。至一九五七年被划右派时，已出版了《青枝绿叶》《山楂村的歌声》《运河的桨声》《夏天》《中秋节》《瓜棚记》《私访记》等七本书。

一九七九年右派冤案得以改正，重获创作权利。带病顽强拼搏了十八年，为后人留下了五百多万字的乡土作品。即十二部长篇小说：《春草》《狼烟》《地火》《豆棚瓜架雨如丝》《这个年月》《敬柳亭说书》《十步香草》《京门脸子》《野婚》《水边人的哀乐故事》《孤村》《村妇》。二十多部中篇小说：《蒲柳人家》《渔火》《瓜棚柳巷》《花街》《草莽》《荇水荷风》《蒲剑》《鱼菱风景》《小荷才露尖尖角》《绿杨堤》《烟村四五家》《柳伞》《年年柳色》《青藤巷插曲》《黄花闺女池塘》《碧桃》《二度梅》等。两部短篇小说集：《青枝绿叶》《蛾眉》。十一部散文短论集：《乡土与创作》《我与乡土文学》《一个农家子弟的创作道路》《我的创作生涯》《论文讲书》《乡土文学四十年》《蝈笼絮语》《如是我人》《红帽子随笔》《我是刘绍棠》《四类手记》。

《京门脸子》获得北京市优秀长篇小说奖。《敬柳亭说书》获得首届中国大众文学优秀长篇小说奖。《蒲柳人家》获得全国优秀中篇小说奖。《蛾眉》获得全国优秀短篇小说奖。中短篇小说多种被译成英、法、德、俄、日、西班牙、泰国、孟加拉、阿尔巴尼亚等国文字。

上世纪八十年代以来，不遗余力地倡导乡土文学，创作上坚持“中国气派，民族风格，地方特色，乡土题材”。他的全部作品，都是写大运河的乡土乡亲，形成了独具特色的大运河乡土文学体系。

➤ 十年浩劫期间，在儒林村的荒屋寒舍土炕上，创作《地火》《春草》《狼烟》三部长篇小说。